The LOST SYMBOL

Dan Brown

ロスト・シンボル

下

ダン・ブラウン　越前敏弥訳

角川書店

版画「メランコリアⅠ」アルブレヒト・デューラー、1514年 (BAL/Uniphoto Press)

アメリカ1ドル札に印刷された合衆国国璽。(Uniphoto Press)

十三個の星、十三本の矢、十三段のピラミッド、十三本の縞のある盾、十三枚のオリーブの葉、十三個のオリーブの実、十三文字からなるふたつの標語〝ANNUIT COEPTIS〟(神はわれらの企てに与せり)と〝E PLURIBUS UNUM〟(多より一を生ず)が記されている。

ロスト・シンボル

下

THE LOST SYMBOL
by
Dan Brown

Japanese translation rights arranged with Dan Brown
c/o Sanford J. Greenburger Associates, Inc., New York
through Tuttle-Mori Agency, Inc., Tokyo

Translated by Toshiya Echizen
Published in Japan by
Kadokawa Shoten Publishing Co., Ltd.

事実

この小説に登場するフリーメイソン、見えざる大学、ＣＩＡ保安局、スミソニアン博物館支援センター（ＳＭＳＣ）、純粋知性科学研究所などの組織は、すべて実在する。

作中に描かれた儀式、科学、芸術、記念建造物は、どれも現実のものである。

〈主な登場人物〉

ロバート・ラングドン　ハーヴァード大学教授　宗教象徴学専門

ピーター・ソロモン　スミソニアン協会会長　歴史学者

キャサリン・ソロモン　ピーターの妹　純粋知性科学者

ウォーレン・ベラミー　連邦議会議事堂建築監

コリン・ギャロウェイ　ワシントン国立大聖堂首席司祭

トリッシュ・ダン　キャサリンの助手

アンダーソン　連邦議会議事堂警察警備部長

ノーラ・ケイ　ＣＩＡ（中央情報局）上級分析官

シムキンズ　ＣＩＡ捜査官

サトウ　ＣＩＡ保安局局長

マラーク　全身刺青《いれずみ》の男

大使館通りの近くでは、壁に囲まれた庭園にふたたび静寂が落ちていた。入口の反対側の、十二世紀の薔薇《ばら》と〈シャドウ・ハウス〉と呼ばれる阿舎《あずまや》のある一画から、先刻の若者が背中の曲がった師を手伝って広い芝地を歩いていく。

この人が案内をさせるなんて。

ふだん、この盲目の老人がみずからの聖地にいるときは、介添えを拒み、記憶のみに頼って歩くのを好む。だが今夜は、一刻も早く建物へ行き着いてウォーレン・ベラミーに返答の電話をかけたいらしい。

「ありがとう」専用の書斎がある建物へはいると、老人は言った。「あとはひとりで行ける」

「喜んでこのままお手伝いをさせていただきますが――」

「今夜はもういい」老師は介助の手を放し、足を引きずって闇のなかへ急いだ。「おやすみ」

若者は建物を出て、広い芝地をまた横切り、敷地内にあるつましい住まいへ向かった。自室にもどったころには、好奇心が抑えられなくなっているのを感じた。老師はミスター・ベラミーの問いかけを聞いて明らかに動揺していた……けれども、その問いかけは奇妙で、意味をなさないようにすら思える。

〝寡婦の息子に助けはないのか〟だって？

どう想像をひろげても、なんのことかわからなかった。困惑してコンピューターの前へ行き、そのまま打ちこんで検索した。

驚愕《きょうがく》したのは、関連するページがいくつも現れ、そのすべてにまったく同じ問いかけが引用されていることだった。若者は驚きのうちに説明に目を通した。ウォーレン・ベラミーはこの奇妙な問いかけを発した歴史上最初の人物ではないらしい。同じことばを何千年も前に……ソロモン神殿を建てた男が殺される間際に口にしたとされている。現在でも、危急の折にフリーメイソンが一種の暗号として使うという。ウォーレン・ベラミーは仲間のフリーメイソンに救難信号を送ったのだろう。

68

アルブレヒト・デューラー？

ラングドンとともにアダムズ館の地下を急ぎながら、キャサリンは考えをまとめようとした。ADはアルブレヒト・デューラーの略なの？　十六世紀に活躍したその高名なドイツ人彫刻家兼画家は、兄の大好きな芸術家のひとりで、キャサリンも作品をうろ覚えながら知っていた。それでも、いまここでなぜデューラーが役立つのか見当もつかなかった。何しろ、四百年以上前に死んでいるのだから。

「象徴するものを考えても、デューラーというのは完璧《かんぺき》だ」出口の誘導灯をたどりつつ、ラングドンが言った。「卓越したルネッサンスの万能人だったからね――芸術家であり、哲学者であり、錬金術師であり、そのうえ生涯にわたって古《いにしえ》の神秘に興味を持っていた。今日《こんにち》まで、デューラーの芸術に隠されたメッセージを完全に理解できた者はいない」

「だとしても」キャサリンは言った。「〝1514アルブレヒト・デューラー〟がピラミッドの解読法とどう関係するの？」

ふたりは施錠されたドアの前に着いた。ラングドンがベラミーのカードキーを使ってドアをあけ放つ。

「1514という数字はね」ラングドンは階段を駆けあがりながら言った。「デューラーの特定の作品を指し示しているんだ」広い廊下に出たところで、周囲を見まわし、左を指さす。「こっちだ」ふたりはまた足早に進んだ。「アルブレヒト・デューラーは、一五一四年に完成した最も謎の多い作品のなかに、実際に1514という数字を隠したんだよ。作品名は〈メランコリアⅠ〉。北欧ルネッサンスの重要な作品と見なされている」

キャサリンは以前ピーターから、古代の神秘主義にまつわる古い本に載っていた〈メランコリアⅠ〉を見せられたことがあるが、隠された1514という数字を目にした記憶はなかった。

「たぶん知ってのとおり」ラングドンは興奮気味に言った。「〈メランコリアⅠ〉には、古の神秘を理解するための人類の苦闘が描かれている。あの絵の象徴を用いた表現はきわめて難解で、レオナルド・ダ・ヴィンチが単純明快な作家に思えるほどだ」

キャサリンは急に足を止め、ラングドンを見た。「ロバート、〈メランコリアⅠ〉はこのワシントンにあるわ。ナショナル・ギャラリーに展示されてるはずよ」

「そうだ」ラングドンは微笑んだ。「なんとなく偶然じゃない気がするな。ギャラリーはこの時間だと閉まってるが、館長と知り合いだから――」

「だめよ、ロバート。あなたが美術館へ行くと、ろくなことにならない」キャサリンは近くの壁へ近づき、コンピューターの載った机を見つけた。

ラングドンは不満げにあとを追った。

「もっと楽な手で行きましょうよ」芸術の権威たるラングドン教授は、実物がすぐ近くにあるのにインターネットを使うことに倫理的なためらいを感じているらしい。キャサリンは机の後ろにまわり、コンピューターの電源を入れた。しばらくしてそれが起動すると、別の問題があるのに気づいた。

「ブラウザのアイコンがない」

「図書館内のネットワークに接続されてるんだよ」ラングドンはデスクトップにあるアイコンを指さした。「これだ」

キャサリンは〝デジタル・コレクション〟と記されたアイコンをクリックした。新しい画面が表示され、ラングドンはふたたび指さした。キャサリンはその〝版画コレクション〟のアイコンをクリックした。画面が切り替わる――〝版画検索〟。

「〝アルブレヒト・デューラー〟と打ってくれ」

キャサリンは名前を入力し、検索ボタンを押した。数秒のうちにサムネイル画像が表示されはじめる。作風はどれも似ている――白黒の精巧な版画だ。デューラーは似た版画を何十も作ったらしい。

キャサリンは作品一覧に目を走らせた。

アダムとイヴ

ユダの裏切り
黙示録の四騎士
大受難伝
最後の晩餐《ばんさん》

どれも聖書にまつわる題なのを見たキャサリンは、デューラーがキリスト教神秘主義と呼ばれるものを――初期キリスト教と錬金術と占星術と科学が融合したものを――信奉していたことを思い出した。

科学……

炎に包まれる自分の研究所の映像が脳裏をよぎった。その先行きがどうなるかはほとんど実感できなかったが、いま頭に浮かんだのは助手のトリッシュのことだった。どうか無事でいて。

ラングドンがデューラー版の〈最後の晩餐〉について何やら話していたが、キャサリンの耳にははいらなかった。〈メランコリアI〉へのリンクがちょうど見つかったからだ。

マウスをクリックすると、ページが切り替わって基本情報が表示された。

メランコリアI、一五一四年
アルブレヒト・デューラー
(版画、簀《す》の目紙)
ローゼンウォールド・コレクション

ナショナル・ギャラリー・オブ・アート
ワシントンDC

画面を下へスクロールしたところ、デューラーの名作の高解像度デジタル画像が鮮やかに姿を現した。

そのあまりの異様さを忘れていたキャサリンは、驚いて見入った。

ラングドンは納得したように含み笑いをした。「言ったとおり、ずいぶん謎めいた作品だよ」

〈メランコリアⅠ〉に描かれているのは大きな翼を持つ陰鬱《いんうつ》そうな人物で、石造りの建物の前に腰かけて、この上なく奇異で雑多なものに囲まれている――天秤《てんびん》、痩《や》せ細った犬、大工道具、砂時計、不思議な立体図形、ぶらさがった鐘、子供の天使、梯子《はしご》などだ。

翼のある人物が表すのは〝人間の天才〟――いまだ啓蒙《けいもう》の光を得られず、憂い顔で頬杖《ほおづえ》を突く偉大な思索家――だと兄が話していたのを、キャサリンは漠然と思い出した。天才は人間のあらゆる知性の象徴――科学、数学、哲学、自然学、幾何学、さらには大工仕事にかかわるもの――に囲まれているが、真の啓示に至る梯子はまだのぼれずにいる。天才であっても、古の神秘を体得するのはむずかしい。

「象徴学の立場から言えば」ラングドンは言った。「これは人間の知性を神のごとき力に変えようとする試みのむなしさを表している。錬金術のことばを借りるなら、鉛を黄金に変じるのは人間には不可能だと表現しているんだ」

「あまりありがたいメッセージじゃないわね」キャサリンはうなずいた。「で、これがどう役に立つの？」ラングドンが話していた、隠された１５１４の数字は見あたらない。

「混沌《こんとん》から秩序へ」ラングドンは片頬をゆがめて笑った。「ピーターのことばどおりだ」ポケットに手を入れ、フリーメイソンの暗号を解読した文字列の紙を出す。「いまのままじゃ、この文字列は意味をなさない」机の上に紙をひろげた。

S	**O**	**E**	**U**
A	**T**	**U**	**N**
C	**S**	**A**	**S**
V	**U**	**N**	**J**

キャサリンは文字列を凝視した。たしかになんの意味もなさない。

「だが、デューラーが変換してくれる」

「どうやって？」

「言語の錬金術だよ」ラングドンはコンピューターの画面を手で示した。「見てごらん。この名作には、われらが十六文字に意味を与えるものが隠されてる」しばらく待つ。「もうわかったろう？　１５１４の数字を探すんだ」

キャサリンは授業ごっこをする気分ではなかった。「ロバート、どこかしら――球、梯子、多面体、天秤……」

「よく見て！　背景にある。天使の後ろの建物に彫られてるだろう？　鐘の下だよ。デューラーは数字の詰まった正方形を彫っている」

そしてキャサリンも数字の記された正方形を見つけた。１５１４もある。

「キャサリン、ピラミッド解読の鍵《かぎ》はその正方形だ」

キャサリンは驚きの目でラングドンを見た。

「これはただの正方形じゃない」ラングドンはにこやかに笑った。「ミズ・ソロモン、これは魔法の正方形なんだよ」

69

どこへ連れていくつもりだ？

ベラミーはＳＵＶの後部座席でまだ目隠しをされていた。議会図書館に近いどこかで少し停車したあと、車はふたたび走りだしたが、それもほんの一分ほどだった。あらためて一ブロック程度進んだだけで、ＳＵＶはまた停まった。

くぐもった話し声が聞こえる。

「あいにくだが……それはできない……」横柄な声が言っている。「……この時間は閉園で……」

ＳＵＶの運転手も負けじと横柄に応じた。「ＣＩＡの捜査で……国家の安全保障に……」

その発言と身分証が功を奏したのか、相手の口調がにわかに変わった。

「はい、もちろん……通用口に……」ガレージの扉が立てるような金属のきしむ音が聞こえ、扉らしきものが開くと、同じ声が言い足した。「ご案内しましょうか？　中へ行っても、あそこへはいるには――」

「けっこうだ。はいる手立てはもうある」

守衛が驚いたとしても、手遅れだった。ＳＵＶはすでに動きだしていた。五十ヤードほど進んで停まる。重い扉が背後でふたたび低い音を立てて閉まった。

静寂。

ベラミーは自分が震えているのに気づいた。

すさまじい音とともに、ＳＵＶの後部のスライドドアがあけられた。両肩に鋭い痛みを感じるや、腕をつかまれて引きずり出され、自分の足で立たされた。ひとことの声もなく、屈強な腕が広い舗面を歩かせる。正体不明の土くさい異臭がした。同行している別の人間の足音が聞こえたが、その何者かはまだことばを発していない。

ドアの前で足を止め、ベラミーは電子音を耳にした。軽い金属音を立ててドアがあく。何本かの通路を乱暴に歩かされるうち、温度と湿度が高くなっているのがおのずと感じとれた。屋内プールか？　いや、ちがう。漂うにおいは塩素のものではない……ずっと土くさく、原始的だ。

いったいどこなんだ！　連邦議会議事堂からはせいぜい一、二ブロックしか離れていない。また立ち止まらされ、また防犯ドアの電子音を聞いた。こんどのドアはかすれた音を発して開く。ドアの向こうへ押しやられたとき、鼻を突いたにおいはまちがえようがなかった。

ベラミーはこの場がどこかを悟った。信じられない！　ここへはよく来るが、通用口からはいったことは一度もない。ガラス張りの堂々たる建物は連邦議会議事堂から三百ヤードしか離れておらず、厳密には議事堂の建物群に属する。ここは自分の管轄だ！　中へはいるのに自分の電子キーが使われたのを知った。

強靭《きょうじん》な腕に押されてドアを抜け、曲がりくねったなじみの道を歩かされた。ふだんなら、ここのあたたかく湿った濃密な空気には安らぎを覚える。だが、いまは汗ばんでいる。

ここでどうしようというんだ？

唐突に歩みを止められ、ベンチにすわらされた。腕力の強い男が手錠をはずしたが、すぐにそれを後ろのベンチにつなぎ留めた。

「わたしをどうする気だ」ベラミーは心臓を高鳴らせつつ問いただした。

返事は、歩き去る靴の音とガラス戸が閉まる音だけだった。

そして沈黙が訪れた。

死の沈黙。

ここに置き去りにするつもりなのか？　汗だくになって、手の縛《いまし》めを解こうとあがいた。目隠しさえとれない。

「助けてくれ！」ベラミーは叫んだ。「だれか！」

破れかぶれで声を張りあげたものの、だれの耳にも届かないのはわかっていた。このガラス張りの広大な空間は〈ジャングル〉と呼ばれ、ドアを閉めれば完全な気密状態になる。

〈ジャングル〉に取り残された。朝までは発見されない。

そのとき、耳が何かをとらえた。

ほとんど聞きとれないほどの音だったが、人生で聞いたどんな音よりも恐ろしかった。何かが呼吸している。ごく近くで。

ベンチにいるのは自分だけではない。

唐突にマッチが顔のすぐそばで擦《す》られ、熱を感じた。ベラミーはたじろいで、思わず手錠を強く引いた。

やにわに顔に手があてられ、目隠しがはずされた。

炎が眼前にあり、それがサトウの黒い瞳《ひとみ》に映っている。ベラミーの顔からわずか数インチのところで、サトウはくわえていた煙草にマッチを押しつけた。

ガラスの天井から差す月光を浴びて、サトウはにらみつけている。相手の怯《おび》えるさまを見て満足している顔だった。

「さて、ミスター・ベラミー」マッチを振って消しながら言った。「どこからはじめようか」

70

魔法の正方形。キャサリンはデューラーの版画にある、数字が並んだ正方形を見つめてうなずいた。たいがいの人ならラングドンの正気を疑っただろうが、キャサリンはその表現の正しさをすぐに悟った。

〝魔法の正方形〟という言いまわしには、超自然的なものではなく、数学的な意味合いがある。これは、縦、横、斜めのいずれの列も和が等しくなるように数字を並べた方陣、すなわち魔方陣のことだ。古代のエジプトやインドや中国で発明され、いまも魔力を持つと一部で信じられている。今日でも、信心深いインド人はクベーラ・コーラムと呼ばれる縦横三マスの特別な魔方陣をヒンドゥー教の祭壇に描く、という話をキャサリンは読んだことがあった。しかし、現代の人々は魔方陣をもっぱら〝娯楽数学〟の分野に追いやっていて、新たな魔法の配置を見つけ出すことに喜びを見いだす者がいまなお存在する。いわば天才向けの数独《ナンプレ》だ。

キャサリンはすばやくデューラーの魔方陣を調べ、いくつかの列の数字を足してみた。

16	3	2	13
5	10	11	8
9	6	7	12
4	15	14	1

「三十四ね」キャサリンは言った。「どの列も和は三十四になる」

「そのとおり。でも、この魔方陣が特に有名なのは、デューラーが一見不可能なことをやってのけたからだというのは知ってたかい？」縦、横、斜めの列の和がすべて三十四であるばかりか、右上、右下、左上、左下のそれぞれ四マスも、中央の四マスも、隅の四マスも、ひとつ残らず和が三十四であることを、ラングドンは一気に説明した。「だが何より驚かされるのは、この信じられない偉業を達成した年がわかるように、15と14をいちばん下の列の真ん中に並べたデューラーの凄腕《すごうで》だよ！」

キャサリンはおのおのの数の組み合わせに目を走らせ、その結果に驚嘆した。

ラングドンはいっそう興奮した口ぶりになっていた。「特筆すべきは、ヨーロッパの芸術に魔方陣が登場したのは、この〈メランコリアI〉が歴史上はじめてだったということだ。歴史家のなかには、古の神秘がエジプトの神秘学派のもとから持ち出され、ヨーロッパの秘密結社の手に渡ったことを、デューラーがこれによって暗に伝えていると信じる者もいる」いったんことばを切る。「そこで話はもどる……これに」

ラングドンは石のピラミッドの文字列が記された紙切れを手で示した。

S	O	E	U
A	T	U	N
C	S	A	S
V	U	N	J

「どこかで見たような並び方だろう?」

「縦横四マスね」

ラングドンは鉛筆を手にとり、紙切れに書かれた文字列のすぐ隣に、デューラーの魔方陣をていねいに書き写した。いまやキャサリンも、これがたやすい作業になると予想できた。ラングドンは紙をふたつに切り、鉛筆を握ったが……あれほど意気ごんでいたのに、なぜか躊躇《ちゅうちょ》するそぶりを見せた。

「ロバート？」

ラングドンは自信なげにキャサリンを見た。「ほんとうにきみはこれを望んでるのか？　ピーターははっきりと――」

「ロバート、あなたが解読しないなら、わたしがやる」キャサリンは手を出して、鉛筆をつかみとろうとした。

思いとどまらせるのが無理だとわかり、ラングドンはピラミッドに注意をもどした。魔方陣を注意深くピラミッドの文字列に重ね合わせ、各文字に数を割りあてる。それから、その数の順に従って、フリーメイソンの暗号から導いた文字を並べ替え、新たな文字列を作った。

作業が終わると、ふたりともその結果をじっくり見た。

J	E	O	V
A	S	A	N
C	T	U	S
U	N	U	S

キャサリンはとたんに困惑した。「まだでたらめだわ」

ラングドンはしばし沈黙を守った。「いや、キャサリン、でたらめじゃないさ」発見の興奮で目がふたたび輝く。「これは……ラテン語だ」

長く暗い廊下で、盲目の老人が不自由な足を懸命に急がせて自分の書斎へ向かっていた。ようやく書斎に着き、机の前の椅子に崩れ落ちると、老いた骨がつかの間の休息に安らいだ。留守番電話が電子音を鳴らしている。老人はボタンを押し、耳を傾けた。

「ウォーレン・ベラミーです」友であり、フリーメイソンの兄弟でもある男の押し殺したささやき声が言った。「憂慮すべき知らせをお伝えしなくてはなりません……」

キャサリン・ソロモンは文字列に視線をもどし、もう一度考えた。たしかにラテン語の単語が見てとれる。Ｊｅｏｖａ。

J	E	O	V
A	S	A	N
C	T	U	S
U	N	U	S

キャサリンはラテン語を学んではいないが、古いヘブライ語の文献を読んだ経験から、この語にはなじみがあった。エオウァ《Jeova》。エホバ《Jehovah》。つづきを目で追い、文字列を本のように読んでいくと、驚いたことにピラミッドの全文字が読めた。

Jeova Sanctus Unus。

意味はすぐにわかった。ヘブライ語の聖典の現代語訳には、同じ意味の語句がしばしば出てくる。トーラーでは、ヘブライ人の神はさまざまな名称で呼ばれる――エオウァ、エホバ、イエシュア、ヤハウェ、〝源〟、エロヒムなどだ。しかし、ローマ人による翻訳の多くで、これらの混乱を招きかねない呼称はラテン語の単純な語句に統合された。それがこの〝エオウァ・サンクトゥス・ウヌス〟だ。

「唯一にして真なる神？」キャサリンはつぶやいた。兄を見つけるのに役立つ文句とはとうてい思えない。「それがこのピラミッドの秘められたメッセージ？　〝唯一にして真なる神〟が？　地図だとばかり思ってたのに」

ラングドンも同じくらい途方に暮れた顔を見せた。目に宿っていた興奮はすっかり消えている。「解読法は正しいはずだが……」

「兄を拉致《らち》した男は場所を知りたがってる」キャサリンは耳の後ろへ髪を掻《か》きあげた。「こんな答を聞いても喜ばないでしょうね」

「キャサリン」ラングドンはため息をついた。「こんなことじゃないかと思ってたんだよ。今夜はずっと、一連の神話や寓話《ぐうわ》を現実のものと見誤っている気がしてならなかった。この刻字は比喩として、ある到達点を示しているのかもしれない――人間の真の能力は、唯一にして真なる神を通じてのみ得られるという考え方をね」

「だけど、それじゃまったく筋が通らない！」キャサリンは反論し、苛立《いらだ》ちで歯を食いしばった。「わたしの一族は何代もこのピラミッドを守ってきたのよ！　唯一にして真なる神？　そんなものが秘密だって？　国家の安全保障にかかわるとＣＩＡが見なしてるって？　ただの嘘っぱちか、わたしたちが何か見落としてるか、どちらかに決まってる！」

ラングドンは同意のしるしに肩をすくめた。

　そのとき、電話が鳴った。


古い本が並ぶ雑然とした書斎で、老人は机に身を乗り出し、関節炎を患う手で受話器を握っていた。

呼び出し音が鳴りつづける。

ようやく、ためらいがちな声が答えた。「もしもし」深みはあるが不安げな声だ。

老人はささやいた。「きみが聖域を求めていると聞いた」

電話の相手は驚いたようだった。「だれです？　ウォーレン・ベラ――」

「名前を口にしてはいけない」老人は言った。「託された地図を無事に守れているかね」

驚愕の入り混じった沈黙。「ええ……でも、これが重要だとは思えなくて。たいしたことは伝えていません。仮に地図だとしても、比喩にすぎな――」

「いや、請け合うが、地図はまぎれもない本物だ。まさしく実在の場所を示している。大切に保管しなさい。どれほど重要なものかは、いくら強調しても足りないのだよ。きみは追われているが、見とがめられずにわたしのもとまで来られたら、聖域を提供しよう……そして、答も」

　踏ん切りがつかないらしく、男はためらった。

「友よ」老人は慎重にことばを選んで切り出した。「テベレ川の北にローマの避難所がある。そこにはシナイ山から切り出した石が十個、天そのものからの石がひとつ、ルカの暗黒の父の顔をかたどった石がひとつある。わたしの居場所がわかるかね」

電話の向こうで長い沈黙が流れたのち、男は答えた。「はい、わかります」
老人は微笑した。きみならわかると思ったよ、教授。「すぐに来なさい。尾行に用心するように」

71

マラークはスチームシャワーの渦巻く熱気のなかに裸で立っていた。エタノールのにおいを残らず洗い流し、清らかな身にもどったことを自覚した。ユーカリ油の混じった蒸気が皮膚に浸透し、毛穴が熱で開いていく。そこで儀式をはじめた。

まず、刺青《いれずみ》に覆われた体と頭皮に脱毛剤を塗り、体毛を跡形もなく取り去った。ヘリアデスの七島の神々には体毛がなかったという。つづいて、ほぐれて準備のできた体にアブラメリン油を擦りこんだ。大魔術師の聖なる油だ。それからシャワーのレバーを大きく左へまわし、湯を氷並みに冷たい水に変えた。ゆうに一分は冷えきった水に打たれ、毛穴を閉じて熱と精力を体の芯《しん》に封じこめる。冷たさは、おのれの変身がはじまった凍《い》てつく川を思い出させた。

シャワーの下から出たマラークは震えていたが、数秒のうちに芯の熱が肉の層を通ってひろがり、全身をあたためた。体内はさながら溶鉱炉だ。姿見の前に裸で立ち、わが身を賛美した……命にかぎりのある自分を見るのは、これが最後になるかもしれない。

足には鷹《たか》の鉤爪《かぎづめ》の刺青がある。そこから腿《もも》までは――ボアズとヤキンは――古の知恵の柱だ。臀部《でんぶ》から腹部は神秘の力を持つアーチをなす。アーチの下から堂々たる性器が伸び、運命を告げる象徴が彫られている。かつての人生では、この太い肉の棒が性的快楽の源となっていた。けれども、いまはちがう。

自分は浄化された。

カタロイの神秘的な去勢僧たちと同じく、マラークも睾丸《こうがん》を除去していた。身体の機能を投げ捨て、一段と価値のあるものを得ていた。神に性別はない。性衝動という低俗な誘惑とともに、性にともなう不完全さを捨て去ったこの身は、ウラノスやアッティスやスポールス、そしてアーサー王伝説の去勢した大魔術師に比肩するものとなった。いかなる霊的な変身も、まず肉体の変身が先立つ。そのことはあらゆる偉大な神々から学びうる……オシリスやタンムズやイエスやシヴァや仏陀《ぶつだ》その人から。

おのれを包む人間の殻を脱ぎ捨てねばならない。

やにわに目をあげ、胸の双頭の不死鳥と、顔を飾る古代の印を素通りして、頭頂部へ視線を注いだ。首を鏡のほうに傾けると、そこで待ち受ける円形の地肌がかろうじて見えた。そこは聖なる部位だ。大泉門《だいせんもん》と呼ばれ、誕生時に頭蓋《ずがい》骨のその部分はまだ閉じていない。脳に面した天窓。数か月もするとこの生理機能上の門は閉ざされてしまうが、外界と内なる世界に失われた結びつきがあった証《あかし》として残される。

マラークは手つかずの聖なる肌をじっと見た。そこはウロボロスが——おのれの尾を呑《の》む神秘の蛇が——形作る王冠状の円に囲まれている。むき出しの肌が自分を見つめ返し、期待で輝いているように見えた。

必要とされる大いなる宝は、まもなくロバート・ラングドンが見つけるだろう。それが手にはいれば、頭頂部の空白が埋められて、いよいよ最後の変身の準備が調う。

寝室の奥へ行き、最下段の抽斗《ひきだし》から白い絹の細長い布を出した。これまでに幾度もおこなったように、布を股間《こかん》や臀部に巻きつける。それから階下へ向かった。

書斎のコンピューターにEメールが届いていた。

情報提供者からだ。


要求の品はもう手が届くところにある。

一時間以内に連絡する。待ってもらいたい。


マラークは笑みを浮かべた。最後の準備に取りかかる頃合だ。

72

閲覧室のバルコニーから、CIAの現場捜査官が憤然とおりてきた。ベラミーの嘘つきめ。上層のモーセ像の近くに、熱の痕跡《こんせき》はまったく残っていなかった。

それなら、ラングドンはどこへ行ったんだ?

捜査官は来た道を引き返し、熱の痕跡が唯一見られた場所――図書館の運搬システムの中心部――へ向かった。階段をふたたびおり、八角形の棚の下を進んでいく。コンベヤーベルトの低い騒音が癇《かん》に障った。運搬室のなかへ行き、熱画像ゴーグルを引きおろして室内を調べた。何もない。書庫へ目を向けると、ねじ曲がったドアが爆発の熱の名残をまだ見せていた。それ以外は何も――

うわっ!

光がいきなり視界に流れこんできたので、捜査官は跳びすさった。ふたり組の幽霊よろしく、薄く光るふたつの人形《ひとがた》がコンベヤーベルトに乗って壁から出てきた。熱の痕跡がある。

ふたつの幻影がコンベヤーベルトの動きに沿って室内をめぐり、壁の小さな穴へ頭から吸いこまれていくのを、捜査官は呆然《ぼうぜん》と見送った。コンベヤーベルトに乗って脱出したのか？　いかれている。

捜査官は壁の穴から逃げられたことだけでなく、別の問題も生じたのを悟った。ラングドンはひとりではないのか？

無線機のスイッチを入れ、指揮官に報告しようとしたとき、相手に先を越された。

「各員へ告ぐ。図書館前の広場に乗り捨てられたボルボを発見した。登録所有者はキャサリン・ソロモン。目撃者によると、この女は少し前に図書館にはいった。ロバート・ラングドンに同行しているものと考えられる。ただちに両者を探し出すよう、サトウ局長から指示があった」

「そのふたりの熱の痕跡を見つけました！」運搬室の現場捜査官は叫び、それから状況を説明した。

「なんだと！」指揮官は応じた。「そのコンベヤーベルトはどこへ通じている？」

現場捜査官は、掲示板に貼ってある職員用の参照図をすでに調べていた。「アダムズ館。ここから一ブロックです」

「各員へ。目的地をアダムズ館に変更する！　行け！」

73

聖域。答。

キャサリンとともにアダムズ館の通用口から寒夜へ飛び出したラングドンの頭のなかで、ふたつのことばが反響していた。謎の電話の主は暗号めいた言いまわしで居場所を告げたが、ラングドンにはすぐに察しがついた。行き先を知ると、キャサリンは驚くほど楽観的な反応をした。唯一にして真なる神を探すのにそれ以上ふさわしい場所はないわね、と。

問題は、どうやってそこへ向かうかだ。

現在地をたしかめようと、その場で周囲を見まわした。真っ暗だが、運よく雨はあがっている。ふたりは小さな前庭にいた。議事堂のドームが意外なほど遠く見え、ラングドンは、数時間前に議事堂に着いてから建物の外に出たのはこれがはじめてだとあらためて気づかされた。

基調講演が聞いてあきれるよ。

「ロバート、見て」キャサリンがジェファーソン館のシルエットを指さした。

その建物を目にしてラングドンが最初に感じたのは、これほど遠くまで地下のコンベヤーベルトで移動してきたのかという驚きだった。しかし、つづいて警戒の念が湧き起こった。ジェファーソン館は騒然としてあわただしい雰囲気に包まれている。トラックや車がつぎつぎ乗り入れ、叫び声がいくつも響く。あれは投光器だろうか？

ラングドンはキャサリンの手をつかんだ。「こっちだ」

ふたりは庭を北東へ走り、瀟洒《しょうしゃ》なU字型の建物の陰にすばやくまわりこんで姿を隠した。ラングドンはそれがフォルジャー・シェイクスピア図書館だと気づいた。この建物なら今夜身をひそめるのにふさわしいかもしれない。ここにはフランシス・ベーコンの『ニュー・アトランティス』のラテン語版が所蔵されており、アメリカの建国の父たちが古の知恵をもとに新世界を築いたとき、そのなかで描かれた理想郷を手本としたと言われている。ともあれ、ここにとどまる気などなかった。

タクシーが要るな。

ふたりは三番ストリートとイースト・キャピトル・ストリートの交差点に出た。車通りはまばらで、ラングドンは気力の萎《な》えを感じつつタクシーを探した。少しでも議会図書館から距離を置こうと三番ストリートを北へ走る。一ブロック近く進んだあたりで、角を曲がってくるタクシーがようやく目にはいった。ラングドンは合図をしてタクシーを停めた。

ラジオから中東の音楽が聞こえ、若いアラブ人の運転手が愛想のよい笑みを浮かべた。「どちらへ？」跳び乗ったふたりに運転手が尋ねた。

「行き先は――」

「北西よ！」キャサリンが割ってはいり、ジェファーソン館から遠ざかる方向を指さした。「ユニオン駅のほうへ向かって、マサチューセッツ・アベニューを左に曲がってちょうだい。停まるところで声をかけるから」

運転手は肩をすくめると、プレキシガラスの仕切りを閉めてラジオの音量をもどした。

〝痕跡を残しちゃだめよ〟とでも伝えたいのか、キャサリンはたしなめるような目でラングドンをにらんだ。窓の外を指さして、地上すれすれに飛んでくる黒いヘリコプターを示す。まずいな、とラングドンは思った。サトウはなんとしてもピラミッドを取り返したいらしい。

ヘリコプターがジェファーソン館とアダムズ館のあいだに着陸するのを見て、キャサリンはいっそう不安げな面持ちで振り向いた。「ちょっと携帯電話を借りていい？」

ラングドンは差し出した。

「ピーターから聞いたんだけど、あなたには直観像記憶があるんでしょう？」キャサリンはウィンドウをおろしながら言った。「だから、一度かけた電話番号は全部覚えてるのよね」

「それはそうだが――」

キャサリンはラングドンの電話機を夜の闇へ投げ捨てた。ラングドンはあわてて振り返り、自分の電話機が宙返りして路上で粉々になるのを見送った。「なぜこんなことをするんだ！」

「隔離のためよ」キャサリンは沈痛なまなざしで言った。「このピラミッドは兄を見つける唯一の望みなの。ＣＩＡなんかに奪われちゃたまらない」

運転席のオマール・アミラーナは、音楽に合わせて頭を上下に振りながら鼻歌をうたっていた。今夜は実入りが少なかったので、ようやく客を拾えたのがありがたかった。タクシーがスタントン・パークのそばを通りかかったとき、配車係の聞き慣れた声が無線機から雑音に混じって聞こえてきた。

「こちら配車室。ナショナル・モール近辺にいる全車両へ。たったいま政府当局から通達があり、アダムズ館付近にふたりの逃亡者がいると……」

オマールは、自分のタクシーに乗っているふたり組と寸分たがわぬ特徴を伝える配車係の声を呆気《あっけ》にとられて聞いた。不安になってバックミラーを盗み見る。たしかに、長身の男の顔はどことなく見覚えがある。公開捜査番組で見たんだったか？

オマールはおそるおそる無線機のハンドマイクに手を伸ばした。「配車室？」小声で話す。「こちら一三四号車。お尋ねのふたり組だけど――この車にいるよ……いま」

配車係はすぐさまオマールに指示を伝えた。オマールは震える手で、係から聞いた番号に電話をかけた。応答した声はきびきびして無駄がなく、まるで兵士のようだった。

「ＣＩＡ現場作戦指揮官のターナー・シムキンズ捜査官だ。そちらは？」

「あの……タクシーの運転手です」オマールは言った。「そちらに電話して、例のふたりの――」

「はい」

「逃亡者は現在その車両にいるのか？　〝はい〟か〝いいえ〟だけでいい」

「ふたりにこの会話は聞こえるか？　〝はい〟か〝いいえ〟か」

「いいえ。仕切りが――」

「どこへ向かっている？」

「マサチューセッツ・アベニューを北西に」

「目的地は？」

「まだ聞いてません」

捜査官はためらった。「男のほうは革のバッグを持っているか？」

オマールはバックミラーをのぞいて目をむいた。「はい！　まさか、あのバッグに爆発物や何かが――」

「落ち着いて聞きなさい」捜査官が言った。「こちらの指示に正しく従っているかぎり、危険なことはない。わかるな？」

「はい、捜査官」

「名前は？」

「オマールです」汗が噴き出した。

「いいか、オマール」捜査官は穏やかに言った。「きみはとてもよくやっている。いまから、なるべくゆっくり運転してもらいたい。そのあいだに、こちらはタクシーの前方で部隊を待機させる。できるな？」

「はい、捜査官」

「それから、きみの車には後部座席と会話できるインターコムがあるか？」

「はい、捜査官」

「よろしい。では、頼みたいことがある」

74

〈ジャングル〉と呼ばれるその一画は、連邦議会議事堂に隣接するアメリカ植物庭園《USBG》——アメリカの生きた博物館——の一番人気の場所である。それは厳密に言うと多雨林で、天井の高い温室のなかにあり、そびえ立つゴムの木や絞め殺しイチジクに加えて、度胸のある観光客が林冠を上からながめられる高架通路が備わっている。

ふだんのウォーレン・ベラミーは、〈ジャングル〉に立ちのぼる土の香りや、ガラス天井の蒸気ノズルからおりてくる霧越しに陽光がきらめくさまに心が洗われる。だが今夜は、月明かりだけに照らされた〈ジャングル〉に戦慄《せんりつ》を覚えた。体じゅう汗みずくになり、後ろできつく拘束された腕に走る手錠の痛みを和らげようと身をよじった。

サトウ局長はベラミーの前を行きつもどりつしながら、平然と煙草を吹かしていた。注意深く調節されたこの自然のなかでは環境テロに等しい行為だ。頭上のガラス天井から差す煙った月明かりを浴びて、サトウの顔は悪魔を思わせるほどだった。

「それで」サトウがつづけた。「今夜あなたは議事堂へやってきて、ひと足先にわたしが来ていると気づき……腹を決めたわけだ。着いたことをわたしに知らせず、こっそりSBBへおりていって、身の危険を冒してまでアンダーソン部長とこのわたしに襲いかかり、ラングドンがピラミッドと冠石を持って逃げられるよう手引きした」肩をさすって言う。「興味深い決断だよ」

二度目があっても同じ決断をするとも、とベラミーは胸の内で言った。「ピーターはどこだ」怒りをあらわにする。

「わたしが知るわけがないじゃないか」

「ほかのことはなんでもお見通しのようだがな」ベラミーは反撃した。サトウが何かしら裏で糸を引いているとの疑念を隠そうともしない。「あんたは議事堂へ出向くべきだと知っていた。ロバート・ラングドンを探さなくてはならないのも知っていた。わざわざラングドンのバッグをX線で調べて冠石を見つけさえした。どう見ても、あんたへ内部情報を垂れ流した者がいるとしか思えない」

サトウは冷ややかに笑い、ベラミーに一歩近づいた。「ミスター・ベラミー、それでさっき襲いかかったんだな。敵はわたしだと思うのか？　わたしがあのちっぽけなピラミッドを奪おうとしてるとでも？」煙草をひと吸いして、鼻から煙を吐き出す。「いいかい、聞くんだ。秘密を守ることがいかに重要か、どこのだれより心得ているのはこのわたしだよ。あなたと同じで、わたしも大衆が知ってはならない情報があると考えてる。しかし、あなたはまだ呑みこめていないようだけど、今夜は別の力が働いてるんだよ。ピーター・ソロモンを拉致した男は、とてつもない力を持っている……あなたは気づいていないらしいがね。誇張ではなく、その男は歩く時限爆弾だ……あれこれやらかして、世界のありようを根本から変えかねない」

「わけがわからないな」ベラミーはすわったまま体を揺すった。手錠が腕に食いこんで痛い。

「理解してもらう必要はない。わたしに従えと言っているまでだ。現時点で、大惨事を防ぐ唯一の手立ては、その男に協力すること……そして、お望みのものをくれてやることなんだよ。だからあなたには、これからラングドンに電話して、ピラミッドと冠石を携えて投降するよう説得してもらう。ラングドンがこちらの手に落ちたら、ピラミッドの刻印を解読させ、男の要求する情報を手に入れて望みどおりのものを渡すことができる」

古の神秘へ通じる螺旋《らせん》階段の場所をか？「わたしにはできない。秘密厳守の誓いを立てているからな」

サトウは憤然と言った。「誓いなど知ったことじゃないね。いますぐ投獄して――」

「好きに脅すがいい」ベラミーは挑むように言った。「ぜったいに手など貸すものか」

サトウは深く息をつき、すごみのある声でささやいた。「ミスター・ベラミー、あなたは今夜何が起こっているのかをまったく理解できていないらしい」

張り詰めた沈黙が数秒つづき、不意にサトウの電話の音で破られた。サトウはポケットに手を突っこみ、勢いよく電話を引き出した。「どうした」相手の声に熱心に耳を傾ける。「そのタクシーはいまどこに？　どのくらいかかる？　よし、わかった。植物庭園に連れてきなさい。通用口だ。それから、あのいまいましいピラミッドと冠石をかならずわたしに届けるように」

サトウは電話を切ると、ベラミーに顔を向けて満足げに微笑んだ。「さて……どうやらあなたは早くもお払い箱になりそうだよ」

75

ロバート・ラングドンは、徐行が過ぎるタクシー運転手にスピードをあげるよう催促するのにうんざりして、ぼんやりと宙をながめていた。その横でキャサリンも沈黙に陥り、ピラミッドの伝えるものを解き明かせないことに苛立っているようだ。いましがたふたりは、ピラミッドや冠石や今夜の奇怪な出来事について、微細にわたってもう一度論じ合っていた。それでも、いったいどう考えればこのピラミッドがなんらかの地図になるのか、いまだに見当がつかなかった。

唯一にして真なる神？　その秘密が内に忍び宿るのは結社？

電話をかけてきた謎の人物は、ある場所で落ち合えたら答を提供すると約束していた。テベレ川の北にあるローマの避難所。ラングドンは、建国の父たちの〝新たなローマ〟が、誕生後まもなくワシントンと改名されたものの、当初の夢の名残をとどめていることを知っていた。いまもテベレの水流がポトマック川に注ぐかたわら、サン・ピエトロ大聖堂を模したドームの下で上院が議会を開き、消えて久しい〈円形大広間《ロタンダ》〉の炎をウルカヌスやミネルヴァが見守りつづけている。

求める答はほんの数マイル先で待ち受けているらしい。マサチューセッツ・アベニューを北西へ向かう。目的地はまさしく避難所だった。それはテベレ・クリークの北にある。ラングドンは運転手がもっとスピードをあげるよう念じた。

突然、キャサリンが弾《はじ》かれたように背筋を伸ばした。急に何かに気づいたらしい。「ああ、どうしよう、ロバート！」ラングドンに向けた顔は蒼白《そうはく》だった。一瞬ためらったあと、きっぱりと言う。

「わたしたち、道をまちがえてるわ！」

「いや、合ってるよ」ラングドンは反論した。「たしかにマサチューセ――」

「ちがう！　目的地がまちがってるの！」

ラングドンは当惑した。電話の主の謎かけからどうやって場所を割り出したか、すでにキャサリンには話してあった。シナイ山から切り出した石が十個、天そのものからの石がひとつ、ルカの暗黒の父の顔をかたどった石がひとつ。そんな説明が成り立つ建物は地球上にひとつしかない。タクシーが向かっているのはまさしくその建物だった。

「キャサリン、行き先は正しいはずだよ」

「ちがう！」キャサリンが叫んだ。「もうそこへは行かなくていいのよ。ピラミッドと冠石の謎が解けたの！　何もかもわかったのよ！」

ラングドンは仰天した。「ほんとうに？」

「ええ！　かわりにフリーダム・プラザへ行かなきゃ！」

ラングドンはわけがわからなかった。フリーダム・プラザはすぐ近くだが、まったくの見当ちがいに思える。

「エオウァ・サンクトゥス・ウヌス！」キャサリンが言った。「ヘブライ人の唯一にして真なる神でしょう？　ヘブライ人の神秘の象徴はダヴィデの星――つまり、ソロモンの紋章だわ。フリーメイソンの重要な象徴よね！」キャサリンはポケットから一ドル札を出した。「ペンを貸して」

ラングドンは呆気にとられたまま、上着からペンを出した。

「見て」キャサリンは膝《ひざ》に一ドル札をひろげてペンを受けとり、紙幣の裏に描かれた国璽《こくじ》を示した。「合衆国国璽にソロモンの紋章を重ねると……」ピラミッドにちょうど重なるようにダヴィデの星を描く。「ほら、このとおり」

ラングドンは一ドル札に目を落とし、それからキャサリンの顔を見た。気が変になったのだろうか。

「ロバート、もっとよく見て！　わたしが指さしてるものがわからない？」

ラングドンはもう一度その図に視線を向けた。

いったい何を言おうとしてるんだ？　ラングドンは前にもこの図を見たことがあった。陰謀論者の

あいだで、これはフリーメイソンが建国初期のアメリカにひそかに影響を及ぼした〝証拠〟としてよく知られている。合衆国国璽に六芒星《ろくぼうせい》を重ね合わせると、星のいちばん上の頂点がフリーメイソンの万物を見透かす目の位置と完全に一致し……さらに、なんとも不気味なことに、ほかの五つの頂点は明らかにM－A－S－O－Nという文字を指し示す。MASON――フリーメイソンだ。

「キャサリン、こんなのはただの偶然だよ。それより、これがどうフリーダム・プラザとかかわるのか、まだわからないんだが」

「もう一度見て！」キャサリンは怒気さえ感じられる声で言った。「わたしが指さしてる場所を見てないじゃない！　ほら、そこ。わからない？」

少し遅れて、ラングドンにもそれが見えた。

CIAの現場作戦指揮官ターナー・シムキンズは、アダムズ館の外で携帯電話を耳に押しあて、タクシーの後部座席で交わされる会話に聞き耳を立てていた。何か異変があったな。隊員たちはこれからシコルスキーUH－60改造型ヘリコプターに乗りこみ、北西へ飛んで路上封鎖する手筈《てはず》になっていたが、どうやら状況が一変したようだ。

ほんの少し前、キャサリン・ソロモンが目的地がちがうと主張しはじめた。その説明――一ドル札だのダヴィデの星だの――はさっぱり意味をなさず、ロバート・ラングドンも弱り果てていた。少なくとも、はじめのうちは。ところが、いまになってラングドンは真意を理解したらしい。

「そうか、きみの言うとおりだ！」ラングドンが出し抜けに言った。「まったく気づかなかったよ」

不意に、運転席との仕切りガラスを叩《たた》く音がして、それが開くのがわかった。「予定変更よ」キャサリンが大声で運転手に言った。「フリーダム・プラザへ行ってちょうだい」

「フリーダム・プラザですか？」運転手が不安げに言った。「マサチューセッツ・アベニューを北西に進むんじゃなく？」

「それはやめたの」キャサリンが大声で答えた。「フリーダム・プラザよ！　ここで左に曲がって。ほら、ここよ！　ここ！」

シムキンズ捜査官の耳に、タクシーがタイヤをきしませて角を曲がる音が聞こえた。キャサリンがまた興奮気味にラングドンに話しかけ、プラザに埋めこまれている名高い青銅板の国璽がどうのこうのとしゃべりはじめた。

「お客さん、ちょっといいですか」運転手の緊張した声が割ってはいった。「行き先はフリーダム・プラザですね――ペンシルヴェニア・アベニューと十三番ストリートの角の？」

「そうよ」キャサリンが言った。「急いで！」

「すぐそこですよ。二分で着きます」

シムキンズはにやりとした。よくやった、オマール。シムキンズは待機中のヘリコプターへと駆けていき、隊員たちに大声で伝えた。「捕まえるぞ。フリーダム・プラザだ！　出動する！」

76

フリーダム・プラザはまさに地図そのものだ。

ペンシルヴェニア・アベニューと十三番ストリートの角に位置するこの広場には、壮大な敷地の表面に施された石細工によって、ピエール・ランファンが最初に構想したとおりのワシントンの道路が描き出されている。観光スポットとしての人気が高いのは、巨大な地図の上を歩くのが楽しいからでもあるが、〝自由広場《フリーダム・プラザ》〟の名にゆかりの深いマーティン・ルーサー・キング牧師が、すぐ近くのウィラード・ホテルで〈わたしには夢がある《アイ・ハブ・ア・ドリーム》〉の演説原稿の大半を書きあげたことが大きい。

タクシー運転手のオマール・アミラーナは、しじゅうフリーダム・プラザまで旅行客を乗せているが、今夜の乗客はどう見ても観光を楽しんでいるふうではなかった。ＣＩＡがこのふたりを追ってる？　路肩に停車するなり、ふたりの男女はタクシーから飛びおりた。

「ここで待っていてくれ」ツイードの上着の男がオマールに言った。「すぐもどるよ！」

ふたりは巨大な地図の描かれた広々とした空間へ駆けていき、そこかしこで交差する道路図を見てまわりながら、指さしたり大声をあげたりをはじめた。オマールはダッシュボードの携帯電話をすばやくつかんだ。「もしもし、いらっしゃいますか、捜査官」

「ああ、オマール！」がなり声がした。電話の向こうの轟音《ごうおん》のせいで、かろうじて聞こえる程度だ。

「いま、ふたりはどこだ」

「地図のところです。何かを探しているようです」

「ふたりから目を離すんじゃないぞ」捜査官が声を張りあげた。「わたしもまもなくそちらに到着する」

オマールはふたりの逃亡者が早くもフリーダム・プラザの著名な国璽――これまでに鋳造されたなかで最大級の青銅の円盤――を見つけたのに気づいた。ふたりはしばらくそれを見てから、唐突に南西の方角を指さした。やがて、ツイードの男がタクシーのほうに駆けてきた。オマールがあわてて携帯電話をダッシュボードに置いたとき、ちょうど男が息を切らしつつもどった。

「ヴァージニア州のアレクサンドリアはどっちの方角かな」男が訊《き》いた。

「アレクサンドリアですか？」オマールは南西を指さした。ついさっきふたりが指していたのとまったく同じ方角だ。

「思ったとおりだ！」男が小声で言った。くるりと向きを変え、女に向かって叫ぶ。「きみの言うとおりだ！　アレクサンドリアだよ！」

女は広場の向こうにある地下鉄の表示柱を指さした。「ブルーラインなら乗り換えなしで行ける。キング・ストリート駅でいいのよね」

オマールはパニックの波に襲われた。まずい。

男はオマールのほうを向き、運賃をはるかに上まわる額の紙幣を差し出した。「ありがとう。ここまででいい」男は革のバッグを持って走っていった。

「待って！　車でお連れしますよ！　そこならしじゅう行ってますから！」

しかし手遅れだった。ふたりの男女はすでに広場の向こうへ走り去っている。そして、メトロ・センター駅へおりる階段に消えていった。

オマールは携帯電話をつかんだ。「捜査官！　ふたりとも地下鉄の駅へ行ってしまいました！　どうしても止められなかったんです。ブルーラインでアレクサンドリアへ行くと言ってました！」

「そこで待っていろ！」捜査官が大声で言った。「十五秒で着く」

オマールは男がよこした紙幣の束に目を落とした。いちばん上の一ドル札は、先ほどふたりが何か書きこんでいたものらしい。合衆国国璽に重ねてダヴィデの星が描かれている。たしかに、星の頂点が指し示す文字の綴《つづ》りはＭＡＳＯＮだった。

　なんの前ぶれもなく、耳をつんざく振動音があたりを包み、オマールはセミトレーラーがタクシーに突っこんでくるのではないかと思った。顔をあげたが、通りにほかの車は見あたらない。音はますます大きくなり、つややかに黒光りするヘリコプターが夜空からやにわに降下してきて、広場の地図の中央に強行着陸した。

　黒装束の一団が飛びおりる。ほとんどが地下鉄の駅へ走っていったが、ひとりだけオマールのタクシーに駆け寄った。その男は助手席のドアを勢いよくあけた。「オマールか？」

　オマールは声も出せずにうなずいた。

「やつらは行き先を言っていたか？」捜査官が訊いた。

「アレクサンドリア！　キング・ストリート駅です！」オマールは一気に言った。「タクシーで送ると申し出たんです。でも――」

「アレクサンドリアのどこへ行くか言わなかったか？」

「いいえ。広場にある国璽の円盤を見て、アレクサンドリアのことを訊きにきました。それから、これで支払ったんです」オマールは異様な図形の描かれた一ドル札を手渡した。捜査官がそれを調べているとき、オマールは急に落ち着きを取りもどした。フリーメイソンか！　それに、アレクサンドリア！　アメリカで指折りの有名なフリーメイソンの建物がアレクサンドリアにある。「わかった！　ジョージ・ワシントン・フリーメイソン記念館ですよ！　キング・ストリート駅の真向かいにあります！」

「それだ」捜査官もちょうど同じことに気づいたらしかった。そのとき、ほかの捜査官たちが駅から駆けもどってきた。

「逃がしました」ひとりが大声で言った。「ちょうどブルーラインが出たところでした。ふたりの姿は見あたりません」

シムキンズ捜査官は腕時計に目をやり、オマールに向きなおった。「アレクサンドリアまで地下鉄でどれくらいだ」

「早くても十分です。たぶんもっとかかるでしょう」

「オマール、ほんとうによくやってくれた。感謝する」

「いえ、どうも。でも、いったい何があったんです？」

だが、シムキンズ捜査官はすでにヘリコプターのほうへ走りながら叫んでいた。「キング・ストリート駅だ！　先まわりするぞ！」

オマールは巨大な黒い鳥が飛び立つのを呆気にとられて見つめた。ヘリコプターは機体を大きく南に傾けてペンシルヴェニア・アベニューを越えると、轟音とともに夜の闇へ消えていった。

オマールの足の下で、フリーダム・プラザを出発した地下鉄の列車が速度をあげた。車内にはロバート・ラングドンとキャサリン・ソロモンが固唾《かたず》を呑んですわっていた。無言のふたりを乗せて、列車は目的地へと疾走していった。

77

回想はいつも同じようにはじまる。

アンドロスは落下していた……後ろ向きのまま、深い渓谷の底を這《は》う氷の張った川へまっすぐ落ちていく。崖《がけ》の上では、ピーター・ソロモンの無情な灰色の目が拳銃《けんじゅう》の銃身越しに見おろしている。落ちるにつれて上方の世界は遠ざかり、上流の滝から立ちのぼる水煙に包まれると、何もかもが消え失《う》せた。

一瞬、すべてが真っ白になった。天国のように。

そして、氷に激突した。

冷たさ。暗黒。痛み。

アンドロスは転げまわっていた……強烈な力に引きずられ、途方もなく冷たい闇のなかで岩から岩へと容赦なく叩きつけられる。肺が空気を渇望するが、凍えた胸の筋肉が縮みあがり、息を吸いこむことさえできない。

氷の下にいるのか。

滝の近くは逆巻く水のせいで氷が薄かったらしく、アンドロスは氷を突き破って水中に沈んでいた。いまは透明な天井の下に囚《とら》われたまま、川下へと押し流されている。氷を下から引っ掻いて突き破ろうとしたが、どうすることもできない。肩の銃創の焼けつく痛みも、散弾の疼痛《とうつう》も、もはや薄れつつある。どちらも全身の感覚を奪うしびれに掻き消されていた。

流れが速くなり、カーブを曲がって一気に勢いが増した。体が酸素を求めて悲鳴をあげる。水中に横倒しになった木に突然ぶつかり、枝が体にからみついた。考えろ！　アンドロスはやみくもに枝を手探りして水面をめざし、枝が氷から突き出ている個所を見つけた。指先の感覚で、枝のまわりに小さな隙間があるのを察し、氷のふちを強引に引っ張る。一回、二回。穴がひろがって、幅が数インチになった。

アンドロスは枝に寄りかかって頭を後ろに反らし、小さな隙間に口を押しつけた。肺に流れこんだ冬の空気が生あたたかく感じられる。にわかに得た酸素が希望の灯をともした。アンドロスは木の幹に足を掛け、背中と肩を思いきり押しあげた。横倒しになった木のまわりは、枝や破片で氷に穴があいてもろくなっている。強靭な脚に満身の力をこめると、頭と肩が氷を突き破り、冬の闇に顔を出すことができた。空気が肺に注ぎこまれる。まだ水中に浸《つ》かったままの体を持ちあげようと、必死に脚で伸びあがって、手で木を引き寄せた。ついに水からあがり、寒々しい氷の上に息も絶えだえに横たわった。

ずぶ濡《ぬ》れのスキーマスクをむしりとってポケットに入れ、上流を振り返ってピーター・ソロモンの姿を探した。川のカーブが視界をさえぎっている。ふたたび胸がうずきだしたアンドロスは、氷にあいた穴を隠そうと、小枝を静かに引きずって上にかぶせた。朝にはまた凍って、穴がふさがるだろう。

よろよろと森へ歩いていくと、雪が降りだした。どのくらい進んだだろうか。いつの間にか森を抜け、小さなハイウェイの脇の土手に出た。意識は朦朧《もうろう》とし、体は冷えきっている。降りしきる雪のなか、かなたからヘッドライトが近づいてきた。アンドロスが激しく手を振ると、一台きりのピックアップ・トラックがすぐに停まった。ヴァーモント州のナンバープレートが見える。赤い格子柄のシャツ姿の老人がトラックから跳びおりた。

アンドロスは出血している胸を押さえつつ、よろよろと老人に近づいた。「猟師に……撃たれた。病院へ……頼む」

老人は迷いもせず、アンドロスに手を貸してトラックの助手席に乗せ、ヒーターをつけた。「いちばん近い病院はどこかね」

アンドロスは見当もつかなかったが、南を指さした。「つぎの出口だ」病院へ行くつもりはなかった。

翌日の報道で、老人が行方不明になったと伝えられたが、猛々《たけだけ》しい吹雪のなか、道中のどこで姿を消したのかはだれにもわからなかった。この老人の失踪《しっそう》と、その日の見出しを独占した別のニュース――衝撃的なイザベル・ソロモン殺害事件――とを結びつけて考える者もいなかった。

目が覚めると、アンドロスは、冬季休業中で板を打ちつけてある安モーテルのうらぶれた一室にいた。中に押し入り、シーツを破いて傷口に巻きつけたあと、黴《かび》くさい毛布の山と薄っぺらなベッドのあいだに滑りこんだ記憶がよみがえる。ひどく空腹だった。

足を引きずってバスルームへ行くと、洗面台に血まみれの散弾がいくつも置かれていた。自分で胸からほじり出したことをかすかに覚えている。汚い鏡に視線を向け、血に染まったシーツの包帯をおそるおそるはずして傷を調べた。鍛えあげた胸と腹の筋肉のおかげで散弾は深く食いこんではいなかったが、かつて完璧だった肉体は傷でめちゃめちゃになっていた。ピーター・ソロモンが放った一発の銃弾は、肩を貫通して血だらけの弾痕を残していた。

はるばるこの地へ来たというのに、目当てのものを手に入れることができなかったのが、さらに大きな痛手だった。ピラミッドだ。腹が鳴り、アンドロスは足を引きずりながら外へ出て、食料が見つからないかと老人のトラックへ向かった。厚い雪に覆われたトラックを見て、自分がこの古いモーテルでどのくらい眠ったのかと考えた。目が覚めたのがせめてもの救いだ。前部座席に食料はまったくなかったが、ダッシュボードの小物入れから関節炎用の鎮痛剤が見つかった。ひとつかみ口に入れ、雪を何度か口に含んで呑みくだす。

何か食べなくては。

数時間後、古いモーテルから出てきたトラックは、二日前にここに着いたトラックとは似ても似つかぬものに変わっていた。運転台の上の導風板がなくなり、ホイールキャップや、バンパーのステッカーや、装飾品のたぐいもすべて取り去られていた。ヴァーモント州のナンバープレートが消え、モーテルに停まっていた古い整備用トラックのものと取り替えられていた。血染めのシーツや散弾など、アンドロスがいた証拠になるものは、ひとつ残らず整備用トラックのそばのごみ容器に捨てられた。

ピラミッドをあきらめたわけではないが、当面は見送るしかなさそうだった。身を隠し、傷を癒《い》やし、何よりもまず、食べなくてはならない。公道沿いに簡易食堂を見つけ、卵とベーコンとハッシュブラウンと三杯のオレンジジュースを一気に口に入れた。食べ終えると、さらにテイクアウトの料理を注文した。ふたたびトラックを走らせ、古ぼけたラジオに耳を傾けた。あの受難の日以来、テレビも新聞も見ていなかったので、ようやく地元局のニュースが聞こえてきたとき、報道に肝をつぶした。

「ＦＢＩの捜査官は」アナウンサーが言った。「二日前にポトマックの邸宅でイザベル・ソロモンを殺害した武装侵入者の足どりを現在も追っています。その男は氷を突き破って水中に落ち、海へ流されたと見られています」

アンドロスは凍りついた。イザベル・ソロモンを殺害した？　当惑しつつも静かに運転をつづけ、詳細な報道に耳を傾けた。

この地を離れて、はるか遠くへ行くほかない。


ニューヨークのアッパー・ウェスト・サイドの集合住宅からながめるセントラル・パークは息を呑む美しさだった。アンドロスがこの場を選んだのは、窓の外に見える緑の海が過ぎし日のエーゲ海の風景を思い起こさせるからだった。生きているだけでありがたいのはわかっていたが、やはり満足できなかった。むなしさが消えることはなく、ピーター・ソロモンのピラミッドを奪い損ねたことにいつまでもこだわっていた。

アンドロスは長い時間をかけて、フリーメイソンのピラミッドにまつわる伝説を研究した。ピラミッドが実在するかどうかについては諸説紛々だが、それが強大な知恵と力をもたらすという有名な予言に関してはだれもが意見を同じくしていた。フリーメイソンのピラミッドは実在する、とアンドロスは心に言い聞かせた。自分の得た内部情報に反駁《はんばく》の余地はない。

運命は自分の手の届くところにピラミッドを置いた。それを見過ごすのは、あたりくじを持ちながら換金せずにいるのと同じ気がした。フリーメイソン以外の人間で、ピラミッドが実在すると知っているのは自分ひとりだ……それを守る男がだれなのかを知っているのも。

数か月すると体の傷は癒《い》えたが、もはやアンドロスはギリシャにいたころのうぬぼれの強い若者ではなかった。トレーニングをやめ、鏡に映るおのれの裸体を愛《め》でるのもやめた。体に衰えのきざしが現れてきたように感じた。かつて完璧だった肌は傷跡の寄せ集めになり、それを見ていっそう憂鬱になった。回復期に用いた鎮痛剤にもいまだに頼っていて、その昔ソアンルック監獄にはいる羽目に陥った暮らしに逆もどりした心地がした。それでもかまわなかった。肉体は肉体が欲するものを求める。ある晩、グリニッジ・ヴィレッジで麻薬を買ったとき、売人の男の前腕に仰々しい稲光の絵柄の刺青があった。アンドロスが尋ねると、男は交通事故でできた長い傷跡をこの刺青で覆い隠しているのだと話した。「毎日傷跡を見るたびに事故を思い出しちまうからよ」売人は言った。「だから、みなぎる力を表す刺青で覆ったってわけだ。それで自信を取りもどしたよ」

その夜、新たに手に入れた麻薬で気を大きくしたアンドロスは、ふらふらと近所の刺青店にはいり、シャツを脱いだ。「この傷跡を隠したい」高らかに告げた。自信を取りもどしたいんだ。

「隠す？」刺青師はアンドロスの胸を一瞥《いちべつ》した。「何で？」

「刺青だ」

「そりゃそうだが……なんの刺青で？」

アンドロスは肩をすくめた。過去を思い出させる醜い跡を消したいという思いしかなかった。「さあね。そっちで決めてくれ」

刺青師は首を横に振り、古来の聖なる刺青の伝統について書かれた小冊子をアンドロスに渡した。「準備ができたらまた来るといい」

ニューヨーク公共図書館には刺青に関する本が五十冊余りあり、アンドロスは数週間のうちにすべてを読破した。読書への情熱がふたたび芽生えたのを悟り、本を詰めたバックパックを背負って図書館と自宅のあいだを何度も行き来しては、セントラル・パークを見おろす自宅でむさぼるように読んだ。

刺青の本は、これまで存在すら知らなかった異世界——象徴や神秘主義や神話や魔術の世界——への扉を開いてくれた。読めば読むほど自分がいかに愚昧《ぐまい》であったかを思い知った。そのうち、自分の思いつきやスケッチや奇妙な夢をノートに書き留めはじめた。求めるものが図書館で見つからなくなると、稀覯本《きこうぼん》の取扱業者に依頼して、地上で最も珍しい奥義書のいくつかを買い求めた。『悪霊の幻惑について』……『アルス・ゴエティア』……『アルス・アルマデル』……『グリモリウム・ウェルム』……『アルス・ノトリア』……まだまだある。アンドロスはこれらをすべて読み、自分に約束された宝が世界にはまだ少なからずあるという思いをますます強くした。人知を超える秘密が諸処に存在する、と。

　やがて、アレイスター・クロウリーの著作に出会った。著者は二十世紀前半に活動した、幻視能力を持つ神秘主義者で、〝人類史上最も邪悪〟と教会から見なされた人物だった。傑物はいつの時代も凡人どもから恐れられる。アンドロスは儀式や呪文《じゅもん》の力について学んだ。正しく発せられれば、神聖なことばは異世界への門を開く鍵として機能することを知った。この宇宙の向こうには影の宇宙がある……その世界から自分は力を引き出せる。その力を駆使することに憧《あこが》れたが、その前に果たすべき儀礼や手続きがあることも自覚していた。

　聖なるものになれ、とクロウリーは記していた。おのれを浄《きよ》めよ、と。

　古代において、奉献の儀式は国法そのものであった。神殿で〝焼きつくす捧《ささ》げ物〟を奉じた昔のヘブライ人から、チチェン・イッツァのピラミッドの上で人間の首を切ったマヤ人や、十字架に自分の身を捧げたイエス・キリストまで、古代人は神が生《い》け贄《にえ》を求めることを知っていた。生け贄《sacrifice》を捧げる原始の儀式は、神から恩恵を引き出し、みずからを神聖な存在とするためのものだった。

　サケル《sacer》——聖なる。

ファケレ《facere》――作り変える。

生け贄の儀式は千古の昔に廃れたが、その力はいまも残っている。アレイスター・クロウリーをはじめとする現代のひと握りの神秘主義者がこの技を実践し、時とともに洗練させて、おのれを徐々に高次のものへと変容させた。アンドロスも同じように変身したいと希《こいねが》ったが、そのために危険な橋を渡らねばならないことも知っていた。

血のみが光と闇を分ける。

ある晩、あいていたバスルームの窓から一羽のカラスが迷いこみ、家のなかに閉じこめられた。カラスはしばらく飛びまわったあと、逃れられないのを悟ったのか、ついに動きを止めた。すでに多くを習得していたアンドロスは、これがしるしだと見てとった。前進せよ、というお告げだ。

アンドロスは片手でカラスをつかむと、キッチンに即席で設《しつら》えた祭壇の前に立ち、鋭いナイフを振りかざして、暗記していた呪文を唱えた。

「カミアク、エオミアへ、エミアル、マクバル、エモイイ、ザゼアン……アッサマイアンの書に記されし聖なる天使の御名《みな》によりて、われは汝《な》に命ず。汝、唯一にして真なる神の力により、この業《ぎょう》においで、わが助けとなりたまえ」

アンドロスはナイフをおろし、怯えきったカラスの右の翼の太い血管に注意深く突き刺した。血が流れ出す。受け皿として置いた金属のカップへ赤い液体がしたたり落ちていくのを見守りながら、予期せぬ寒気《さむけ》に襲われた。それでも先をつづけた。

「全能なるアドナイ、アラスロン、アシャイ、エロヒム、エロハイ、エリオン、アシェル・エヘイエ、シャッダイ……われを助けたまえ。さすれば、わが望むところ、わが求むることのすべてにおいて、この血が力と効を持つであろう」

夜になり、アンドロスは鳥の夢を見た……巨大な不死鳥が逆巻く炎から舞いあがる夢だった。翌朝、子供のころ以来感じたことのない生気に満たされて目を覚ました。公園へランニングに出かけると、思いのほか速く、長く走れた。限界まで走りきったところで足を止め、腕立て伏せと腹筋運動をはじめた。数えきれぬほど繰り返した。それでも力が余っていた。

その夜、アンドロスはまた不死鳥の夢を見た。


セントラル・パークにふたたび秋が訪れ、野生動物が冬の食べ物を求めて走りまわっていた。寒さがいとわしかったが、慎重に仕込んだ罠《わな》には生きたネズミやリスがごっそりかかった。獲物をバックパックに入れて持ち帰っては、しだいに複雑な儀式を執りおこなった。

エマヌエル、メッシア、ヨド、ヘー、ヴァウ……われをふさわしきものと思《おぼ》し召したまえ。

血の儀式は活力を与えてくれた。自分が日に日に若返るのを感じた。昼夜を問わず読書をつづけ、古代の神秘主義の書や、中世の叙事詩や、古い哲学書を漁《あさ》った。物事の本質を学べば学ぶほど、人類のあらゆる望みが失われたことに気づかされた。だれも何も見えていない……理解できない世界をあてどなくさまよっているだけだ。

アンドロスはまだ人間だったが、自分が別のものに進化しつつあるのを感じていた。大いなるもの。聖なるもの。たくましい体は休眠から目覚め、前にも増して強靭になった。アンドロスはその真の目的をようやく理解した。この肉体は最強の宝を──わが心を──擁する器にすぎない。

おのれの真の力がまだ発揮されていないのはたしかなので、さらに深く掘りさげて考えた。自分の運命はどんなものなのか。古の書物はどれも善と悪について語っていた……そして人はどちらかを選ぶ必要がある、と。自分はとうの昔に選んでいるが、良心のとがめはまったくなかった。悪が自然律でないなら、いったいなんだというのか？　光のあとには闇が訪れる。秩序のあとには混沌が訪れる。エントロピーは万物の基本だ。あらゆるものは朽ちていく。整然とした完璧な結晶も、やがては崩れて不規則な塵《ちり》になる。

創造者がいれば、破壊者もいる。

ジョン・ミルトンの『失楽園』を読んだとき、はじめておのれの運命が形をとった。偉大なる堕天使……光と戦う悪魔の戦士……猛き者……モロクと呼ばれる天使がいることを知った。

モロクは神として地上を歩いた。この天使の名を古代語に訳すとマラークになることを、のちに知った。

自分もまたそうなる。

すべての偉大なる変身と同じく、この変身も生け贄からはじめなくてはならない。だが、ネズミでも鳥でもだめだ。そう、この変身には真の生け贄が要る。

それにふさわしい生け贄はただひとつだ。

不意に、これまでの人生でまったく経験したことのない清澄な感覚を覚え、自分の運命のすべてがはっきりと見えた。それから三日間、休む間もなく大きな紙にスケッチを描いた。作業を終えたときには、おのれのめざす姿の青写真ができあがっていた。

その等身大のスケッチを壁に貼り、鏡をのぞきこむかのように見入った。

自分は至高の作品だ。

翌日、スケッチを持って刺青店へ出かけた。
心の準備はできていた。

78

ジョージ・ワシントン・フリーメイソン記念館は、ヴァージニア州アレクサンドリアのシューターズ・ヒルの頂上に建っている。ドーリア式、イオニア式、コリント式と、下から上へ行くほど建築技巧が複雑さを増す三層構造は、人間の知性の進歩を表す有形の象徴である。これはエジプトのアレクサンドリアにある古代のファロス島の大灯台にヒントを得た建物で、そびえ立つ塔の冠部には、炎のような頂華《ちょうげ》を持つエジプトのピラミッドが配されている。

美しい大理石の玄関広間には、フリーメイソンの正装に身を包んだジョージ・ワシントンの巨大な銅像が置かれているほか、連邦議会議事堂の礎石を据えたときワシントンが実際に使ったシャベルも展示されている。玄関広間を含めて九つの階があり、それぞれが〈洞窟《グロット》〉や〈地下会堂《クリプト》〉や〈テンプル騎士団礼拝堂〉などと名づけられている。ここに所蔵されている宝には、二万点を超えるフリーメイソン関連の書物に加え、まばゆく輝く契約の箱の複製や、ソロモン王の神殿の玉座を再現した実物大の模型までもある。

ポトマック川の上を低空飛行するUH－60改造型ヘリコプターのなかで、CIAのシムキンズ捜査官が腕時計に目をやった。列車の到着まで、あと六分。シムキンズは息を大きく吐き、地平線で輝くフリーメイソン記念館を窓からながめた。燦然《さんぜん》と輝くその塔の偉観は、ナショナル・モールのどの建物にも引けをとらない。記念館のなかにはいったことはないが、今夜もその必要はあるまい。すべて計画どおりに運べば、ロバート・ラングドンとキャサリン・ソロモンは地下鉄の駅から出ることさえできないだろう。

「あそこだ！」シムキンズはパイロットに叫びながら、記念館の向かいにあるキング・ストリート駅を指した。パイロットはヘリコプターを傾けて、シューターズ・ヒルの麓《ふもと》の草地へ降下させた。

歩行者が驚いて顔をあげるかたわら、シムキンズと部下たちはつぎつぎと機体から出ると、すばやく通りを渡ってキング・ストリート駅へと駆けおりた。階段では数人の客があわてて飛びのいて壁に張りつき、武装した黒装束の男たちがすさまじい勢いで通り過ぎるのを見送った。

キング・ストリート駅はシムキンズの予想より大きく、複数の路線――ブルーライン、イエローライン、アムトラック――が乗り入れているらしい。シムキンズは壁の地図の前まで走っていき、フリーダム・プラザとそこからの直通路線を見つけた。

「ブルーライン、南行きホームだ！」声を張りあげて言う。「ただちに行って、ひとり残らず退去させろ！」隊員たちが走っていった。

シムキンズは切符売り場へ駆け寄り、身分証をちらつかせて中の女に怒鳴った。「メトロ・センターからのつぎの列車だが――到着予定は？」

女は怯えた様子で答えた。「わかりません。ブルーラインは十一分間隔で来ます。時刻表はここにないんです」

「前の列車が着いたのはいつだ」

「五分か……六分前でしょうか。せいぜいそんなものです」

シムキンズは計算した。完璧だ。ラングドンはまちがいなくつぎの列車に乗っている。

疾走する地下鉄の車内にいたキャサリン・ソロモンは、硬いプラスチックの座席で落ち着かなく体を動かしていた。頭上のまばゆい蛍光灯のせいで目が痛くてたまらず、ほんの一秒でもまぶたを閉じたい衝動と戦っていた。ほかに乗客はなく、隣にいるラングドンは足もとの革のバッグをぼんやり見おろしている。走る列車のリズミカルな揺れが夢心地を誘うのか、ラングドンのまぶたも重そうだった。

キャサリンはラングドンのバッグにある奇妙な中身を頭に描いた。どうしてＣＩＡがこのピラミッドをほしがるの？　ベラミーは、サトウがピラミッドに秘められた真の力を知って狙っているのかもしれないと言っていたらしい。しかし、仮にこのピラミッドが古の秘密の隠し場所をなんらかの形で明らかにするとしても、太古の神秘の知恵にＣＩＡが興味を持つとはとうてい思えない。

そこでふと考えなおした。ＣＩＡが古代の魔術や神秘主義と紙一重の超心理学や超能力のプログラムを進めてきたことは、これまでに何度か伝えられている。一九九五年には、通称〝スターゲイト／スキャネート〟スキャンダルによって、ＣＩＡが扱おうとしたある機密扱いの科学技術――〝遠隔透視〟と呼ばれるもの――が世間の知るところとなった。これは精神を伝達するテレパシーの一種で、〝透視者〟は心の目を地球上のどこへでも移動させて、肉体が不在のままで監視することができる。もちろん、この技術は目新しいものではない。神秘主義者はこれをアストラル投射と呼び、ヨーガ行者は体外離脱と呼んだ。不幸にも、恐れおののいたアメリカの納税者たちが愚行と呼んだため、このプログラムは廃された――少なくとも、公的には。

皮肉なことに、CIAが失敗したこのプログラムと自分の純粋知性科学の発見とのあいだに注目すべきつながりがあることを、キャサリンは感じていた。

警察に電話をかけて、カロラマ・ハイツで何か見つかったかを確認したくてたまらなかったが、いまやふたりとも携帯電話を持っていないし、どのみち当局に接触するのはあまりにも危険が大きい。サトウの手がどこまで伸びているか、わかったものではない。

がまんよ、キャサリン。あと何分かで安全な隠れ場所に着き、答を教えると請け合った人物が迎えてくれる。その答がどんなものであれ、兄を救い出す手がかりとなることをキャサリンは祈った。

「ロバート？」地下鉄の路線図を見あげて言った。「つぎの駅よ」

ラングドンはゆっくりと白昼夢から覚めた。「そうか、ありがとう」駅へ迫る列車の轟々たる音を聞きながら、ショルダーバッグを持ちあげて、不安げにキャサリンを見た。「無事に行き着けることだけを祈ろう」

ターナー・シムキンズが部下たちと合流したころには、地下鉄のホームはすっかり退去がすみ、部下たちがホームの端から端まで並ぶ支柱の陰に隠れていた。ホームの反対の端から、トンネルの奥で反響する轟音が聞こえはじめる。その音が強まるにつれ、生あたたかい風が押し寄せてきてシムキンズのまわりに立ちこめた。

もう逃げられないぞ、ラングドン。

シムキンズは、ホームでの待機を命じてあったふたりの捜査官に顔を向けた。「身分証と銃を出しておけ。この地下鉄は自動運転だが、ドアを開閉する車掌がかならず乗っている。車掌を見つけろ」

列車の前灯がトンネルの出口に現れ、甲高いブレーキの音が空気を切り裂いた。突進してきた列車が減速をはじめると、シムキンズとふたりの捜査官は線路へ身を乗り出し、車掌がドアをあける前に目で合図しようと、ＣＩＡの身分証を振った。

列車がすばやく近づいてきた。ようやくシムキンズは三両目に当惑顔の車掌を見つけた。なぜ三人の黒装束の男がそろって自分に身分証を振りかざしているのか、車掌は懸命に考えているらしい。シムキンズは停車しようとする列車に駆け寄った。

「ＣＩＡだ！」身分証を掲げて叫ぶ。「ドアをあけるな！」

列車の先頭が滑るように脇を通り過ぎると、シムキンズは車掌のいる車両へ駆け寄りながら大声で言った。「ドアをあけるな！　わかるか？　ぜったいにドアをあけるんじゃないぞ！」

列車が完全に停まり、目を大きく見開いた車掌が何度もうなずいた。「何があったんですか？」窓の向こうから尋ねる。

「発車するな」シムキンズは言った。「ドアは閉めたままだ」

「わかりました」

「われわれを一両目から乗車させてくれるか」

車掌はうなずいた。おどおどした様子で列車からおり、ドアを閉める。それからシムキンズと部下を連れて一両目へ行き、手動でドアをあけた。

「乗ったらまたロックしろ」シムキンズは言いながら銃を出した。シムキンズと捜査官ふたりがまばゆい車内にすばやく乗りこむと、車掌はすかさずドアをロックした。

一両目には四人の乗客――十代の少年三人と年配の女――しかいなかった。無理もないが、銃を持った三人の男の登場に全員が驚愕している。シムキンズは身分証を掲げた。「だいじょうぶです。このままおすわっていてください」

シムキンズと部下は捜索をはじめた。封じこめた電車を先頭から後方へ向かって一両ずつ調べていく。シムキンズが特別訓練基地《ファーム》でトレーニングを受けていたとき〝歯磨き粉の搾り出し〟と呼ばれていた手法だ。乗客はわずかで、捜索は半ばまで進んだが、ロバート・ラングドンとキャサリン・ソロモンの人相書きにあてはまる者はひとりも見つからない。それでもシムキンズにはまだ自信があった。地下鉄の車両には隠れられる場所などありえない。トイレも荷物室も特別な出口もない。仮にこちらが列車に乗りこむのに気づいて後方へ逃げたとしても、車外へ出る方法はない。ドアをこじあけるのはほぼ不可能であり、そのうえ部下たちが車両の両側から見張っている。

辛抱《しんぼう》しろ。

だが最後尾のひとつ手前の車両まで来ると、シムキンズもさすがに不安を覚えた。この車両には乗客がひとり――中国人の男――しか見あたらない。後方へ進みながら、隠れられそうな空間がないかと入念に調べたが、そんなものはまったくなかった。

「最後の車両だ」シムキンズはまた銃を掲げ、最後尾の車両との連結部へ向かった。その車両に足を踏み入れるや、三人ははたと立ち止まって目を瞠《みは》った。

いったいこれは？　シムキンズはすべての座席の後ろを調べながら、無人の車両を足早に進んで突きあたりまで行った。そして、頭に血がのぼるのを感じつつ、ふたりの捜査官に向きなおった。「どこへ消えたんだ！」

79

ヴァージニア州アレクサンドリアから真北へ八マイル行った場所で、ロバート・ラングドンとキャサリン・ソロモンは霜に覆われた広大な芝地を悠々と横切っていた。

「女優になるべきだよ」ラングドンはキャサリンのとっさの機転と鮮やかな即興にまだ感服していた。

「あなたもなかなかだったけど」キャサリンは微笑んだ。

タクシーで突然騒ぎだしたキャサリンに、はじめのうちラングドンは当惑するばかりだった。キャサリンはなんの前置きもなく、ダヴィデの星と合衆国国璽について気づいたことがあると言いだし、フリーダム・プラザへ行こうと唐突に主張した。陰謀論者がよく根拠とする有名な図を一ドル札に描き、自分が指さしている場所をよく見ろとしつこく言い張った。

ようやくラングドンは、キャサリンが一ドル札ではなく運転席の後ろの小さな表示灯を指さしているのに気づいた。表示灯はほこりまみれで、ラングドンはその存在すら目に留めていなかった。ところが前かがみになってよく見ると、それは点灯して赤く鈍い光を放っていた。そして、そのすぐ下の文字もかすかに読みとれた。

——インターコム使用中——

ラングドンがあわてて振り返ると、キャサリンは動揺の色をたたえた目で前の座席を見ろと促した。ラングドンはその視線に従って、仕切り越しに注意深く盗み見た。ダッシュボードに置いてある運転手の携帯電話が大きく開かれ、画面を光らせたままインターコムのスピーカーに向けられている。ラングドンは瞬時にしてキャサリンの行動の意味を理解した。

向こうはこちらがこのタクシーにいるのを知っている……自分たちの会話は筒抜けだった。タクシーが止められて包囲されるまでにどれだけ時間が残っているのか見当もつかなかったが、すばやく行動を起こさなくてはならないのはたしかだった。ラングドンはすかさずキャサリンに調子を合わせた。キャサリンがフリーダム・プラザへ行きたがっているのはピラミッドとはなんの関係もなく、そこに大きな地下鉄の駅――メトロ・センター――があって、レッドラインかブルーラインかオレンジラインで六方向のどれへでも行けるせいだと気づいたからだ。

ふたりはフリーダム・プラザでタクシーから跳び出し、こんどはラングドンがちょっとした即興をやって、アレクサンドリアのフリーメイソン記念館へ向かうかのような痕跡を残した。それからいっしょに地下鉄の駅へ駆けおりたのち、ブルーラインのホームを走り抜けてレッドラインのホームまで行き、そこで逆方向行きの列車に乗った。

そのまま北へ向かって六つ目のテンリータウン駅で下車し、ひっそり閑とした高級住宅地におり立った。目的地は周囲数マイルのなかで最も高い建造物で、すぐに地平線に姿を現した。それはマサチューセッツ・アベニューから少し奥まった、手入れの行き届いた広大な芝地にあった。

キャサリンの言う〝隔離〟に成功したふたりは、湿った草地をそのまま歩いていった。右手に、薔薇の茂みと〈シャドウ・ハウス〉と呼ばれる阿舎がよく知られる、中世風の庭園があった。ふたりは庭園を通り過ぎ、来るように指示された壮麗な建物へ直接向かった。シナイ山から切り出した石が十個、天そのものからの石がひとつ、ルカの暗黒の父の顔をかたどった石がひとつある避難所。

「夜来たのははじめてよ」キャサリンが明るく照らされた塔を見あげて言った。「絶景ね」

ラングドンも同感だった。ここがいかに感銘深い場所かを忘れていた。このネオ・ゴシック様式の最高傑作は、大使館通りの北端に建っている。ラングドンはもう何年も訪れておらず、児童向けの雑誌でこの場所について執筆したときが最後だった。それはアメリカの子供たちの興味を掻き立てて、このすばらしい歴史的建造物を見にくるよう仕向けたいと願って書いたもので、この記事――「モーセ、月の石、スター・ウォーズ」――は、何年も旅行ガイドブックに転載されていた。

ワシントン国立大聖堂。ラングドンは久しぶりにここへ帰ってきて、意外なほど胸の高鳴りを覚えた。唯一にして真なる神を探すのにそれ以上ふさわしい場所はない、か。

「この大聖堂にはほんとうにシナイ山から切り出した石が十個あるの?」キャサリンが対になった鐘楼を見あげて言った。

ラングドンはうなずいた。「主祭壇のそばだ。モーセがシナイ山で与えられた十戒を象徴している」

「月の石もあると言ったわね」

天そのものからの石がひとつ。「ああ。ステンドグラスの窓のひとつは〈宇宙の窓〉と呼ばれていて、月の石のかけらがはめこまれてるんだ」

「わかった。でも、最後のはまさか本気じゃないわよね」キャサリンは端整な目を疑《うたぐ》り深く光らせた。「いくらなんでも……ダース・ベイダーの像だなんて」

ラングドンは含み笑いをした。「ルカ――つまり、ルーク・スカイウォーカーの暗黒の父だろう? もちろんあるよ。ダース・ベイダーは国立大聖堂で特に人気の高い怪物像だ」西塔の上部を指し示す。「夜だから見えないが、あのあたりにいるよ」

「いったいダース・ベイダーがワシントン国立大聖堂で何をしてるわけ?」

「邪悪な顔をかたどった吐水口《ガーゴイル》の子供図案コンテストがあって、ダース・ベイダーが入賞したんだよ」

ふたりは正面玄関へ通じる大階段にたどり着いた。正面玄関は高さ八十フィートのアーチの奥にあり、息を呑むほど美しい薔薇窓を上に戴《いただ》いている。大階段をのぼりはじめると、ラングドンの意識は、電話をしてきた謎の人物へと移った。名前を口にしてはいけない……託された地図を無事に守れているかね……。重い石のピラミッドを運んで肩が痛かったので、ラングドンはこれをおろせる瞬間を心待ちにしていた。聖域、そして答。

階段をのぼりきると、堂々たる木の扉に迎えられた。「ただノックすればいいの？」キャサリンが訊いた。

ラングドンも同じことで迷っていたが、そのとき片側の扉がきしみながら開いた。

「だれだね」か細い声が言い、戸口にくたびれた老人の顔が現れた。司祭のローブに身を包み、顔に表情がない。瞳は白く濁り、白内障のために曇っている。

「ロバート・ラングドンです」ラングドンは答えた。「キャサリン・ソロモンとともに聖域を求めています」

盲目の老人は安堵《あんど》の息を漏らした。「よかった。きみたちを待っていたのだよ」

80

まだ望みはある。ウォーレン・ベラミーはふと思った。

〈ジャングル〉のなかで、サトウ局長はいましがた現場捜査官から電話を受け、すさまじい叱責《しっせき》をつづけていた。「とにかく、なんとしても見つけ出しなさい！」電話に向かって怒鳴りつける。「もう時間がないんだ！」電話を切ると、これからどうするかを思案するかのように、ベラミーの前をゆっくりと往復しはじめた。

ついにサトウはベラミーの真正面で立ち止まり、くるりと体を向けた。「ミスター・ベラミー、この質問をするのはこれが最初で最後だよ」じっと目をのぞきこむ。「イエスかノーかだ——ロバート・ラングドンがどこへ行ったか心あたりはあるか？」

心あたり以上のものがあったが、ベラミーはかぶりを振った。「ないな」

サトウの突き刺すような視線はまったく動じなかった。「悪いけど、人が嘘をついていると見抜くのもわたしの仕事の一部なんだよ」

ベラミーは目をそらした。「すまないが力にはなれない」

「ベラミー建築監」サトウが言った。「今夜、午後七時すぎにあなたが郊外のレストランで食事をしていたとき、ピーター・ソロモンを拉致《らち》したと言い張る男から電話が来たね」

ベラミーは急に寒気を覚えてサトウに視線をもどした。なぜそれを知っている？

「その男は」サトウがつづける。「あなたにこう告げた。自分がロバート・ラングドンを議会議事堂へおびき出し、果たすべき仕事を……あなたの助けが必要な仕事を与えた、とね。そして、ラングドンが失敗したらピーター・ソロモンの命はないと脅した。うろたえたあなたは、ソロモンのすべての電話番号にかけてみたが、どれもつながらなかった。当然ながら、そこであわてて議事堂に駆けつけたというわけだ」

なぜサトウがその電話のことを知っているのか、ベラミーは見当もつかなかった。

「議事堂から逃げ出したとき」サトウは煙草をくゆらせて言った。「あなたはソロモンの拉致犯にテキストメッセージを送り、自分とラングドンがフリーメイソンのピラミッドを首尾よく手に入れたと伝えた」

いったいどこから情報を得ているんだ？　ベラミーは不思議に思った。ラングドンでさえ、そのテキストメッセージを送ったことを知らないのに。議会図書館へつづくトンネルにはいった直後、ベラミーは電気室へ行って工事用照明の電源を入れた。ひとりきりになったそのわずかな時間に、拉致犯にすばやくテキストメッセージを送った。サトウが介入してきたが、自分とラングドンはすでにフリーメイソンのピラミッドを手に入れていて、これから要求に応じるつもりだ、と。むろん嘘だが、相手を安心させれば、ピーター・ソロモンのためにもピラミッドを隠すためにも時間を稼げると踏んだのだった。

「テキストメッセージのことをだれから聞いた？」ベラミーは強い口調で言った。

ベンチにいるベラミーの脇に、サトウはベラミー自身の携帯電話を放り投げた。「種明かしと言うほどでもないよ」

ベラミーは自分を捕らえた捜査官が電話と鍵束《かぎたば》を押収したことを思い出した。

「そのほかの情報についてだけど」サトウは言った。「愛国者法のおかげで、国家の安全を脅かすと判断しえた人物については、電話に盗聴器を仕掛ける権限をわたしは与えられている。ピーター・ソロモンはそのような脅威であり、こちらもその判断に基づいて今夜行動を起こしたんだよ」

サトウが何を言っているのか、ベラミーはよく理解できなかった。「ピーター・ソロモンの電話を盗聴しているのか？」

「ああ。拉致犯がレストランにいるあなたに連絡したことは、それでわかった。あなたはすぐソロモンの携帯電話を呼び出し、たったいま何があったかを説明してソロモンの身を案じるメッセージを残したからね」

ベラミーは納得した。

「こちらはロバート・ラングドンが議事堂からかけた電話も傍受した。自分が罠《わな》によっておびき出されたと聞かされて、ひどくうろたえていたよ。わたしはすぐに議事堂へ向かった。あなたより早く着いたのは、たまたま近くにいたからだ。なぜラングドンのバッグのX線写真を調べようと思ったかって？　あの教授がすべてにかかわっていると気づいてから、ピーター・ソロモンの携帯電話とのあいだで早朝に交わされた一見ごくふつうの通話を部下にもう一度検討させたんだよ。その電話では、ソロモンの秘書を装った拉致犯がラングドンに講演を引き受けさせ、ソロモンから預かった小さな包みも持ってくるように仕向けていた。ラングドン自身がその包みについてなかなか話そうとしないから、わたしからバッグのX線写真を要請したんだ」

ベラミーはなかなか頭がまわらなかった。たしかにサトウの話は真実味があるが、どこか筋が通らない気もする。「だが……いったいなぜピーター・ソロモンが国家の安全保障に対する脅威だと？」

「嘘じゃない。ピーター・ソロモンはまちがいなく国家の安全保障に対する重大な脅威だよ」サトウは言い放った。「それにはっきり言って、ミスター・ベラミー、あなたもだ」

ベラミーは勢いよく身を起こした。手錠が手首をこすって痛みが走る。「なんだって？」

サトウは笑みを作ってみせた。「あなたがたフリーメイソンは危ないゲームをしているね。ほんとうにとんでもなく危険な秘密を守っている」

古《いにしえ》の神秘のことを言っているのか？

「さいわい、あなたがたは秘密を隠すことにかけてはつねに完璧《かんぺき》だった。ところがまずいことに、近年になって注意がおろそかになっている。そして今夜、あなたがたの危険きわまりない秘密が世界に暴かれようとしているんだよ。そうなる前にわれわれが阻止しなければ、大惨事になりかねない」

ベラミーは呆然《ぼうぜん》と目を見開いた。

「あんなふうに襲いかかったりしなければ」サトウは言った。「あなたもわたしが味方だと気づいたはずだよ」

味方。そのことばを聞いて、正否を知ることができそうもないある考えがベラミーの頭に浮かんだ。サトウはイースタン・スターの会員なのか？　イースタン・スター結社はフリーメイソンの姉妹団体と見なされることが多く、慈愛、秘密の知恵、宗教に対する寛容というよく似た思想を重んじている。味方だと？　味方が手錠を掛けるのか？　ピーターの電話を盗聴するのか？

「阻止するのに手を貸してもらうよ。その男はこの国が二度と立ちなおれないような大打撃を与えうる」サトウの顔は石のように無表情だった。

「だったらなぜそいつを追跡しない？」

サトウが信じられないという顔をした。「このわたしが手を尽くしていないとでも？　ソロモンの携帯電話の逆探知は、場所を特定できる前に途切れてしまった。もうひとつの番号はどうやら使い捨て電話のものらしく、逆探知はまず無理だね。自家用ジェット機の会社によると、ラングドンの乗った飛行機は、ソロモンの秘書がソロモンの携帯電話を使ってソロモンのカードで予約したそうだ。なんの痕跡《こんせき》もないんだよ。どのみち同じと言えば同じだがね。たとえ男の居どころが正確にわかったとしても、踏みこんで捕らえるような危険は冒せない」

「なぜだ」

「ちょっとそれは明かせないね。機密情報がからむから」サトウの忍耐は見るからに限界に近づいていた。「とにかく、この件について、わたしを全面的に信頼してもらいたい」

「いや、ことわる！」

サトウの目は氷のようだった。突然身をひるがえし、〈ジャングル〉の向こうへと声を張りあげた。

「ハートマン捜査官！　アタッシェケースを頼む」

電子ロックドアの開く音が聞こえ、ひとりの捜査官が急ぎ足で〈ジャングル〉にはいってきた。捜査官は光沢のあるチタンのアタッシェケースをサトウのそばの地面に置いた。

「さがって」サトウが言った。

捜査官が立ち去ると、ふたたびドアの開閉音がし、ふたたび静寂が訪れた。

サトウはチタンのケースを持ちあげ、膝《ひざ》の上に置いて留め具をはずした。それからゆっくりと視線をあげてベラミーを見る。「こんなことはしたくないが、時間が尽きていくからね。こうなってはほかに手がない」

ベラミーは奇妙なアタッシェケースを見て、恐怖がこみあげるのを感じた。拷問する気か？　そう思いつつ、また手錠から逃れようともがいた。「何がはいっているんだ！」

サトウはすごみのある笑みを浮かべた。「これを見れば、わたしに従う気になるよ。請け合ってもいい」

81

マラークが術をおこなう地下の空間は巧妙に隠されていた。自宅の地下室は、外から来た者にとってはごくふつうの場所に見える。ボイラー、ヒューズボックス、薪《まき》の山、その他雑多なものがある典型的な地下室だ。しかし、外から見えるこの区画は地下空間のほんの一部にすぎない。壁で仕切られた向こうにかなり広い場所があり、そこで秘めやかな営みがおこなわれていた。

マラークの私的な作業空間では小さな部屋がいくつも連なっていて、それぞれの部屋に専用の目的があった。入口は居間からひそかにつづく傾斜の急なスロープだけなので、ここを発見するのは不可能に等しい。

今夜、マラークがスロープをおりていくと、肌に彫られた記号や象徴が地下室の特別な照明によって瑠璃《るり》色の光に照らされ、生き生きと輝いて見えた。青みがかった靄《もや》のなかを歩いて、閉じたままのドアの前をつぎつぎ通り過ぎ、廊下の突きあたりにあるいちばん大きい部屋へ向かった。

マラークが好んで〝至聖所〟と呼ぶこの部屋は、一辺十二フィートの完璧な正方形の床を持つ。黄道にあるのは十二宮。昼間は十二時間。天国の門は十二か所。部屋の中央には一辺七フィートの正方形の石のテーブルが置いてある。黙示録の封印は七つ。ソロモン神殿の石段は七段。テーブルの中心の上方には、あらかじめ決めてある色のスペクトルを順に繰り返す明かりが吊《つ》りさがっている。聖なる惑星時間の表に合わせて、六時間周期となるように入念に調整したものだ。ヤノールの時間は青。ナスニアの時間は赤。サラムの時間は白。

いまはカエルラの時間で、部屋の照明は柔らかな紫がかった色合いに変わっていた。絹の腰布で臀《でん》部《ぶ》と去勢した性器を包んだだけの恰好《かっこう》で、マラークは準備をはじめた。

まず燻蒸剤《くんじょうざい》を慎重に混ぜ合わせ、のちに火をつけて空気を浄《きよ》める支度をする。つづいて、腰布のかわりに身につける新品の絹のローブをたたむ。最後に、捧《ささ》げ物の聖別に用いるフラスコ一杯の水を精製する。それが終わると、用意した材料をすべてサイドテーブルに置いた。

こんどは棚まで行って小さな象牙《ぞうげ》の箱を手にとり、サイドテーブルにもどってほかの材料とともに置いた。まだこれを使う準備はできていないが、蓋《ふた》をあけて中の宝を愛《め》でずにはいられなかった。

ナイフ。

象牙の箱のなかで黒いベルベットに包まれて光を放っているのは、マラークが今夜のためにとっておいた生《い》け贄《にえ》用のナイフだった。去年、中東の古物のブラックマーケットで百六十万ドルを出して手に入れた品だ。

歴史上最も有名なナイフ。

想像を絶するほど古く、失われたと信じられていたこの貴重なナイフは、鉄の刀身に骨の柄がついている。長きにわたって幾多の有力者のもとを転々としてきたが、ここ何十年かは姿をくらまし、個人の秘蔵コレクションのなかに埋もれていた。マラークはありとあらゆる手を尽くしてこれを手に入れた。このナイフはもう何十年も……ひょっとしたら何世紀も血に染まっていないはずだ。今夜は研ぎあげられた目的のとおり、ふたたび生け贄の力を味わうだろう。

マラークは弾力のある内張りからそっとナイフを持ちあげ、精製水に浸した絹の布で恭しく刀身を磨いた。ニューヨークで初歩の実験に手を染めたときに比べて、技術は大きく進歩している。マラークがおこなっている〝暗黒の術〟は多くの言語で多くの呼び方をされてきたが、どんな名前で呼ぼうと、まぎれもない科学だ。この太古の技術はかつて力の門への鍵を握っていたが、大昔に追放され、オカルティズムと魔術の陰に追いやられてしまった。この術をいまも実践する少数の者は変人扱いされるが、マラークは道理をわきまえているつもりだった。これは愚鈍な人間のたしなむものではない。古の暗黒の術は、現代の科学と同じく、正確な手順と特定の材料と緻密《ちみつ》な時宜を要する。

この術は、興味本位に生半可な態度でおこなわれることが多い今日《こんにち》の無力な黒魔術とはちがう。これは核物理学のように膨大な力を解き放つ可能性を秘めている。未熟な実践者は、逆流に見舞われて吹き飛ばされるかもしれない。

マラークは聖なるナイフを愛で終えると、眼前のテーブルにひろげた厚い羊皮紙に意識を向けた。子羊の皮で手ずから作ったものだ。しきたりどおり、まだ性的に成熟する前の、穢《けが》れのない子羊を使った。羊皮紙の横にはカラスの羽根で作ったペンと銀の皿が置かれ、真鍮《しんちゅう》の碗《わん》のまわりに炎が揺らめく蠟燭《ろうそく》が三本並べてある。碗には一インチほど深紅の液体がはいっていた。

ピーター・ソロモンの血。

血は不死の妙薬だ。

マラークは羽根ペンをとって、左手を羊皮紙に置いた。そしてペン先を血に浸してから、手のひらのまわりを注意深くなぞった。それが終わると、古の秘密の五つの象徴をそれぞれの指先にひとつずつ描いていった。

王冠……自分がなるであろう王の象徴として。

星……自分の運命を定めてきた天の象徴として。

太陽……自分の魂の啓示の象徴として。

角灯……人類の知性のかすかな光の象徴として。

鍵……足りない要素の象徴として。これは今夜ついに自分のものになる。

血の線画を描き終えると、羊皮紙を目の前に掲げ、三本の蠟燭の明かりでおのれの作品を鑑賞した。血が乾くのを待ってから、厚い羊皮紙を三度折りたたむ。霊妙な古の呪文《じゅもん》を唱えながら、羊皮紙を三本目の蠟燭にかざし、火を移した。炎をあげる羊皮紙を銀の皿に置き、そのまま燃やすにつれ、羊皮の炭素が分解して黒い粉になっていく。炎が消えると、マラークは血のはいった真鍮の碗へ慎重に灰を落とし、それをカラスの羽根で搔《か》き混ぜた。

液体がさらに濃い深紅になり、黒に等しく見える。

マラークは両手で碗を持ち、頭上に掲げて感謝を捧げると、古の血への賛歌《エウカリストス》を詠唱した。それから、黒ずんだ液を静かにガラス瓶へ移し、コルクで栓をした。これを墨にして頭頂部の手つかずの皮膚を彫り、最高傑作を完成させるのだ。

82

ワシントン国立大聖堂は世界で六番目の規模を誇る大聖堂で、三十階建ての超高層ビルよりも高くそびえている。二百を超えるステンドグラス窓、五十三個のカリヨン、一万六百四十七本のパイプを備えたオルガンを有するこのネオ・ゴシック様式の最高傑作は、三千人以上の礼拝者を収容できる。

だが今夜は、この豪壮な大聖堂に人気《ひとけ》はなかった。

コリン・ギャロウェイ師——大聖堂の首席司祭——は、永遠の時間を生きてきたかのような風貌《ふうぼう》をしていた。皺《しわ》だらけで腰が曲がり、質素な黒の法衣をまとって、足を引きずりつつ手探りで無言のまま歩いていく。ラングドンとキャサリンも黙したままあとにつづき、四百フィートに及ぶ暗い身廊の中央通路を進んだ。この通路は左へごくゆるやかに湾曲していて、目の錯覚で柔らかな印象を醸し出している。身廊と袖廊《そでろう》の交差部に着くと、首席司祭はふたりを内陣障壁——一般区画と聖所を隔てる意味合いを持つ仕切り——の奥へ導いた。

内陣には乳香のにおいが漂っていた。この聖なる空間は暗く、葉飾りのついたアーチ型天井の間接反射による明かりしかない。聖歌隊席を囲む飾り壁に聖書の出来事が刻まれているのが見てとれる。ギャロウェイ首席司祭はまだ歩きつづけた。この道筋を完全に覚えているのだろう。ラングドンは一瞬、このまままっすぐ進んで、シナイ山の石が十個埋めこまれた主祭壇へ向かうのかと思ったが、老齢の首席司祭は最後に左へ曲がり、用心深く隠された扉を手探りで通り抜けて、事務用の別館へはいった。

三人は短い廊下を抜け、ドアに真鍮の銘板がついた執務室に着いた。

コリン・ギャロウェイ師
大聖堂首席司祭

首席司祭はドアをあけ、そこで客への礼儀を思い起こす習慣があるらしく、電灯を点《つ》けた。それからふたりを中へ招いてドアを閉じた。

その執務室は小さいが品があり、背の高い書棚、机、彫刻の施された大型衣装戸棚、専用の手洗いを備えていた。壁には十六世紀のタペストリーや数点の宗教画が飾られている。机の真向かいに置かれた革張りの椅子に腰かけるよう、首席司祭はふたりに合図した。ラングドンはキャサリンの隣にすわり、重いショルダーバッグをようやく床におろせたことに感謝した。

聖域と答か。考えながら、快適な椅子に身を沈めた。

首席司祭はゆっくりと机の向こうへまわりこみ、背もたれの高い椅子にゆっくりと腰をおろした。疲れた様子で深く息をつき、顔をあげて、濁った目をふたりに向ける。話しだすと、その声は意外にも澄んで力強かった。

「初対面なのはわかっているが」首席司祭は言った。「きみたちを知っているような心地でいるのだよ」ハンカチを出して口を拭《ふ》く。「ラングドン教授、きみの著作は読ませてもらっている。この大聖堂の象徴について書いた才気あふれる記事もね。それからミズ・ソロモン、きみの兄上のピーターとは、フリーメイソンの同胞として長年親しくしている」

「ピーターが恐ろしい目に遭っているんです」キャサリンが言った。

「そう聞いたよ」老人はため息を漏らした。「きみたちを助けるためにわたしも全力を尽くそう」

ラングドンは首席司祭の指にフリーメイソンの指輪がないのに気づいたが、フリーメイソンであることを公にしたがらない会員が、とりわけ聖職者のなかには多いことも知っていた。

話をしていくうちに、首席司祭が今夜の出来事についてベラミーの留守番電話でかなり知らされていることがわかった。ラングドンとキャサリンが残りの話をすると、首席司祭の表情はますます曇った。

「では、われらが友ピーターを拉致したその男は、助けたければピラミッドの暗号を解読しろと言っているのだね」

「そうです」ラングドンは言った。「やつはピラミッドが古の神秘の隠し場所へ導く地図だと考えているんです」

首席司祭は不透明な目をラングドンに向けた。「わたしの耳には、きみがそんな伝承を信じていないように聞こえたが」

ラングドンは深入りして時間を無駄にしたくなかった。「わたしが何を信じるかは関係ありません。とにかくピーターを助けなくては。困ったことに、ピラミッドの暗号を解読できたのに、答が示されていなかったんです」

老人は居住まいを正した。「解読したのか」

キャサリンが割ってはいり、説明をはじめた。なんとしても兄を救うことが最優先だと思ったから、ベラミーの警告も、包みをあけるなという兄からラングドンへの指示も無視して、自分があけた、と。さらに、金の冠石のこと、アルブレヒト・デューラーの魔方陣のこと、それを用いて十六文字のフリーメイソンの暗号を解読したら〝エオウァ・サンクトゥス・ウヌス〟という一文が現れたことを話した。

「それだけかね」首席司祭が尋ねた。「唯一にして真なる神、か」

「はい」ラングドンが答えた。「ピラミッドは場所を特定する地図ではなく、比喩として示すだけのようです」

首席司祭は両手を前へ伸ばした。「手をふれたい」

ラングドンはバッグをあけてピラミッドを引き出し、机の上まで慎重に持ちあげて首席司祭の真正面に置いた。

老人の華奢《きゃしゃ》な手が石の隅々まで這《は》っていく——刻印のある面へ、平らな底へ、そして先端の欠けた上部へ。調べ終えると、首席司祭はもう一度両手を前へ出した。「冠石は？」

ラングドンは小さな石の箱を取り出して机に置き、蓋を開いた。中から冠石を取り出し、差し出されたままの手のひらに載せる。首席司祭はまた同じようにくまなく手でたしかめ、冠石の刻字の上で手を止めた。細かく流麗な文字を読みとるのに難儀しているらしい。

「〝その秘密が内に忍び宿るのは結社《ジ・オーダー》〟」ラングドンは手助けをした。「the と order は大文字ではじまっています」

首席司祭は表情を変えぬまま冠石をピラミッドに載せ、指先の感覚でふたつをそろえた。そして、祈りを捧げるかのようにしばらく間《ま》をとってから、完成したピラミッドを何度か恭しくなでた。やがて、手を伸ばして立方体の箱を探しあてると、それを両手でつかんでじっくり感触をたしかめ、指先で箱の内側と外側を探った。

それがすむと、箱を置いて椅子の背にもたれた。「では聞かせてくれ」声が急にきびしくなった。「なぜわたしのところへ来たのかね」

この質問にラングドンは不意を突かれた。「それは……あなたが来いとおっしゃったからです。ミスター・ベラミーから、あなたを信頼するように言われていましたし」

「それなのに彼を信頼していないのか」

「どういう意味でしょう？」

老人の白い目はラングドンを突き抜けた先へ向けられていた。「冠石のはいっていた包みは封印されていた。ミスター・ベラミーはきみに開封するなと言った。にもかかわらず、きみは開封した。また、ピーター・ソロモン自身もきみに開封するなと言った。にもかかわらず、きみは開封した」

「首席司祭」キャサリンが口をはさんだ。「わたしたち、兄を助けたかったんです。兄を拉致した男がわたしたちにピラミ――」

「それはわかる」首席司祭は認めた。「だが、包みを開封して得たものはなんだね？　何もない。ピーターを拘束している男は場所を知りたがっているのだから、〝エオウァ・サンクトゥス・ウヌス〟などという答では満足しまい」

「おっしゃるとおりです」ラングドンは言った。「しかし困ったことに、ピラミッドにはそれしか書かれていないんです。さっきも言いましたが、地図というのは比喩《ひゆ》で――」

「ちがう」首席司祭は言った。「フリーメイソンのピラミッドはまぎれもない地図だ。実在の場所を指し示している。それが理解できないのは、きみがまだピラミッドを解読しきっていないからだ。あと一歩ですらない」

ラングドンとキャサリンは驚いて顔を見合わせた。

首席司祭は両手をふたたびピラミッドに載せ、愛撫《あいぶ》するようにそっと動かした。「この地図は古の神秘そのものと同じで、幾重もの意味の層に覆われている。真の秘密はまだ隠されたままだ」

「ギャロウェイ首席司祭」ラングドンは言った。「わたしたちはピラミッドも冠石もくまなく調べました。もう見るところはありません」

「いまの状態ではそうだろう。だが物質は変化する」

「というと？」

「知ってのとおり、このピラミッドは奇跡のごとき変身の力を持つとされている。伝説によると、おのれの形を変え……物質としてのありようを転じて秘密を明かすことができるという。聖剣《エクスカリバー》を解き放ってアーサー王の手に預けた名高い岩のように、フリーメイソンのピラミッドも、おのれが望めばみずから形を変える……そして、資格を備えた者に秘密を明かす」

長い歳月がこの老人の判断力を奪ってしまったのか、とラングドンは思った。「すみません。つまり、このピラミッドが文字どおり物理的に変形するとおっしゃるんですか？」

「もしわたしがいまここでピラミッドに手を伸ばして形を変えたら、自分が見たものを信じるかね」

ラングドンはどう答えるべきかわからなかった。「信じるほかないでしょうね」

「よろしい。これからまさしくそのとおりのことをしてみせよう」首席司祭はまた口を拭いた。「最も賢明な者たちでさえ地球が平らだと考えていた時代があったことを思い出してもらいたい。もし地球がまるければ、海の水がこぼれてしまうと考えたからだ。その時代に〝この世界は球体であり、目に見えぬ謎の力が万物を地表にとどめさせている〟と主張したら、どれほど人々から笑い者にされたことか」

「次元がちがいます」ラングドンは言った。「重力と……手でふれるだけで物体を変形させる能力とではね」

「そうかね？　われわれがまだ暗黒の時代に生きていて、自分では視認も理解もできない〝神秘〟の力の存在に見向きもしないだけ、という可能性はないだろうか。もし歴史から学ぶことがあるとしたら、それは、今日われわれが嘲《あざけ》っている奇妙な力がいつの日か世に広く知られた真実になりうるということだ。このわたしが指一本でピラミッドを変形できると断じているのに、きみは正気を疑うばかりだ。歴史家にはもっと期待していたのだがね。歴史には、同じひとつのことを主張した偉人たちが満ちあふれているよ……人間にはおのれの気づかぬ神秘の力が備わっているという主張だ」

ラングドンはその点で首席司祭に異を唱えるつもりはなかった。ヘルメスの有名な格言——汝《なんじ》、おのれの神なるを知らざるか——は古の神秘を支える柱のひとつだ。上のごとく、下もしかり……神、その像《かたち》のごとくに人を造りたまえり……神格化……。人間そのものが神聖であり、果てしない可能性を秘めているという根気強い主張は、さまざまな伝統を持つ古代文書で繰り返されてきた大いなるテーマだ。聖書もまた、詩篇第八十二篇六節で叫んでいる——汝らは神なり！

「教授」首席司祭は言った。「きみも多くの教養人と同じく、ふたつの世界のはざまにとらえられて生きているのだよ。一方の足は精神世界に、もう一方の足は物質世界にある。心では信じたいと希《こいねが》っても……知性がそれを禁じている。学究の徒なら、歴史上の偉人から学ぶのが賢明だと思うがね」ことばを切って咳払《せきばら》いをする。「わたしの記憶が正確なら、歴史上最も偉大な人物のひとりがこう言っている。〝われわれにはとうてい計り知れないものが実際に存在する。自然界の秘密の奥には、謎めいてつかみどころがない、説明不能のものがいまだに残っている。理解の及ぶあらゆるものを超越したこの力に対する崇敬の念こそがわたしの宗教である〟」

「だれが言ったんですか」ラングドンは言った。「ガンジー？」

「はずれ」キャサリンが口をはさんだ。「アルバート・アインシュタインよ」

キャサリン・ソロモンはアインシュタインの著作を一字一句余さず読んだことがあり、その神秘的なものに対する深い敬意と、いつの日か多くの人が同様の感覚をいだくという予測に心を打たれていた。アインシュタインはこう予言している。未来の宗教は宇宙宗教であろう。それは人格神を超越し、教義や神学を持たないだろう、と。

ロバート・ラングドンはこの発想に手こずっているようだった。聖公会の老首席司祭に対して苛立《いらだ》ちを募らせているのがキャサリンにも感じられ、それも無理はないと思った。答を求めてここまで来たのに、現れたのは、軽く手をふれるだけで物体を変形させうると言い張る盲目の老人だったのだから。とはいえ、神秘の力に対する老人のあからさまな情熱は、兄を思い起こさせた。

「ギャロウェイ首席司祭」キャサリンは口を開いた。「ピーターは災難に遭い、わたしたちはＣＩＡに追われています。ウォーレン・ベラミーは、あなたに助けを求めるようにと、わたしたちをここへよこしました。わたしにはこのピラミッドが何を伝えているのかも、どこを指し示しているのかもわかりません。でも、これを解読すればピーターを救えるのなら、そうすべきです。ミスター・ベラミーは兄の命を犠牲にしてでもピラミッドを守るべきとお考えだったようですが、わたしの家族にとって、このピラミッドは苦難の元凶でしかありません。これがどんな秘密を隠しているとしても、今夜で何もかも終わらせます」

「それは正しい」首席司祭の口調は恐ろしげだった。「今夜ですべてが終わる。きみがそれを確実にした」大きく息をつく。「ミズ・ソロモン、きみが箱の封印を破ったことが、あともどりの利かない一連の出来事の発端となったのだよ。今夜はきみたちにはうかがい知ることのできない力が働いている。引き返すことはできない」

キャサリンは呆然と見返した。首席司祭の物言いはあまりにも大仰で、まるで黙示録の七つの封印か、パンドラの箱の話でもしているようだ。

「おことばを返すようですが」ラングドンが割ってはいった。「どんなことであれ、石のピラミッドが出来事の発端になるというのはまったく理解できません」

「むろんそうだろう」老人は見えない目をラングドンを突き抜けた先へ向けた。「きみはまだそれを見る目を持っていないのだから」

83

〈ジャングル〉の湿気のなかで、議事堂建築監は汗が背中を流れ落ちるのを感じた。手錠をはめられた手首が痛むが、残りの全神経は、サトウがたったいまベンチに置いて開いた不気味なチタンのアタッシェケースに釘《くぎ》づけになった。

——これを見れば、わたしに従う気になるよ。請け合ってもいい。

サトウがこちらの視線を避ける形でケースの留め具をはずしたため、ベラミーはまだ中身を見ていなかったが、想像だけは歯止めなくひろがっていた。ケースのなかで何やら作業をする手を見て、ベラミーはサトウがぎらりと光る鋭利な道具を取り出すのではないかと半ば覚悟した。

いきなりケースのなかで光がまたたき、しだいに明るくなって、サトウの顔を下から照らした。ケースのなかの手が動くにつれ、光の色合いが変わっていく。まもなく、サトウは手を離してケース全体を持ち、向きを変えてベラミーに中が見えるようにした。

まぶしさに細めたベラミーの目に映ったのは、最新型のノートパソコンと思われるもので、手持ち型受話器と二本のアンテナとダブルキーボードが取りつけられていた。安堵《あんど》の波が押し寄せたが、すぐに当惑に変わった。

画面にはＣＩＡのロゴと文字が映っていた。

セキュア・ログイン
ユーザー――イノエ・サトウ
保全許可――レベル5

ログイン・ウィンドウの下で、実行中を示すアイコンがくるくるまわっていた。


お待ちください……

ファイル復号中……


ベラミーがさっと顔をあげると、サトウが自分を見据えているのがわかった。「あなたには見せたくなかったんだ」サトウが言う。「でも、ほかに手がなくてね」

ふたたび画面がまたたき、ベラミーが視線を落とすと、液晶画面全体に画像が映し出された。

ベラミーは数秒間画面を見つめ、目に映るものを理解しようとした。やがて、その意味がわかり、顔から血の気が引くのを感じた。恐怖に目が見開かれ、視線をそらすこともできない。

「でも、これは……ありえない！」ベラミーは叫んだ。「どうして……こんなことが？」

サトウの顔は険しかった。「こちらが訊《き》きたいね、ミスター・ベラミー。あなたの口から」

いま見ているものがもたらしうる波紋の大きさを悟るにつれ、ベラミーは全世界が混乱に陥る可能性を危惧《きぐ》せざるをえなかった。

なんということだ……自分は取り返しのつかない失敗を犯してしまった！

84

ギャロウェイ首席司祭は生を実感していた。

生にかぎりあるものの例に漏れず、自分にも命の殻を脱ぎ捨てるときが訪れるのは承知しているが、今宵《こよい》はまだちがう。心臓は速く力強く脈打ち、精神は冴《さ》えわたっている。自分には果たすべき仕事がある。

老いさらばえた手をピラミッドのなめらかな表面に走らせたときは、その感覚が信じられなかった。生きてこの瞬間を迎えることになろうとは想像だにしなかった。何世代にもわたり、シンボロンの地図ふたつは無事に切り離されていた。ついにそれらがひとつになった。いまこそが予言されたそのときなのだろうか。

不思議なことに、ピラミッドを完成させるために運命が選んだのは、フリーメイソンではないふたりの人間だった。なぜか、むしろふさわしい気がした。神秘が内なる輪を出て……闇から……光のなかへ……

「教授」ラングドンの息づかいがするほうへ顔を向けて、首席司祭は言った。「ピーターは包みをきみに託した理由を話したかね」

「力のある者たちが奪いたがっていると言っていました」ラングドンが答えた。

首席司祭はうなずいた。「そう、わたしにも同じことを言った」

「ほんとうに?」突然、左からキャサリンの声がした。「このピラミッドについて兄とお話しになったんですか」

「もちろんだ」首席司祭は言った。「ほかにもいろいろと話し合ったよ。わたしはかつてテンプル会堂のマスターをつとめていたから、ピーターはときおり相談にやってくる。ずいぶん悩んだ様子で訪ねてきたのは、一年ほど前のことだ。いまきみがいるまさにその場所にすわり、超自然的な予兆を信じるかとわたしに尋ねた」

「予兆?」キャサリンが不安げに言った。「つまり……幻覚のようなものでしょうか」

「かならずしもそうではない。もっと直感的なものだ。自分の人生において、暗黒の力が幅を利かせつつあるのを感じるとピーターは言っていた。何かが自分を見張り……待ち構え……ひどい危害を及ぼそうとしている気がすると」

「兄は正しかったのよ」キャサリンが言った。「母親と息子を殺した張本人がワシントンに来て、フリーメイソンの同胞になったんだから」

「そうだな」ラングドンが言った。「でも、CIAの関与は説明がつかない」

そうは言いきれまい、と首席司祭は思った。「権力者はつねに、より大きな権力に関心を持つものだ」

「しかし……あのCIAが?」ラングドンが異を唱えた。「古の神秘に関心を?　どうも納得がいかない」

「ちっとも変じゃないわ」キャサリンが言った。「ＣＩＡの発展は科学技術の進歩のたまものだし、これまでも絶えず神秘科学を実験的に採り入れてきたんだもの。超感覚的知覚《ＥＳＰ》、遠隔透視、感覚遮断、昂《こう》精神状態の薬理学的誘発。知性の持つ目に見えない潜在能力に光をあてたという意味では、どれも同じね。ピーターから学んだことがひとつあるとするなら、それはこうよ。科学と神秘主義は密接に結びついていて、両者のちがいは単にアプローチのしかたでしかない。めざすところは同じだけど、手法が異なるというわけ」

「ピーターの話によると」首席司祭は言った。「きみの専門分野は現代の神秘科学だそうだが」

「純粋知性科学です」キャサリンはうなずいて言った。「人間には想像もつかない力があることを証明しつつあります」よく知られた〝輝くイエス〟像――頭と両手から幾筋もの光を放つキリスト――の描かれたステンドグラスを手で示す。「たとえば、先だって、信仰療法師が治療をおこなうところを過冷却電荷結合素子《ＣＣＤ》カメラで撮影したんですが、その写真はそのステンドグラスのイエスの像とそっくりでした……療法師の指先からエネルギーがほとばしり出ていて」

よく訓練された頭脳だ、と首席司祭は思い、笑みをこらえた。イエスは病める者をいかにして癒《い》やしたと思う？

キャサリンはつづけた。「現代医学が療法師や祈禱《きとう》師を軽んじているのは承知しています。でも、わたしはこの目で見ました。ＣＣＤカメラがはっきりとらえたんです。療法師が指先から大きなエネルギーを送って、患者の細胞組成を実際に変化させるところを。それが神聖な力でないとしたら、いったいなんだというのでしょう」

ギャロウェイ首席司祭は頬がゆるむにまかせた。妹も兄と同じ炎の情熱を宿している。「ピーターは純粋知性科学者のことを、異端の地球球体説を支持して嘲りを受けた初期の探検家たちになぞらえていたよ。そうした探検家たちは、やがて未知の世界を発見して地上のすべての人々の視野をひろげ、一夜にして愚者から英雄になった。ピーターはきみも同じことを成しとげうると考え、きみの研究に大いに期待している。なんと言っても、歴史上の思潮の大変革は、どれもただひとつの大胆な発想に端を発しているからな」

この大胆な新発想――人間には未知の潜在能力があるという考え――の正しさを知るのに、研究所へ足を運ぶには及ばないことを、むろん首席司祭は知っていた。この大聖堂自体が病める者のための祈禱会を主催しており、まさしく奇跡のような成果を――医学的に裏づけされた肉体の変化を――何度も目のあたりにしたからだ。問題は、神が人間に大いなる力を与えたか否かではなく、そうした力をわれわれ人間がいかにして解き放つかだ。

老首席司祭はフリーメイソンのピラミッドの側面を両手で恭しく包んで静かに言った。「友よ、このピラミッドがどこを指し示すかはわたしにもわからない……しかし、これだけはたしかだ。どこかに至高の霊宝が埋まっている……闇のなかで幾世代にもわたって辛抱《しんぼう》強く待ちつづけた宝がね。それはこの世界を変容させる力を持つ触媒だとわたしは信じている」手はいまや金の冠石の頂にふれていた。「それに、こうしてピラミッドが完成した以上……時はまさに訪れつつある。そうであってならぬ理由はあるまい？　啓示による大変革の到来は久しく預言されてきたのだから」

「首席司祭」ラングドンが挑むような口ぶりで言った。「ヨハネの黙示録のことや、その文字どおりの意味ならだれもが知っていますが、聖書の預言書というものは、とうてい――」

「いや、ヨハネの黙示録は支離滅裂だ！」首席司祭は言った。「あれをどう読むかなど、だれにもわからない。わたしが言っているのは、明晰《めいせき》な知性によって明晰な言語で記された予知書のことだ。聖アウグスティヌス、サー・フランシス・ベーコン、ニュートン、アインシュタインなどなど。だれもが啓示による変化のときが訪れると予測した。イエスその人でさえこう言っている――〝隠れたるもののの顕《あらわ》れぬはなく、秘めたるものの明らかにならぬはなし〟とな」

「それは無難な預言ですよ」ラングドンは言った。「知識は幾何級数的に増えていますから。知れば知るほど、学ぶ能力は豊かになりますし、知識の基盤も速くひろがります」

「ええ」キャサリンが加勢する。「科学ではそれをしじゅう目にします。開発された新たな技術はみな、より新しい技術を開発する器具となり、だから一気に拡大するんです。科学がこの五年間で過去五千年間をしのぐ大発展をとげたのはそのためです。幾何級数的成長。数学的には、時がたつにつれて幾何級数的な進化曲線はかぎりなく鉛直に近づき、新たな進展がすさまじい速さで起こります」

執務室に沈黙がおり、首席司祭はふたりの客がこれ以上の解明にピラミッドがどう役立つのか見当もつかぬままであることを悟った。

だからこそ、運命はきみたちをここへ導いた。わたしには果たすべき役目がある。

コリン・ギャロウェイ首席司祭は長年にわたり、フリーメイソンの同胞とともに門番の役をつとめてきた。いま、それが変わりつつある。

自分はもはや門番ではなく……案内人だ。

「ラングドン教授」首席司祭は言い、机の向こうへ手を伸ばした。「この手を握ってもらえまいか」

ギャロウェイ首席司祭が差し出した手のひらを見つめ、ロバート・ラングドンは不安を覚えた。いっしょに祈るつもりなのか？

ラングドンは礼儀正しく腕を伸ばし、老人の手に右手を重ねた。首席司祭はそれを固く握りしめたが、祈りはしなかった。かわりにラングドンの人差し指を探りあて、金の冠石がおさめられていた石の箱のなかへと導いた。

「目のせいで見えないのだよ」首席司祭は言った。「わたしのように指先で見れば、まだこの箱から教わるものがあることに気づくはずだ」

ラングドンは指示どおり指先で箱の内側をなでたが、何も感じなかった。内面は完璧になめらかだ。

「つづけなさい」首席司祭が促した。

ようやく指先が何かを感じとった。箱の底の真ん中が、ごくわずかだが円形に盛りあがっていて、小さな円の中心だけがへこんでいる。手を抜いて中をのぞきこんだ。目ではほとんど見えない。なんだ、これは？

「その象徴がわかるかね」

「象徴？　ほとんど何も見えませんが」

「下に押しなさい」

言われたとおり、ラングドンはその部分を指先で押した。何が起こるって？

「指をしっかり押しつけて」首席司祭は言った。「力をこめる」

ラングドンはキャサリンをちらりと見た。当惑顔で耳の後ろに髪をかけている。

数秒後、老首席司祭はついにうなずいた。「よろしい、手を離しなさい。錬金術の完成だ」

錬金術？　ラングドンは石の箱から手を抜き、途方に暮れて黙した。何も変わっていない。箱はそのまま机の上にある。

「何も起こりません」ラングドンは言った。

「指先を見なさい」首席司祭は答えた。「変化があるはずだ」

ラングドンは指を見たが、目に留まった変化は、まるい突起によってできた皮膚のくぼみだけだった。真ん中に点があるごく小さな円だ。

「さて、その象徴の意味がわかるかね」首席司祭は訊いた。
それはわかっていたが、ラングドンは首席司祭がその細部までを感じとれたことにむしろ感銘を受けていた。指先で見る能力は後天性のものらしい。
「錬金術ね」椅子を近づけてラングドンの指先を見つめながら、キャサリンが言った。「これは金を表す古代の象徴よ」
「そのとおり」首席司祭はにっこりして箱を軽く叩《たた》いた。「おめでとう、教授。きみはたったいま、歴史上のあらゆる錬金術師が懸命に求めたことを成しとげた。価値のない物体から金を作りあげたのだよ」

ラングドンは感心せず、眉根《まゆね》を寄せた。こんなつまらない隠し芸などなんの役にも立たない。「興味深いお考えですが、あいにくこの象徴は——中央にまるい点のある円は——何十もの意味を持ちます。〝丸中黒《サーカムパンクト》〟と言って、歴史上で最も広く使われた象徴のひとつですよ」

「なんの話かね」首席司祭は疑わしげに尋ねた。

ラングドンは仰天した。フリーメイソンなのに、この象徴の重要な含意を知らないとは。「これには数えきれない意味があるんです。古代エジプトでは太陽神ラーの象徴だったので、現代天文学でも太陽の象徴として使われています。東洋哲学では、〝第三の目〟による洞察や、聖なる薔薇《ばら》や、啓示の光の印を表します。カバラの信仰者にとっては、〝生命の樹《セフィロト》〟の最高位にあるケテルと、最も深遠なる秘密の象徴です。初期の神秘主義では〝神の目〟と呼ばれ、それが合衆国国璽《こくじ》の〝万物を見透かす目〟の起源となっています。ピタゴラス派はモナドの象徴として用いました。モナドとはすなわち、神の真理と、古《プリスカ・サピエンテイア》の知恵と、心と魂の一体化と——」

「もうよい！」ギャロウェイ首席司祭はいまや含み笑いをしていた。「ありがとう、教授。むろん、きみの言うとおりだ」

からかわれていたことにラングドンはようやく気づいた。相手は何もかも知っている。

なおも笑みを浮かべて、首席司祭は言った。「つまるところ、これは古の神秘の象徴そのものだよ。だからこそ、この箱にそれが存在するのはただの偶然ではないはずだ。伝説によると、地図の秘密はごく小さな細部に隠されている」

「なるほど」キャサリンが言った。「でも、たとえその象徴が意図的に刻まれたものだとしても、地図の解読にはなんの役にも立たないのでは？」

「たしか、きみが破った封蠟にはピーターの指輪の模様が浮き出ていたと言ったな？」

「そうです」

「その指輪はいまあるのか」

「わたしが持っています」ラングドンはポケットに手を入れて指輪を探りあてると、ビニール袋から取り出して、首席司祭の前の机に置いた。

首席司祭は指輪を手にとり、表面の感触をたしかめはじめた。「この指輪はフリーメイソンのピラミッドと同時に作られたもので、それ以来、ピラミッドを守護する役目を担う同胞が身につける習わしになっている。さっき石の箱の底にある小さな記号にふれたとき、わたしはこの指輪もシンボロンの一部だと確信した」

「これが？」

「まちがいない。ピーターは親しい友で、この指輪を長年身につけていた。これのことはわたしもよく知っている」首席司祭は指輪をラングドンに手渡した。「見てみなさい」

ラングドンは指輪を受けとってじっくり観察し、双頭の不死鳥から数字の33へ、そして〝混沌《こんとん》から秩序（ORDO AB CHAO）〟と〝すべては第三十三位階で明らかにされる（All is revealed at the thirty-third degree）〟の刻字へと指を這《わ》わせた。手がかりらしきものは何も感じとれない。つぎに、環の外側を指でなぞっていき、はたと手を止めた。驚いて指輪を逆さにし、環の最下部を凝視する。

「見つけたのか」首席司祭が訊いた。

「ええ、そう思います」ラングドンは言った。

キャサリンが椅子を近くに寄せた。「何を？」

「環の外側に小さな円が彫られてる」ラングドンは言い、キャサリンに見せた。「あまりにも小さいから目で見ても気づかないが、指でふれると、たしかにへこんでるのがわかる。微小な円形の刻み目——角度の記号だよ」それは環の最下部の中央にあり、箱の底の突起と同じ大きさではないかと思われる。

「大きさは同じ?」キャサリンはさらに顔を近づけて、興奮気味に言った。

「たしかめる方法がひとつある」ラングドンは指輪を箱のなかへ持っていき、ふたつの小さな円を重ね合わせた。下へ押すと、箱の突起が指輪の刻み目にはまり、かすかではあるがまぎれもない硬質の音が響いた。

全員が腰を浮かせた。

ラングドンは待った。しかし、何も起こらなかった。

「いまのはなんだね」首席司祭が尋ねた。

「なんでもありません」キャサリンが答えた。「指輪が突起にはまったんですが……何も起こりませんね」

「大きな変化はないと?」首席司祭が困惑の面持ちで言った。

まだ終わりじゃない、とラングドンは思い、指輪に浮き彫りにされた紋章を見つめた。双頭の不死鳥と数字の33。そして、〝すべては第三十三位階で明らかにされる(All is revealed at the thirty-third degree)〟。ラングドンの脳裏には、ピタゴラスと神聖幾何学と角度に関する考えがひろがっていた。もしかしたら、〝degree〟の意味は位階ではなく、数学的な用法——角度——なのかもしれない。

鼓動が速まるのを感じながら、ラングドンはゆっくりと手をおろし、箱の底に固定された指輪をつかんだ。それから、指輪を少しずつ右へまわしていった。すべては三十三度で明らかにされる。

十度……二十度……三十度――

つづいて起こったのは、まったく予想外のことだった。

85

変化。

それが起こるのを聞いたギャロウェイ首席司祭は、何も見る必要がなかった。机をはさんだ向こうでラングドンとキャサリンが黙している。驚きのあまり声も出せず、目の前で音を立てて変貌したばかりの石の箱に見入っているにちがいない。

首席司祭は微笑まずにはいられなかった。結果は予想どおりであり、これがピラミッドの謎を解くのにどう役立つかはともあれ、ハーヴァードの象徴学者に象徴の指南をするのはまたとない楽しい機会だった。

「教授」首席司祭は言った。「このことはあまり知られていないが、フリーメイソンが立方体の形を――通称〝切石《アシュラー》〟を――崇《あが》めるのは、それが別の象徴を――はるかに古い二次元の象徴を――三次元で表したものだからだ」眼前の机に横たわるその古い象徴の意味は尋ねるまでもない。それは世界で最もよく知られる象徴のひとつだった。

机の上で変化をとげた箱を見つめながら、ロバート・ラングドンの思考は沸き立っていた。まさか、こんな……

たったいま、石の箱に手を入れたラングドンが、フリーメイソンの指輪をつまんで静かにひねり、三十三度回転させたところ、立方体の箱は目の前で唐突に姿を変えた。箱のなかの蝶番《ちょうつがい》がゆるみ、側面の正方形の板が離れはじめたのだ。箱は一瞬にして分解し、側板と蓋が外へ倒れて激しく机の表面にぶつかった。

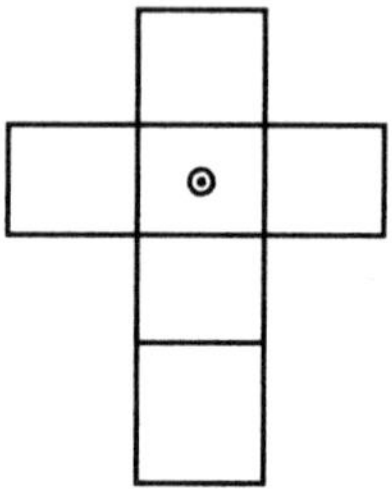

立方体が十字架と化す。まさに錬金術だ、とラングドンは思った。

キャサリンは分解した立方体を目のあたりにして、困った顔をしている。「フリーメイソンのピラミッドは……キリスト教と関係があるの？」

一瞬、ラングドンも同じことを考えた。なんと言っても、キリスト教の十字架はフリーメイソンの重んじる象徴のひとつであり、キリスト教徒の会員が多くいるのは言うまでもない。だが、ユダヤ教徒、イスラム教徒、仏教徒、ヒンドゥー教徒、そして名もない神を信じるフリーメイソンもいる。キリスト教だけの象徴がここにあるのは偏りすぎである気がした。そのとき、この象徴が真に意味するものがひらめいた。

「十字架じゃない」ラングドンはいまや立ちあがって言った。「真ん中に丸中黒《サーカムパンクト》のある十字は二元性の象徴だよ。ふたつの象徴が一体となって、ひとつの象徴を形作っている」

「どういうこと？」行きつもどりつするラングドンを、キャサリンは目で追った。

「十字の形は、四世紀まではキリスト教の象徴ではなかった。はるか昔に、エジプト人がそれを用いてふたつの次元の——人間界と天上界の——交わりを表していた。上のごとく、下もしかり。人間と神がひとつになる交点を目に見える形で表現したんだ」

「なるほど」

「丸中黒《サーカムパンクト》がたくさんの意味を持つことはすでに言ったとおりだが、その最も深遠なもののひとつが薔薇だ。錬金術において、完全性を表す象徴だよ。ところが、薔薇を十字の真ん中に置くと、まったく別の象徴ができる——薔薇十字だ」

首席司祭は笑みを浮かべて、椅子に背中を預けた。「おやおや。調子が出てきたな」

いまやキャサリンも立ちあがった。「どういうことなの？」

「薔薇十字は」ラングドンは説明した。「フリーメイソンでよく使われている象徴だよ。それどころか、スコティッシュ・ライトの位階のひとつは〝薔薇十字の騎士〟と呼ばれ、フリーメイソンの理念の形成に寄与した初期の薔薇十字団に敬意を表している。薔薇十字団については、ピーターから話を聞いたことがあるんじゃないか。何十人もの偉大な科学者が団員だったからね。ジョン・ディー、イライアス・アシュモール、ロバート・フラッド――」

「当然よ」キャサリンが言った。「研究の過程で薔薇十字宣言をすべて読んだわ」

科学者は全員そうすべきだ、とラングドンは思った。薔薇十字団――正式には、古代神秘結社薔薇十字会――は、古の神秘の伝説に匹敵するほどの謎深い歴史を持ち、科学にも大いなる影響を与えてきた。初期の賢者が有していた秘密の英知は、時代を越えて継承され、最高の知性だけがこれを学ぶことができた。歴史上名高い薔薇十字団員のリストは欧州ルネッサンスの名士録と言える――パラケルスス、ベーコン、フラッド、デカルト、パスカル、スピノザ、ニュートン、ライプニッツ。

教義によると、薔薇十字団は〝古来の秘伝の真理を礎として創設〟された。その真理は〝常人から秘匿〟されるべきもので、〝霊的領域〟への深い洞察を約束している。この集団の象徴は、長年の変遷を経たのち、装飾を施した十字架の上で花開く薔薇となったが、やがて、飾り気のない十字架の上の、中心点を持つ小さな円――簡素化された十字架の上の簡素化された薔薇に変わった。

「ピーターとは薔薇十字の理念についてよく議論をするよ」首席司祭がキャサリンに言った。

首席司祭がフリーメイソンと薔薇十字団の関係のあらましを述べはじめると、ラングドンの意識はひと晩じゅう頭から離れない考えへ引きもどされていった。エオウァ・サンクトゥス・ウヌス――唯一にして真なる神。このことばも錬金術となんらかのつながりがあるはずだ。これについてピーターがどう言っていたかはいまも思い出せないが、どういうわけか薔薇十字団への言及がその考えにふたたび火をつけた。知恵を絞れ、ロバート！

「薔薇十字団の創始者は」首席司祭が話しつづける。「クリスチャン・ローゼンクロイツというドイツ人の神秘主義者とされている――むろん偽名で、その正体がフランシス・ベーコンだと信じる歴史家もいるが、証拠は何も――」

「偽名！」ラングドンは自分でも驚くほど唐突に言い放った。「それだ！　エオウァ・サンクトゥス・ウヌス！　偽名だ！」

「いったいなんの話？」キャサリンが訊いた。

ラングドンの脈は一気に速まっていた。「ずっと思い出そうとしてたんだ。エオウァ・サンクトゥス・ウヌスと錬金術との関係のことでピーターから聞いた話をね。やっとわかったよ！　錬金術じゃなくて、錬金術師についてだった。とても有名な錬金術師だよ！」

首席司祭が忍び笑いを漏らした。「そろそろだと思っていたよ、教授。わたしはその名をすでに一度口にした」

ラングドンは老首席司祭を見つめた。「ご存じだったんですか」

「刻印の文言がエオウァ・サンクトゥス・ウヌスで、その解読にデューラーの魔方陣を使ったという話を聞いて、そんな気がしていたよ。だが、きみが薔薇十字を見つけたときに確信に変わった。知っているだろうが、その科学者の私文書のなかには、膨大な量の注釈が加えられた薔薇十字宣言の小冊子があった」

「だれ？」キャサリンが尋ねた。

「世界で最も偉大な科学者のひとりさ」ラングドンは答えた。「錬金術師で、ロンドン王立協会の会員で、薔薇十字団の一員で、秘密めいた科学論文に偽名によって署名した人物だ――〝エオウァ・サンクトゥス・ウヌス〟とね」

「唯一にして真なる神と？」キャサリンが言った。「ずいぶん遠慮深い人ね」

「聡明《そうめい》な人物だ」首席司祭が訂正した。「そう署名したのは、古代の賢者と同じく、自身が聖なる存在であることを理解していたからだ。そのうえ、〝エオウァ・サンクトゥス・ウヌス（Jeova Sanctus Unus）〟の十六文字を並べ替えれば、自分の名をラテン語で綴《つづ》れるのだから、完璧な偽名だよ」

キャサリンは困惑のていだった。「エオウァ・サンクトゥス・ウヌスは、有名な錬金術師のラテン語名のアナグラムなの？」

ラングドンは首席司祭の机から紙切れと鉛筆をつかみとり、話をしながら書いた。「ラテン語ではJの文字がIに、VがUに変わる。つまり、〝エオウァ・サンクトゥス・ウヌス（Jeova Sanctus Unus）〟を並べ替えれば、この人物のラテン語名を完璧に綴ることができる」

ラングドンは十六個の文字を書き記した——Isaacus Neutonuus——イサークス・ヌートヌス。その紙切れをキャサリンに手渡して言う。「知らない名前じゃあるまい」

「アイザック・ニュートン？」キャサリンは紙を見て言った。「ピラミッドの刻印が告げようとしていたのはこれなのね！」

一瞬、ラングドンはウェストミンスター寺院に舞いもどり、ピラミッドをあしらったニュートンの墓の前に立っていた。かつて、いまと似た大いなるひらめきを得た場所だ。そして今夜、かの偉大な科学者がまたしても姿を現した。むろん、偶然ではない……ピラミッド、神秘、科学、隠された知恵……それらはすべて密接にからみ合っている。秘伝の知恵を追い求める者たちにとって、ニュートンの名は繰り返し登場する道しるべだった。

「ピラミッドの意味を読み解くにあたって」首席司祭が言った。「アイザック・ニュートンが手がかりとなるにちがいない。どんなものかは想像もつかないが――」

「天才ね！」キャサリンが目を大きく見開いて叫んだ。「それがピラミッドを変化させる方法よ！」

「思いあたる節でも？」ラングドンは訊いた。

「ええ！」キャサリンは言った。「いままで気づかなかったのが信じられない！　ずっと目の前にあったのに。ごく簡単な錬金術よ。基本的な科学でこのピラミッドを変化させられるわ！　ニュートン科学で！」

ラングドンは理解しようと懸命につとめた。

「ギャロウェイ首席司祭」キャサリンは言った。「指輪の刻字を読めば――」

「もうよい」老首席司祭がやにわに指を立て、静寂を求めた。何かに耳を澄ますかのようにゆっくりと首をかしげる。一瞬ののち、いきなり立ちあがった。「友よ、言うまでもなく、このピラミッドにはまだ明かされていない秘密がある。ミズ・ソロモンが何をひらめいたのかはわからないが、つぎの一歩を承知なら、わたしの役目は終わった。荷物をまとめて、わたしにはもう何も話さないでくれ。闇に捨て置いてもらいたいのだよ。たとえわれらの客人が無理に聞き出そうとしても、何も知らぬ立場でいたいからな」

「客人ですって？」キャサリンが耳を澄まして言った。「何も聞こえませんけど」

「やがて聞こえる」首席司祭は言い、ドアへと向かった。「急ぎなさい」

街の別の場所では、携帯電話の電波塔が、マサチューセッツ・アベニューで粉々になった電話機に電波を送っていた。信号が見つからず、その通話はボイスメールに転送された。

「ロバート！」ウォーレン・ベラミーのうろたえた声が叫ぶ。「どこにいるんだ。電話をくれ！　恐ろしいことが起こりつつある！」

86

地下室の薄青い光のなか、マラークは石のテーブルの前に立って準備をつづけていた。作業を進めていると空腹で胃が鳴った。マラークは気にも留めなかった。肉体の気まぐれに隷属した日々は過去のものだ。

変身には犠牲が欠かせない。

大いなる霊的進化をとげた歴史上の多くの人物と同じく、マラークは肉体の最も崇高な部分を捧げることでおのれの進む道を誓った。去勢は想像したよりも痛みが少なかった。それに、きわめてありふれたことだと知った。毎年、何万もの男が外科的去勢——睾丸《こうがん》摘出の処置——を受けている。その動機は、性転換に関するものから性依存症の抑制や確固たる霊的信条まで、多岐にわたる。マラークの目的はこの上なく崇高なものだった。みずから去勢したギリシャ神話のアッティスの例に見られるとおり、永遠の生命を得るには男女の肉体世界と決別する必要がある。

両性具有者となるのもひとつの手だ。

変性をともなう犠牲が秘める力の大きさを、古代の人々は理解していた。初期のキリスト教徒でさえ、マタイ伝十九章十二節でイエス自身がその美徳を褒めたたえるのを聞いている。〝天国のためにみずからなりたる閹人《えんじん》あり、これを受け入れうる者は受け入るべし〟と。

ピーター・ソロモンは肉体の犠牲を払ったが、手首ごときはこの壮大な計画の些細《ささい》な代償にすぎない。とはいえ、この夜が明けるまでに、ソロモンははるかに多くのものを犠牲にすることになる。

創造には破壊が欠かせない。

両極性とはそういうものだ。

むろん、ピーター・ソロモンは今夜当人を待ち受ける運命に値する。似つかわしい最期となるだろう。かつてソロモンは、マラークの現世の人生において重要なきっかけを与えた。だからこそ、このたびの大いなる変身において重要な役割を果たすために選ばれた。これから味わう恐怖と苦痛は自業自得だ。ピーター・ソロモンは世間が信じるような人間ではない。

息子を見殺しにしたのだから。

その昔、ピーター・ソロモンは息子のザカリーに不可能な選択を迫った——富か知恵か、と。ザカリーは選択を誤り、その判断こそが、若くして地獄の深淵《しんえん》へ落とされる一連の出来事の端緒となった。ソアンルック。そのトルコの監獄で、ザカリー・ソロモンは死んだ。そのことは全世界が知っているが、ピーター・ソロモンがその気になれば息子を救えたことは知られていない。

自分はその場にいた。何もかも耳にした。

マラークはその夜のことをけっして忘れたことがなかった。ソロモンの残酷な決断は息子ザカリーの死を意味したが、それがマラークの誕生につながった。

だれかが生まれるには、だれかが死なねばならない。

頭上の明かりの色が変わりはじめ、マラークは夜が更けたことに気づいた。準備を終え、地下室を出てスロープをのぼっていく。現世の俗事を片づけるときが訪れた。

87

キャサリンは走りながら考えた。自分はピラミッドを変化させる方法を知っている！　答はひと晩じゅう目の前にあった。

キャサリンとラングドンはいま、回廊中庭の位置を示す案内板に従って、大聖堂の別館を駆け抜けていた。やがて、ギャロウェイ首席司祭が請け合ったとおり、壁で囲まれた広い中庭へと飛び出した。

そこは回廊に取り囲まれた五角形の庭で、新奇な青銅の噴水があった。驚いたことに、噴水を流れ落ちる水の音がやけに大きく鳴り響いている。つぎの瞬間、それが噴水の音ではないことにキャサリンは気がついた。

「ヘリコプターよ！」頭上の夜空をひと筋の光が貫き、キャサリンは叫んだ。「柱廊玄関の下へ！」

ふたりが庭の反対側にたどり着いてゴシック風のアーチをくぐり、外の芝地へ通じる細い通路に隠れるや、サーチライトのまばゆい光が中庭に満たされた。通路で身を寄せ合って様子をうかがううちに、ヘリコプターが頭上を通り過ぎ、大聖堂のまわりで大きく弧を描きはじめた。

「首席司祭の言うとおりだったわね」キャサリンは感心して言った。視力の衰えは聴覚を鋭くするのだろう。キャサリン自身の耳はいまや鼓動に合わせて小刻みに脈打っていた。

「こっちだ」ラングドンが言い、ショルダーバッグをつかんで通路を進んだ。

ふたりはギャロウェイ首席司祭から一本の鍵を渡され、明確な指示を受けていた。短い通路の端に着いたとき、あいにく、めざす場所からずいぶん隔たっていることがわかった。目的地までの開けた広い芝地には、ヘリコプターの光があふれている。

「向こうへ渡るのは無理ね」キャサリンは言った。

「待ってくれ……ほら」ラングドンは左手の芝地にできつつある黒い影を指さした。最初はまとまりのない塊だったその影は、にわかに成長してふたりのほうへ動いてきた。しだいに形が鮮明になり、速度をあげて迫ってくる。ぐんぐん伸びつづけ、ついには、途方もなく高い尖塔《せんとう》二本を戴《いただ》く巨大な黒い矩形《くけい》と化した。

「大聖堂のファサードがサーチライトをさえぎってるんだ」ラングドンは言った。

「ヘリが正面に着陸するのね」

ラングドンはキャサリンの手をつかんだ。「走るんだ！　さあ！」


大聖堂のなかで、ギャロウェイ首席司祭は長らく体験していなかった軽さを感じていた。袖廊との交差部を過ぎ、拝廊と正面玄関のほうへ身廊を進んでいく。

大聖堂の正面でヘリコプターがホバリングをしている音が聞こえ、その光が前方の薔薇窓から差しこんで聖堂じゅうに華々しい色を放つさまを思い描いた。色を目にすることのできた日々が脳裏によみがえる。皮肉なことに、すっかりわが世界となった光なき虚空は、多くの物事を明るく照らし出した。いまでは、いつにも増してはっきりと見える。

若くして神の召命を受けてこのかた、首席司祭はだれにも負けぬほど教会を愛してきた。生涯をひたすら神に捧げた多くの仲間と同じく、いまや疲れ果てていた。無知の騒音をはねのけるべくつとめて一生を費やしてきたからだ。

自分は何を期待していたのか。

十字軍の遠征から宗教裁判、アメリカの政治に至るまで、あらゆる権力闘争においてイエスの名は盟友として取りこまれてきた。太古の昔から、無知な者が決まって最も声高に叫び、疑うことを知らぬ大衆を群れさせて服従を強いてきた。理解もできぬまま聖書を引用し、みずからの世俗欲を弁護する。おのれの不寛容を信念の証《あかし》として世に喧伝《けんでん》する。長い歳月を経た今日、人類はついに、イエスにまつわるかつて美しかったすべてをすっかり蝕《むしば》んでしまった。

今宵、薔薇十字の象徴との邂逅《かいこう》が首席司祭に大いなる希望の炎をともし、薔薇十字宣言の予言を思い出させた。過去に数かぎりなく読み返したので、いまもそらんじることができる。

第一章——主エホバは、かつて選ばれし者にのみ与えられた秘密を打ち明けたまいて、人類をお救いになる。

第四章——全世界は一冊の書物のごときものとなり、科学と神学のあらゆる矛盾が折り合う。

第七章——神は世界の終末の前に、人類の苦しみを癒《いや》す大洪水と呼ぶべき精神の光明をもたらしたまう。

第八章——世界が、偽りの風味に満ちた神学という毒杯の乱酔から醒《さ》めるとき、その天啓は訪れうる。

首席司祭は教会がはるか昔に道を見失ったことを知り、その針路を正すためにみずからの生涯を捧げてきた。いま、時が急速に迫っている。

夜明け前が最も暗いものだ。

ＣＩＡ捜査官のターナー・シムキンズを乗せたシコルスキーのヘリコプターが、凍《い》てつく芝地に降下した。ヘリから飛びおりたシムキンズは、部下たちと合流するなり、上空から全出入口を見張るようパイロットに合図を送った。

人っ子ひとり外へ出すものか。

ヘリが夜空に舞いもどると、シムキンズは部下たちを率いて階段を駆けのぼり、大聖堂の正面玄関へと進んだ。六つある扉のどれを叩くか決めかねていたところ、ひとつの扉が開いた。

「何用かな」暗がりから穏やかな声が言った。

法衣を着た背中の曲がった人影がかろうじて見てとれる。「コリン・ギャロウェイ首席司祭ですか」

「そうだが」老人が答えた。

「ロバート・ラングドンを捜しています。お見かけになりましたか」

老人は前へ進み出て、不透明でうつろな目でシムキンズを見つめ返した。「ほう、それこそ奇跡ではないかな」

88

時が尽きていく。

上級分析官のノーラ・ケイは神経をとがらせていた。いま飲んでいる三杯目のコーヒーが体じゅうを電流のごとく駆けめぐる。

サトウ局長からまだ連絡がない。

ついに電話が鳴り、ノーラは受話器に飛びついた。「保安局。ノーラです」

「ノーラ、システム・セキュリティ担当のリック・パリッシュだ」

どっと力が抜けた。サトウじゃない。「どうも、リック。何かご用？」

「ひとつ知らせとこうと思ってね——今夜きみが探してる情報は、うちの部署にあるかもしれない」

ノーラはマグカップを置いた。今夜わたしが探してる情報をなぜあなたが知ってるわけ？「どういうこと？」

「悪いね。ベータテスト中のうちの新しいCIプログラムが、きみの端末の番号をずっと通知しつづけてるんだ」

ノーラはようやく話が呑《の》みこめた。近ごろのCIAは、新しい〝協調的統合《コラボレイティブ・インテグレーション》〟ソフトウェアを稼動させている。そのソフトは、CIAの異なる部署が相互に関連するデータフィールドを偶然処理している際に、リアルタイムで通知するよう設計されている。一刻を争うテロの脅威にさらされている昨今、危機回避ができるか否かの鍵は、いま必要なデータを廊下のすぐ先の人間が分析中だという単純な事実の通知であることも多いからだ。ノーラ自身はそのCIソフトウェアが邪魔なだけだと思い、ひそかに〝継続的妨害《コンスタント・インタラプション》〟ソフトウェア、と呼んでいた。

「そうか、忘れてた」ノーラは言った。「で、なんだって？」この建物内に目下の危機を知る者がいないのは確実であり、ましてや、それに携わる者などいようはずがない。今夜コンピューターを使ったのは、サトウの指示でフリーメイソンの謎にまつわる調査をしたときだけだ。とはいえ、ルールには従うほかあるまい。

「ええと、たぶんなんでもないんだ」パリッシュは言った。「ただ、今夜ハッカーをひとり阻止したし、ＣＩプログラムはぼくときみが情報を共有してるとずっと通知してる」

ハッカーですって？　ノーラはコーヒーをひと口飲んだ。「それで？」

「少し前に、内部データベースにあるファイルへのアクセスを試みたズビアニスという男の存在を突き止めた。その男いわく、雇われ仕事をしていたまでで、そのファイルにアクセスするとなぜ報酬が支払われるのかも、それがなぜＣＩＡのサーバーにあるのかも、まったく知らないらしい」

「なるほど」

「事情聴取が終わり、男は白だとわかった。でも、ここからが妙なんだ——男が狙ってたのとまさに同じファイルが、何時間か前に内部の検索エンジンにフラグを立てられていてね。何者かがシステムにはいりこみ、特定のキーワード検索をして抜粋を作成してたんだよ。問題は、そのキーワードがずいぶん変わってることだ。中でもひとつ、ＣＩが高い優先順位で一致フラグを立てていて——うちとそっちのデータセットに特有のものがある」間があく。「知ってるかな……〝シンボロン〟って単語」

ノーラは急に身を起こし、その拍子にコーヒーを机にこぼした。

「残りも変わっててさ」パリッシュはつづけた。「〝ピラミッド〟とか、〝古の門〟とか——」

「こっちへ来て」ノーラは机を拭きながら言った。「入手した情報を全部持って！」

「心あたりがあるのか？」

「いいから、早く！」

89

大聖堂付属学校は城のように優美な建物で、国立大聖堂に隣接した区画にある。聖職者学校とも呼ばれ、ワシントンの初代聖公会主教の構想に基づいて、聖職按手礼《あんしゅれい》後の司祭に引きつづき教育を施す目的で設立された。今日では、神学、世界正義、ヒーリング、霊性に関する幅広いプログラムを提供している。

ヘリコプターが大聖堂の上空へ舞いもどり、サーチライトが夜を昼に一変させたまさにそのとき、かろうじて芝地を走り抜けたラングドンとキャサリンは、ギャロウェイ首席司祭から渡された鍵を用いて校内へ滑りこんだ。玄関広間で息を切らしつつ、ふたりはあたりを見渡した。窓からじゅうぶんな光が差しこんでいるので、明かりをつけて居場所をヘリに知らせるまでもない。中央廊下を進み、いくつもの会議場や教室や談話室を通り過ぎた。内装はイェール大学のネオ・ゴシック様式の建物を思い起こさせる——外観は壮麗きわまりないが、中は驚くほど実用的で、古風な趣を残しつつ、激しい人の行き来に耐えうるように改装されていた。

「こっちよ」廊下の奥を手で示しながら、キャサリンが言った。

ラングドンはまだ、キャサリンがピラミッドの何に気づいたかを聞かされていなかった。けれども、きっかけとなったのはアイザック・ニュートンへの言及らしい。芝地を横切ったとき、簡単な科学を利用すればピラミッドを変化させうる、とだけ聞いた。必要なものはすべてこの建物で見つかるはずだという。キャサリンが何を必要とし、花崗《かこう》岩や金の硬い塊をどうやって変化させるつもりなのか、ラングドンには想像もつかなかったが、立方体が薔薇十字に一変するのを目にしたいま、信じてもよい気持ちになっていた。

突きあたりにたどり着くと、キャサリンが眉根を寄せた。目的のものが見つからないらしい。「この建物には宿泊設備があると言ったわよね？」

「ああ、泊まりがけの集まりのためにね」

「なら、どこかにかならずキッチンがあるはずよ」

「腹が減ったのかい」

キャサリンは険しい顔をした。「いいえ、実験室が要るの」

ああ、そうだろうとも。地下へ至る階段がラングドンの目に留まり、そこには期待できそうな象徴が記されていた。アメリカで最も愛されている絵文字だ。

地下のキッチンは業務用の趣があり――ステンレスの食器や大きなボウルがたくさん見える――大人数向けの厨房《ちゅうぼう》なのは明らかだった。窓はひとつもない。キャサリンがドアを閉めて明かりのスイッチを入れると、換気扇が自動的にまわりだした。
キャサリンは戸棚を漁《あさ》りはじめ、何やら必要なものを探している。「ロバート、ピラミッドを出して調理台に置いてもらえるかしら」

ダニエル・ブリュの指示に従う新米副料理長の気分で、ラングドンは言われたとおりにショルダーバッグからピラミッドを取り出し、金の冠石を載せた。それを終えてキャサリンを見ると、大きな深《ふか》鍋《なべ》に蛇口から湯を注ぎ入れているところだった。

「これをレンジに載せてもらえる？」

たっぷりと湯を張った鍋をラングドンがレンジに載せると、キャサリンはガスをつけて強火にした。

「ロブスターの登場かな」ラングドンは期待をこめて訊いた。

「たいした冗談ね。でも、ちがう。錬金術をするの。ついでに言うと、これはパスタ鍋よ。ロブスター鍋じゃない」キャサリンはあらかじめ鍋から取りはずしておいた湯切り笊《ざる》を指さし、それをピラミッドの横に置いた。

われながらばかばかしい。「パスタを茹《ゆ》でることが、ピラミッドの解読に役立つのかい」

キャサリンはそれを無視し、真剣な口ぶりで言った。「言うまでもないけど、フリーメイソンが最高位階に三十三という数を選んだのには、歴史的、象徴的な理由があるのよ」

「もちろん」ラングドンは言った。ピタゴラスの時代、すなわち紀元前六世紀の数秘術の口伝《くでん》では、三十三は聖なるマスターナンバーのなかでも最も崇高な数とされていた。神の真理を象徴する、きわめて神聖な数。その伝統はフリーメイソンの内部や、ほかの場所でも受け継がれた。歴史上の証拠が存在しないにもかかわらず、イエスは三十三歳で十字架にかけられたとキリスト教徒は教わるのだが、これは偶然ではない。聖母マリアと結婚したときヨセフが三十三歳だったとされているのも、イエスが三十三の奇跡を成しとげたのも、創世記で神の名が三十三回あげられているのも、イスラム教において天国の住人が永遠に三十三歳なのも、みな偶然ではない。

「三十三は」キャサリンが言った。「多くの神秘主義の伝統において聖なる数とされてるわ」

「そうだな」そのこととパスタ鍋がどう関係するのか。

「だとしたら、初期の錬金術師で、薔薇十字団の一員で、神秘主義者でもあったアイザック・ニュートンが、三十三を特別な数と見なしても不思議じゃないはずよね」

「当然だ」ラングドンは答えた。「ニュートンは数秘術、預言、占星術に精通していた。でもそれが——」

「すべては第三十三位階で明らかにされる（All is revealed at the thirty-third degree）」

ラングドンはポケットからピーターの指輪を取り出して、刻字を読んだ。そして鍋の湯に視線をもどした。「わからないな」

「はじめのうち、わたしたちはみな、第三十三位階はフリーメイソンの階級のことだと考えていたけれど、指輪を三十三度回転させたら、箱が崩れて十字架が現れた。あのとき、〝degree〟という単語が〝位階〟とは別の意味で使われていたことに気づいたのよね」

「ああ。角度だ」

「そう。でも、〝degree〟には三つ目の意味もある」

ラングドンはレンジに載った鍋の湯を見た。「温度か」

「正解！」キャサリンが言った。「答は最初から目の前にあったのよ。〝すべては三十三度で明らかにされる〟。このピラミッドの温度を三十三度にすれば……何かが現れるかもしれない」

キャサリン・ソロモンがすこぶる聡明なのは先刻承知だが、明らかな誤りをひとつ犯しているようにラングドンは思った。「記憶が正しければ、三十三度は氷点に近い（華氏三十二度が摂氏零度と等しい）。ピラミッドを入れるべきなのは冷凍庫じゃないか？」

キャサリンは微笑んだ。「〝エオウァ・サンクトゥス・ウヌス〟の署名を持つ、偉大なる錬金術師かつ薔薇十字団員かつ神秘主義者が書いたレシピによれば、そうじゃないわ」

アイザック・ニュートンがレシピを書いたって？

「ロバート、温度は錬金術の触媒の基本であって、それを測る基準は華氏と摂氏だけじゃなかったのよ。それより古い温度目盛りがいくつもあって、そのひとつを発明したのがアイザック――」

「ニュートン度か！」ラングドンはキャサリンの正しさを悟った。

「そのとおり！　アイザック・ニュートンは自然現象だけに基づいた温度計測法を考案した。氷の融《と》ける温度がニュートンにとっての基点で、それを〝零度〟と呼んだ」そこでひと息つく。「水が沸騰する温度を――錬金術の全工程でいちばん大事な温度を――何度としたかはわかるでしょう？」

「三十三度だ」

「そう、三十三よ！　ニュートン度では、水の沸点は三十三度なの。なぜニュートンがその数を選んだのか、前に兄に尋ねたのを覚えてるわ。だって、中途半端な数だもの。水の沸騰は錬金術のいちばんの基本なのに、なぜ三十三を選んだの？　なぜ百じゃないの？　なぜもっと美しい数じゃないの？ピーターはこう説明したわ。アイザック・ニュートンのような神秘主義者にとって、三十三より美しい数はありえない、と」

〝すべては三十三度で明らかにされる〟。ラングドンは鍋の熱湯を一瞥《いちべつ》したのち、ピラミッドへ目を向けた。「キャサリン、ピラミッドと冠石は硬い花崗岩と金でできている。それを熱湯ごときで変化させられると思うのかい？」

キャサリンの顔に浮かぶ微笑が、ラングドンの知らない何かを知っていると告げていた。自信に満ちた足どりで調理台へ歩み寄ったキャサリンは、金の冠石を戴く花崗岩のピラミッドを持ちあげて湯切り笊に入れた。そして、沸き立つ熱湯のなかへ、それを注意深く沈めた。「さあ、どうなるかしら」

国立大聖堂のはるか上空では、CIAのパイロットがヘリコプターを自動ホバリング操縦に設定し、建物と敷地の周囲に目を光らせていた。なんの動きもない。ヘリの熱画像装置は大聖堂の石壁の奥までは計測できないため、内部の捜査班の様子はわからないが、もしも何者かが外へ抜け出そうとすれば検知できる。

熱画像装置が警告音を発したのは六十秒後のことだった。ホーム・セキュリティ・システムと同じ原理で、大きな温度差が感知されている。たいがいは低温の場所を移動する人間の姿なのだが、画面に映し出されたのは熱を帯びた雲のようなもので、あたたかな空気の塊が芝地を漂うさまだった。パイロットはその発生源を突き止めた。大聖堂付属学校の側面にある換気口だ。

たぶんなんでもない。この種の温度変化はしじゅう見かける。だれかが料理か洗濯でもしているのだろう。ところが、目をそらしかけたとき、妙なことに気づいた。駐車場には車が一台もなく、校内のどこにも明かりがついていない。

パイロットは熱画像装置の画面をしばし見つめた。それから、地上の指揮官に無線連絡をした。

「シムキンズ捜査官、おそらくなんでもないとは思いますが……」

「温度を変えて発光させるのか！」ラングドンは言った。巧妙な方法だと認めざるをえない。

「簡単な科学よ」キャサリンが言った。「異なる物質は異なる温度で白熱発光する。そういう物質を温度マーカーと言うの。科学ではそうしたマーカーをよく利用するのよ」

ラングドンは湯のなかのピラミッドと冠石を見つめた。沸き返る湯の上で湯気が渦巻きはじめていたが、心は晴れないままだ。腕時計を見たとたん、鼓動が速まった。十一時四十五分。「これを熱したら、何かが発光するはずだと？」

「ただの発光じゃないわ、ロバート。白熱発光よ。ふつうの発光とちがって、白熱発光は高温によって生じるの。それも特定の温度でね。たとえば、製鋼業者が鉄骨を焼きもどすときは、いつ仕上がるかわかるように、目的の温度で白熱発光する透明なコーティング剤で鉄骨に格子線を吹きつけるのよ。ムードリングを思い出して。指にはめると体温で色が変わるでしょう？」

「キャサリン、このピラミッドが作られたのは十九世紀以前だ。そのころの職人が石の箱に蝶番の仕掛けをひそかに施すのは理解できるけど、感熱性の透明なコーティング剤を塗るというのはどうかな」

「じゅうぶんにありうるわ」キャサリンは言い、期待のまなざしを湯のなかのピラミッドへ向けた。「初期の錬金術師は有機燐《りん》を温度マーカーとしていつも利用していたのよ。中国人は色つきの花火を作ったし、エジプト人だって――」ことばを切り、煮えたぎる湯にじっと目を凝らした。

「なんだい」ラングドンはキャサリンの視線を追って、沸き立つ湯のなかを目で探った。しかし、何も見えない。

キャサリンは身を乗り出してますます熱心に見入っている。すると突然きびすを返し、ドアへ向かって駆け抜けていった。

「どこへ行くんだ」ラングドンは叫んだ。

キャサリンは明かりのスイッチの前で足を止め、それを切った。照明が消えて換気扇が止まり、厨房が真っ暗闇と静寂に沈む。ラングドンはピラミッドに向きなおり、湯気越しに液中の冠石をのぞきこんだ。キャサリンが隣にもどってきたときには、ラングドンは驚きのあまり口をあんぐりとあけたままだった。

まさしくキャサリンの予言どおり、金の冠石の一部が湯のなかで光を放ちはじめている。文字が現れ、湯が沸くにつれて明るさを増していく。

「文字よ！」キャサリンがささやいた。

ラングドンは呆然とうなずいた。冠石の刻字のすぐ下に、光る別の文字が姿を現しつつある。どうやらわずか三つの単語らしい。まだ読みとれないが、今夜自分たちが探し求めてきたすべてを、それらが明らかにするのだろうか。ギャロウェイ首席司祭のことばが脳裏をよぎった。〝フリーメイソンのピラミッドはまぎれもない地図だ。実在の場所を指し示している〟。

文字がいっそう明るく輝きはじめた。キャサリンがガスを止め、沸き返っていた湯がゆっくりと静まっていく。そのなかに、冠石がいまやはっきりと見えている。

光を放つ一行の文字が鮮明に読みとれた。

90

大聖堂付属学校の厨房の闇のなか、ラングドンとキャサリンは湯を張った鍋の前に立ち、水面下で変化をとげた冠石を見つめていた。金色の側面で、白熱した文字が光っている。

輝きを放つ文字を読んだとき、ラングドンは自分の目が信じられなかった。ピラミッドが具体的な場所を明らかにするという伝承は知っていたが……これほどまで具体的とは夢にも思わなかった。

Eight Franklin Square（フランクリン街区八番地）

「住所だ」ラングドンは愕然《がくぜん》とつぶやいた。
キャサリンも同じくらい驚いているようだ。「そこに何があるのかしら。知ってる？」
ラングドンはかぶりを振った。フランクリン街区がワシントンでも古い地域のひとつなのは知っているが、その所番地に心あたりはなかった。冠石の上端へ目をやり、文字全体を読みとおした。

The
secret hides
within The Order
Eight Franklin Square

その
秘密が内に
忍び宿るのは結社
フランクリン街区八番地

フランクリン街区に何かの結社があるのか？

深い螺旋《らせん》階段の入口を隠している建物があるのか？

その所番地にほんとうに何かが埋まっているのかどうか、ラングドンには見当もつかなかった。当面重要なのは、自分たちがピラミッドの暗号を解読し、ピーターを救い出す交渉に必要な情報を手に入れたことだ。

それも刻限ぎりぎりに。

ミッキー・マウスの時計の光る両腕が、残された時間が十分もないことを示していた。

「電話よ」キャサリンが言い、厨房の壁にかかった電話機を手で示した。「早く！」

ラングドンはこの瞬間が唐突に訪れたことにたじろぎつつ、躊躇《ちゅうちょ》している自分に気づいた。

「本気だね？」

「本気に決まってる」

「ピーターの無事を確認するまで、あの男に何も教えるつもりはない」

「もちろんよ。番号は覚えてる？」

ラングドンはうなずき、厨房の電話へと向かった。受話器を持ちあげて、男の携帯電話の番号をダイヤルする。キャサリンがそばへ来て、話が聞こえるよう顔を寄せた。呼び出し音が鳴りはじめ、ラングドンは今夜自分を欺いた男の不快なささやきを聞く心の準備をした。

ようやく電話がつながった。

だが、挨拶《あいさつ》はなかった。声すらもない。電話の向こうにあるのは息づかいだけだった。

ラングドンはしばし待ってから口を開いた。「そっちの望む情報を手に入れた。ただし、それがほしければ、まずピーターを引き渡してもらおう」

「どなた？」女の声が応答した。

ラングドンは驚愕した。「ロバート・ラングドンです」と反射的に言う。「そちらは？」番号をまちがえたのだろう、と一瞬思った。

「ラングドンですって？」女は驚いたように言った。「あなたの名前を呼んでいる人がここにいます」

なんだって？「失礼ですが、あなたは？」

「〈プリファード・セキュリティ〉警備員のペイジ・モンゴメリーです」女の声は震えているようだった。「よかったらお力を貸してください。二時間ほど前、九一一へ通報があり、パートナーが要請に応じました……カロラマ・ハイツで監禁事件の可能性があるとのことで。ところがパートナーとの連絡が途絶えたんで、わたしが応援を呼んで、現場の確認に来たんです。パートナーは裏庭で死んでいました。家主の姿が見あたらなかったので、応援の者といっしょに建物に踏みこんだところ、玄関のテーブルにあった携帯電話が鳴りはじめたので、出たら――」

「いま家のなかに？」

「ええ。九一一の情報は……まちがっていませんでした」女はことばを詰まらせた。「お聞き苦しくてすみません、パートナーが死んだものですから。で、ここに監禁されていた男性が見つかりました。重傷を負っていて、いま手当てを受けていらっしゃるところです。ずっとふたりの名前を呼んでいます……ひとりはラングドン、もうひとりはキャサリン」

「兄よ！」キャサリンが顔をさらに近づけて受話器に叫んだ。「九一一に通報したのはわたし！　兄は無事なの？」

「いえ、それが……」女の声がうわずった。「ずいぶん衰弱していらっしゃいます。右手が切断されていて……」

「お願い」キャサリンが迫った。「話をさせて！」

「いま応急処置をはじめていますが、意識が朦朧《もうろう》としています。もし近くにいらっしゃるなら、こちらへお越しください。あなたがたにお会いになりたいようです」

「五、六分のところにいるわ！」

「では、お急ぎください」電話の向こうでくぐもった音がしたのち、女がまた言った。「すみません、呼ばれているもので。のちほどご説明します」

通話は切れた。

91

ラングドンとキャサリンは大聖堂付属学校の地下階段を駆けあがり、正面玄関をめざして暗い廊下を急いだ。ヘリコプターの回転翼の音はもう聞こえない。これなら見とがめられずにここを出て、カロラマ・ハイツのピーターのもとへ向かえるかもしれない、とラングドンは思った。

ピーターが見つかった。生きている。

三十秒前、女の警備員との電話を終えるなり、キャサリンは湯気の立つピラミッドと冠石をすばやく熱湯から引きあげ、しずくを拭きとる間もなく革のショルダーバッグに移した。その熱さをラングドンはいまも革越しに感じていた。

ピーター発見の知らせを聞いた興奮で、冠石の光るメッセージ――フランクリン街区八番地――について考える余裕がなくなったが、それはピーターに会ってから考えればよいと思った。

角を曲がったところで、キャサリンが急に立ち止まり、廊下を隔てた談話室のなかを指さした。張り出し窓の向こうの芝地に、黒光りするヘリコプターが駐機しているのが見える。かたわらにパイロットが立ち、こちらに背を向けて無線で話している。その近くには、窓ガラスを暗くした黒のエスカレードも停まっていた。

ふたりは闇にひそんだまま談話室へ足を踏み入れ、窓の外をのぞいて仲間がいないかをたしかめた。ありがたいことに、広大な芝地にはほかにだれも見あたらない。

「大聖堂のなかにいるはずだ」

「あいにくだな」背後から低い声が言った。

ふたりが振り返ると、談話室の戸口で、黒ずくめの人影ふたつがレーザーサイトのついたライフルの銃口をふたりに向けていた。ラングドンの胸で真っ赤な点が踊っている。

「また会えて何よりだね、教授」聞き覚えのあるかすれた声が言った。銃を構えたふたりが脇へ退くや、そのあいだを小柄なサトウ局長が難なくすり抜けて談話室に歩み入り、ラングドンの正面で足を止めた。「まったく、とんでもないことをしてくれたよ」

「警察の委託を受けた警備員がピーター・ソロモンを発見しました」ラングドンは力強く告げた。

「重傷を負ってはいますが、生きています。一件落着ですよ」

発見の知らせを聞いて驚いたとしても、サトウはそんなそぶりをまったく見せなかった。揺るぎない視線を向けたままラングドンに歩み寄り、すぐ目の前で立ち止まる。「教授、はっきり言って、一件落着にはほど遠いんだよ。それに、警察が関与したとなると、ますます面倒なことになった。先刻言ったとおり、これはきわめて慎重を要する問題でね。ピラミッドを持って逃げたことは断じて許せない」

「とにかく」キャサリンが口をはさんだ。「早く兄に会いたいんです。ピラミッドはお渡ししますけど、足止めされるのは迷惑で――」

「迷惑？」サトウは訊き返し、キャサリンのほうを向いた。「ミズ・ソロモンだね」炎を宿した目でキャサリンをにらんだのち、ラングドンに向きなおる。「バッグをテーブルに置きなさい」

ラングドンは胸の赤い点を一瞥し、革のショルダーバッグをコーヒーテーブルに置いた。捜査官のひとりが注意深く近づいてファスナーをあけ、バッグの口をひろげた。籠《こ》もっていた蒸気がかすかに立ちのぼる。捜査官は懐中電灯で中を照らし、怪訝《けげん》そうな顔つきでしばらく見つめたあと、サトウに向かってうなずいた。

サトウが歩み寄り、バッグのなかをのぞきこんだ。濡《ぬ》れたピラミッドと冠石が懐中電灯の光にきらめいている。身をかがめて金の冠石を凝視するサトウを見て、ラングドンはサトウがそれをX線写真でしか見ていなかったことを思い出した。

「この刻字は」サトウが尋ねた。「どういう意味かわかったのかい。〝その秘密が内に忍び宿るのは結社〟というのは」

「わかりません」

「湯気が出ている理由は？」

「熱湯に沈めたからです」キャサリンが躊躇なく言った。「暗号を解読する工程のひとつでした。あとで何もかもお話ししますから、どうか兄に会いにいかせてください。兄は大変な目に――」

「ピラミッドを煮た？」サトウが訊いた。

「明かりを消して冠石を見てください。まだ読めるはずです」

捜査官が懐中電灯を消し、サトウはピラミッドの前にひざまずいた。ラングドンのいる場所からでも、冠石の文字がなおもかすかに光を放つのが見てとれた。

「フランクリン街区八番地？」サトウは驚いた口ぶりで言った。

「ええ。その文字は白熱発光するラッカーか何かで書かれています。〝第三十三位階〟は実のところ――」

「男が求めているのはこれなのかい」サトウが問いただした。

「ええ」ラングドンは答えた。「ピラミッドは地図で、貴重な宝、つまり古の神秘を解き放つ鍵のありかを示すものと男は信じています」

サトウは疑わしげな面持ちでもう一度冠石を見た。「それで」声に恐怖がにじむ。「男とは連絡をとったのか？　この所番地を教えたのか？」

「試みはしました」ラングドンは男の携帯電話を呼び出したときのいきさつを説明した。

サトウは黄ばんだ歯を舌先でなめつつ、その話に耳を傾けた。いまにも怒りを爆発させそうに見えたが、部下のひとりに小さく抑えた声で言った。「彼をここへ。ＳＵＶにいる」

「だれを呼んだんですか」ラングドンは訊いた。

「あなたのぶち壊したものを立てなおせるかもしれない唯一の人物だよ！」

「ぶち壊した？」ラングドンは声を荒らげた。「ピーターが無事なんだから、何も――」

「ばかを言うんじゃない！」サトウも激して言った。「これはピーター・ソロモンだけの問題じゃないんだよ！　議事堂でそのことを伝えようとしたのに、あなたはわたしに協力するどころか、敵となる道を選んだ！　そして何もかもぶち壊したんだよ！　あなたの携帯電話をわれわれは探知していたんだが、それも叩き割ったせいで、男とのつながりが断たれてしまった。そして、やっと探りあてたその所番地は、何を意味するのであれ、この異常者を捕らえる最後の手がかりだった。取り押さえることができる場所を知るためにも、相手の指示どおりに動いて、その所番地を伝えるべきだったんだ！」

ラングドンが言い返す間もなく、サトウは残った怒りの矛先をキャサリンに向けた。

「あなたもだ、ミズ・ソロモン！　その異常者の自宅の住所を知っていたんだろう？　なぜわたしに教えなかった？　その家へ雇われ警備員を向かわせたって？　そのせいで男を捕らえる可能性をつぶしたのがわからないのか？　お兄さんが無事なのはけっこうなことだが、言わせてもらえば、今夜われわれが直面している危機は、あなたの家族の問題よりはるかに大きい。ピーター・ソロモンの拉致犯はとてつもない力を持っていて、一刻も早く拘束する必要があるんだよ」

サトウが長広舌を終えたとき、暗闇からウォーレン・ベラミーの優雅な長身が現れ、談話室にはいってきた。服は皺だらけで、顔にあざがあり、意気阻喪している……地獄の苦しみを味わったかのようだ。

「ウォーレン！」ラングドンは立ちあがった。「だいじょうぶですか」

「いや」ベラミーが答えた。「そうとは言えない」

「聞きましたか？　ピーターは無事です！」

もう何事にも関心がないかのように、ベラミーは呆然とうなずいた。「ああ、いまのやりとりを聞いていた。よかったよ」

「ウォーレン、いったいどうしたんです」

サトウが割ってはいった。「すぐにわかるよ。これからミスター・ベラミーがその男に連絡して意思を伝える――今夜ずっとそうしていたように」

ラングドンはわけがわからなかった。「今夜ずっと意思を伝えてたって？　向こうはミスター・ベラミーがかかわっていることすら知らないんだぞ！」

サトウはベラミーに眉を吊りあげてみせた。

ベラミーはため息をついた。「ロバート、すまなかった。何もかも正直に話していたわけではないんだ」

ラングドンは目を瞠《みは》るばかりだった。

「自分としては正しいことをしているつもりだったんだが……」ベラミーは悄然《しょうぜん》として言った。

「だったら」サトウが言った。「いまこそ正しいことをしてもらおう……あとは全員で成功を祈るだけだ」その不吉な物言いに呼応するかのように、炉棚の置き時計が十二時を告げた。サトウは手まわり品がはいった密封式のビニール袋を取り出し、ベラミーにほうった。「あなたの所持品だよ。その携帯電話、写真は撮れるのかい」

「ああ、撮れるが」

「よろしい。冠石を持って」

たったいまマラークが受信したメッセージの送り主は、情報提供者——ウォーレン・ベラミー——だった。ロバート・ラングドンの手助けをさせようと、今夜マラークが連邦議会議事堂へ送りこんだフリーメイソンだ。ベラミーはラングドンと同じく、ピーターを生きて帰すよう懇願し、ラングドンがピラミッドを入手して解読するのに力を貸すと約束していた。今夜は何度もEメールで進捗《しんちょく》状況を送ってよこし、それがマラークの携帯電話へ自動転送されていた。

これは興味深い。マラークはメッセージを開いた。

送信者——ウォーレン・ベラミー
ラングドンとは別行動になったが
そちらの求める情報をついに
入手した。証拠を添付する。
欠けた部分については電話で。——wb
——一個の添付ファイル(jpeg)——

欠けた部分については電話で？　マラークは不思議に思い、添付ファイルを開いた。

写真だ。

それを目にするや、マラークは大きく息を呑み、興奮で一気に鼓動が速まるのを感じた。小さな金のピラミッドが大写しになっている。これこそ伝説の冠石だ！　表面の装飾文字の刻印が有望なメッセージを告げていた。〝その秘密が内に忍び宿るのは結社〟。

その下の段も目にはいり、マラークはいまや驚嘆していた。冠石が光って見える。信じがたい思いで、かすかに光を放つ一行の文字を見つめ、伝説がまさしく真実であると悟った。フリーメイソンのピラミッドはみずから形を変え……資格を備えた者に秘密を明かす。

この魔法のような変化がどのように起こったのか、マラークは想像がつかず、関心もなかった。光る文字は、予言されたとおり、ワシントンDCの特定の場所を示している。フランクリン街区。残念ながら、写真にはウォーレン・ベラミーの人差し指も写りこみ、巧妙にも冠石の上に置かれて情報の要《かなめ》を覆い隠している。

The
secret hides
within The Order
[redacted] Franklin Square

その
秘密が内に
忍び宿るのは結社
フランクリン街区[redacted]

欠けた部分については電話で。マラークはようやくベラミーの意図を察した。議事堂建築監は今夜ずっと協力的だったが、ここできわめて危険な勝負に出たらしい。

92

　大聖堂付属学校の談話室では、武装したＣＩＡ捜査官数名の厳重な監視のもと、ラングドンとキャサリンとベラミーがサトウとともに待機していた。コーヒーテーブルに置かれたショルダーバッグは開いたままで、その口から金の冠石がのぞいている。〝フランクリン街区八番地〟の文字はいまやすっかり消えていた。

　兄に会いにいきたいとキャサリンが懇願したが、サトウはそっけなく首を横に振り、ベラミーの携帯電話に視線を据えていた。テーブルの上の携帯電話はまだ鳴っていない。

　ベラミーはなぜ嘘をついたのか、とラングドンは疑問に思った。建築監はひと晩じゅう拉致《らち》犯と連絡をとり、ピラミッドの解読が順調に進んでいると伝えていたらしい。それは虚勢であり、ピーターのために時間を稼ぐ方便だった。実のところベラミーは、だれであれピラミッドの秘密を解き明かしそうな相手に対しては、全力でそれを阻止しようとしていた。しかし、いまや翻意したらしく、ベラミーもサトウも、その男を捕らえるためならピラミッドの秘密を教えるのも辞さない構えでいる。

「その手を離せ！」廊下から老人の叫び声が聞こえた。「盲目だが耄碌《もうろく》はしていない！　ここは知りつくしている！」捜査官によって談話室へ連行され、椅子に押しこまれてもなお、ギャロウェイ首席司祭は大声で抗議をしていた。

「だれだ」うつろな目を真正面に向けて問いかける。「大人数のようだな。老人ひとりを拘束するのに何人がかりだ？　これは驚いたな！」

「七人だよ」サトウが告げた。「ロバート・ラングドン、キャサリン・ソロモン、そしてフリーメイソンの兄弟のウォーレン・ベラミーもいる」

首席司祭は怒鳴るのをやめ、椅子にぐったりと身を預けた。

「わたしたちのことはご心配なく」ラングドンは言った。「ピーターも無事だそうです。重傷を負っていますが、警察に保護されました」

「喜ばしいことだ」首席司祭は言った。「それから、例の――」

何かががたつく大きな音に、談話室にいた全員が身を震わせた。テーブルの上でベラミーの携帯電話が振動している。だれもが押しだまった。

「さあ、ミスター・ベラミー」サトウが言った。「しくじるんじゃないよ。すべてが懸かっているのは承知だね」

ベラミーは大きく息を吸い、吐き出した。それから手を伸ばし、スピーカーフォンのボタンを押して電話に出た。

「ベラミーだ」テーブルの携帯電話に向かって大声で言う。

スピーカーから返ってきたのは、聞き覚えのある軽やかなささやき声だった。車中からハンズフリーのスピーカーフォンでかけてきたらしい。「十二時を過ぎたぞ、ミスター・ベラミー。そろそろピーターを楽にしてやろうと思っていたところだ」

ぎこちない静寂が談話室にひろがった。「ピーターと話させてくれ」

「無理だな」男が答えた。「いまは運転中だ。トランクのなかに縛りあげてある」

ラングドンとキャサリンは目を見交わしたのち、一同に向かって強くかぶりを振った。嘘だ！　相手はもうピーターを拘束してはいない！

もっと粘るよう、サトウがベラミーに合図をした。

「ピーターが生きている証拠がほしい」ベラミーは言った。「でなければ、残りの情報を――」

「おまえたちの聖なるマスターには医者が必要だ。駆け引きで時間を無駄にするな。フランクリン街区の何番地かを教えたら、ピーターをそこへ連れていく」

「もう一度言うが、証拠を――」

「早くしろ！」男は声を荒らげた。「さもないと、車を停めてただちにピーター・ソロモンを始末する！」

「話を聞くんだ」ベラミーは力強く言った。「残りを知りたければ、こちらのルールに従ってもらう。フランクリン街区の公園で落ち合おう。ピーターを生きて解放すれば、建物の番地を教える」

「そっちが当局の人間を連れてこないとどうしてわかる」

「裏切る危険を冒せないからだ。ピーターの命はきみの持つ唯一の手札ではない。今夜、真に危機に瀕《ひん》しているものが何かは承知している」

「言っておくが、公園でおまえ以外の人間の気配を少しでも感じたら、そのまま走り去る。そして、ピーター・ソロモンは跡形もなく消滅する。むろん、そんな心配は無用だろうが」

「ひとりで行くとも」ベラミーは厳かに答えた。「ピーターを引き渡してくれたら、何もかも教えよう」

「公園の中央だ」男は言った。「着くまであと二十分はかかる。どれだけかかろうが、そこで待っていろ」

通話は切れた。

にわかに部屋が活気づいた。サトウが大声で指示を出しはじめる。捜査官数名が無線機をつかんでドアへ向かった。「行くぞ！　急げ！」

混乱のなか、今夜のいきさつについての説明を求めて、ラングドンはベラミーに目を向けた。しかし、ベラミーはすでにドアの外へ急《せ》き立てられていた。

「兄に会わせて！」キャサリンが叫んだ。「行かなきゃならないの！」

サトウが歩み寄って言った。「指示を出すのはこのわたしだよ、ミズ・ソロモン。わかったかい」

キャサリンはそこに立ったまま、苦しげな面持ちでサトウの小さな目を見つめている。

「ミズ・ソロモン、いまの最優先事項はフランクリン街区で男を捕らえることだ。それが無事に果たされるまで、あなたには部下のひとりとここで待機してもらう。ミスター・ソロモンの件はそれが終わってからだ」

「それは見当ちがいよ」キャサリンは言った。「わたしはその男の家の場所を知ってるのよ！　それは車で五分のカロラマ・ハイツにあって、そこにはあなたの役に立つ証拠もきっとある。それに、この件を内密にしたいと言ったわね。容態が安定したら、ピーターは警察に何を話しはじめるかしら」

キャサリンの言い分にも一理あると思ったのか、サトウは口をすぼめた。外では、ヘリコプターの回転翼がうなりをあげはじめている。サトウは眉《まゆ》をひそめたのち、部下のひとりに言った。「ハートマン、エスカレードでミズ・ソロモンとミスター・ラングドンをカロラマ・ハイツへ連れていって。ピーター・ソロモンには、だれ《ヽ》と《ヽ》も《ヽ》話をさせないように。わかったね？」

「はい、局長」

「現地に着いたら連絡をちょうだい。状況を報告して。それと、このふたりから目を離さないで」

ハートマン捜査官はすばやくうなずいて、エスカレードの鍵《かぎ》を取り出し、ドアへ向かった。

キャサリンがすぐあとを追った。

サトウはラングドンを見て言った。「すぐにまた会おう、教授。わたしを敵と見なしているのは知っているが、それはお門ちがいだと言っておくよ。早くソロモンのところへ行きなさい。まだ何も終わっていないんだ」

ラングドンのかたわらでは、ギャロウェイ首席司祭がコーヒーテーブルの前に静かに坐《ざ》していた。その両手は、ショルダーバッグの口からのぞいたままの石のピラミッドを探りあてていた。あたたかい石の表面に手のひらを這《は》わせている。

ラングドンは言った。「ピーターに会いにいかれますか」

「足手まといになるだけだ」首席司祭はバッグのなかから手を出し、ファスナーを閉じてピラミッドをしまった。「ここに残ってピーターの回復を祈るとしよう。話はあとでいくらでもできる。ただ、ピーターにピラミッドを見せるときに、あることを伝えてはもらえまいか」

「いいですよ」ラングドンはバッグを肩にかけた。

「ピーターに伝えてくれ」首席司祭は咳払《せきばら》いをした。「フリーメイソンのピラミッドはつねに秘密を守りつづけてきた……誠実《シンシアリー》に」

「よくわかりませんが」

首席司祭はウィンクをした。「ただそう言えばよい。ピーターにはわかる」

そう言うと、頭《こうべ》を垂れて祈りを捧《ささ》げはじめた。

途方に暮れたまま、ラングドンは首席司祭を残して外へと急いだ。キャサリンはすでにSUVの助手席で捜査官に道順を教えていた。後部座席に乗りこんだラングドンがドアを閉めるが早いか、その大型車は芝地を飛ぶように走り抜け、カロラマ・ハイツへと向かった。

93

フランクリン街区はワシントンDCのダウンタウンの北西地区に位置し、Kストリートと十三番ストリートに隣接している。この界隈《かいわい》には歴史的建造物が多く、最も有名なものに、アレグザンダー・グレアム・ベルが一八八〇年に世界ではじめて無線のメッセージを発信したフランクリン・スクールがある。

はるか上空では、国立大聖堂からの移動をものの数分で終えたUH-60改造型ヘリコプターが、西から高速で近づいていた。時間はたっぷりある、とサトウは思いながら眼下を観察した。標的が到着する前に、部下たちがひそかに配置につく必要がある。あと二十分はかかると男は言っていた。

サトウの指示で、パイロットはその近辺で最も高い建物である、名高い〈ワン・フランクリン・スクエア〉——金の尖塔《せんとう》二本を戴《いただ》いて堂々とそびえ立つ高級オフィスビル——の屋上でタッチ・アンド・ゴーを遂行した。むろんそれは違法だが、ヘリは数秒しかその場にとどまらず、砂利敷きの屋上にタイヤをほとんど接触させていない。全員が飛びおりると、パイロットはただちにヘリを離昇させて機体を東に傾けた。そこで〝無音の高度〟まで上昇し、目に見えない支援をする手筈《てはず》になっている。

サトウは部下たちが装備を調え、ベラミーに任務の支度をさせるのを待った。ノートパソコンで例のファイルを見せられたせいで、建築監はいまだにうつろな顔をしている。国家の安全保障にかかわる問題。ベラミーはすぐさまサトウの意図を理解し、いまやすっかり協力的だった。

「準備完了です、局長」シムキンズが言った。

サトウの指示で、部下たちはベラミーとともに屋上を横切って階段へ姿を消し、配置につこうと地上へ向かった。

サトウは屋上の端まで歩き、眼下に目を向けた。樹木の生い茂る長方形の公園が一ブロック全体を占めている。遮蔽物《しゃへいぶつ》はたっぷりある。気配を悟られずに捕捉《ほそく》しなくてはならないことを、部下たちはじゅうぶんに理解している。もしも標的に感づかれて立ち去られたら……その可能性は考えたくもなかった。

ここは風が強く、ひどく冷たい。サトウは両腕をしっかり体に巻きつけ、端から吹き飛ばされぬように足を踏ん張った。見晴らしのよいこの高みからは、フランクリン街区は記憶よりも小さく見え、建物の数も少なく感じられる。どこがフランクリン街区八番地なのか。詳細については分析官のノーラに調査を指示してあり、いつ報告が来てもおかしくない。

ベラミーと部下たちが姿を現した。まるで木深い闇に散らばりゆく蟻のようだ。閑散とした公園の中心に近い開けた場所に、シムキンズがベラミーを配置した。シムキンズと部下たちが暗がりに溶けこみ、視界から消える。数秒のうちにベラミーひとりが残され、公園の中心に近い街灯の光のなか、震えながら行きつもどりつをはじめた。

サトウはなんの哀れみも感じなかった。

煙草に火をつけて深々と吸い、肺にしみ入るぬくもりを味わう。地上の準備が調ったことに満足したサトウは、屋上の端から退き、分析官のノーラと、カロラマ・ハイツへ派遣したハートマンからの電話を待った。

94

速度を落としてくれ！　二本のタイヤで跳ねあがりつつ急カーブを切るエスカレードの車内で、ラングドンは後部座席のクッションを握りしめた。ＣＩＡのハートマン捜査官は、運転技術をキャサリンに見せつけたいのだろうか。あるいは、ピーター・ソロモンが回復して地元警察によけいなことを話すとまずいから、その前に到着しろという指示を受けたかのどちらかだろう。

大使館通りでの赤信号無視の高速走行もじゅうぶん肝を冷やしたが、いまはカロラマ・ハイツの住宅街の曲がりくねった道を暴走している。前日の午後に男の自宅を訪れたキャサリンが道順を大声で指示している。

角を曲がるたび、ラングドンの足もとのショルダーバッグが激しく揺さぶられ、冠石のぶつかる音が聞こえた。ピラミッドの頂からはずれてバッグの底を跳ねまわっているにちがいない。傷がつくのを恐れ、ラングドンはバッグを探ってようやく見つけた。まだあたたかいが、光る文字は完全に消え、もとの刻字だけにもどっていた。

その秘密が内に忍び宿るのは結社。

冠石を脇ポケットにしまいかけたとき、その美しい表面が、無数の何やら白くて細かいものに覆われているのに気づいた。不審に思ってぬぐおうとしたが、こびりついていて、ふれると硬い……プラスチックのように。なんだ、これは？　石のピラミッド本体の表面にも小さな白い点々が浮いて見える。ラングドンは爪の先で一片こそげとり、指のあいだで転がした。

「蠟《ろう》かな」

キャサリンが振り返った。「何？」

「ピラミッドと冠石に蠟のかけらが大量についてる。解せないな。こんなものがいったいどこから来たんだ」

「バッグのなかの何かじゃないの？」

「ちがうと思う」

車がつぎの角を曲がったとき、キャサリンはフロントガラス越しに指を差し、ハートマンのほうを向いた。「あれよ！　着いたわ」

顔をあげたラングドンの目に、前方の私道に停まった警備車両の回転灯の光が飛びこんだ。私道の門は脇に寄せられており、SUVは猛スピードで敷地に乗り入れた。

壮麗な屋敷が見える。屋内のすべての明かりが煌々《こうこう》とともされ、正面玄関は大きくあけ放たれている。私道と芝地には、急いで乗りつけたのか、半ダースの車両が乱雑に停まっていた。何台かはエンジンがかかったままで、ヘッドライトが光っている。多くは屋敷を照らしていたが、一台だけ向きのちがう車のライトがSUVの三人の目をくらませた。

その白いセダンのそばの芝地に、SUVは横滑りしながら停まった。〈プリファード・セキュリティ〉という鮮やかな色の字が車体に記されている。回転灯とハイビームの光で、三人とも目がよく見えなかった。

キャサリンがすぐさま車から跳び出し、屋敷へ走っていった。ラングドンはファスナーを閉めぬままバッグを肩にかけると、キャサリンのあとを追って小走りで芝地を抜け、あけ放たれた玄関のドアへ向かった。家のなかから複数の話し声が聞こえてくる。ラングドンの背後では、SUVが電子音を発し、施錠を終えたハートマン捜査官が早足で追ってきた。

キャサリンがポーチの階段を駆けあがって玄関のドアを抜け、屋内へ進んでいく。つづいて敷居をまたいだラングドンの目に、キャサリンがすでに玄関広間を通り越し、中央廊下を話し声のするほうへ向かうのが見えた。突きあたりには食堂のテーブルがあり、警備員の制服を着た女がこちらに背を向けて椅子に腰かけている。

「すみません！」キャサリンが走りながら叫んだ。「ピーター・ソロモンはどこですか？」

ラングドンは一目散に追ったが、足を急がせていたとき、思いもかけぬ動きが目にはいった。左手にある居間の窓越しに、私道の門が閉まりつつあるのが見える。変だな。別のものが目に留まった。車で駆けつけたときには、回転灯の光とまばゆいハイビームのせいでわからなかったが、私道に乱雑に停められた半ダースの車は、想像していたような警察車や緊急車両とは似ても似つかなかった。

メルセデス？……ハマー？……テスラ・ロードスター？

そのとき、別のことにも気づいた。家のなかで聞こえる話し声は、食堂のあたりで鳴り響くテレビの音声にすぎない。

ゆるやかな動きで体の向きを変えつつ、ラングドンは廊下の奥へ叫んだ。「キャサリン、待つんだ！」

けれども、ラングドンが見たとき、キャサリン・ソロモンはもう走っていなかった。

空中を舞っていた。

95

自分が宙に浮いていることを、キャサリン・ソロモンは知っていた……が、理由はわからない。食堂の警備員に向かって廊下を走っていたとき、目に見えぬ障害物に突然両足が引っかかってつんのめり、全身が浮きあがった。

いまは落下しつつある……堅木の床へ。

キャサリンは腹を強打し、肺の空気が容赦なく抜けていくのを感じた。見あげると、重たげなスタンド型のコート掛けが大きくぐらついたのち、すぐそばの床に倒れてきた。息苦しさにあえぎつつ頭をあげたキャサリンは、椅子にすわった女の警備員が身じろぎもしないのを見て驚いた。さらに奇妙なことに、倒れたコート掛けの土台に細い針金が巻きついている。これが廊下に張り渡されていたのだろう。

だれがなぜ、こんなことを……

「キャサリン！」ラングドンの叫び声がした。体を横へひねって振り返ったとき、全身の血が凍りつくのを感じた。ロバート！　後ろよ！　叫ぼうとしたが、息が切れてあえぎ声しか出せない。キャサリンは恐ろしい光景が繰りひろげられるのをただただ見守るばかりだった。自分を助けようとラングドンが無我夢中で廊下を駆けてくる……その後方の玄関口で、ハートマン捜査官がよろめきながら喉《のど》を掻《か》きむしっている……首に刺さった長いドライバーをつかもうとするハートマンの両手のあいだから、血しぶきがあがる。

ハートマンの体が前に傾き、襲撃者の姿があらわになった。

まさか……そんな！

腰布に似た奇妙な下着だけを身につけたその裸の大男は、どうやら玄関広間に隠れていたらしい。筋骨たくましい体は、頭から爪先《つまさき》まで異様な刺青《いれずみ》に覆われている。玄関のドアが閉まりはじめ、男はラングドンを追って廊下を駆けだした。

ハートマンが倒れ伏すと同時に、玄関のドアが音を立てて閉まった。ラングドンが驚いた様子で振り返ったが、刺青の男はすでに追いついていて、背中に何かの器具を押しつけた。閃光《せんこう》がはじけて鋭い電気音がし、ラングドンの体がこわばるのがキャサリンにも見てとれた。ラングドンは大きく見開いた目を凍りつかせて前にのめり、動かぬ塊となって床に崩れた。革のバッグの上に勢いよく倒れたせいで、ピラミッドが床へ転がり出た。

刺青の男はラングドンを一顧だにせずにその体をまたぎ、キャサリンのほうへまっすぐ向かってきた。すでに食堂のなかへ這い進んでいたキャサリンは、椅子に体をぶつけた。椅子に乗った警備員の体がぐらついて、どさりと床へ落ちる。その女の息絶えた顔は恐怖をたたえ、口に布が詰めこまれていた。

キャサリンが反応する間もなく、大男は追いついていた。途方もない力で肩をつかまれる。もはや化粧に覆われていないその顔は、身の毛のよだつほど恐ろしい。男の筋肉が引きしまり、キャサリンはぬいぐるみのように裏返されてうつ伏せになった。重い膝《ひざ》が背中にねじこまれ、一瞬、体がふたつに折れるかに感じられる。そのまま両腕をつかまれ、後ろへ引っ張られた。

顔を横へ向け、頬をカーペットに押しつけていると、ラングドンの姿が見えた。まだ体を引きつらせたままだ。その先の玄関広間には、ハートマン捜査官が微動だにせずに横たわっている。冷たい金属が手首に食いこみ、キャサリンは針金で縛られていることに気づいた。戦慄《せんりつ》しつつ振りほどこうとしたが、焼けつく痛みを両手に送りこむばかりだった。

「動けばこの針金がおまえを切り裂く」男は手首の緊縛を終え、恐るべき手際のよさで足首へと移った。

キャサリンは男を蹴《け》ったが、右の腿《もも》の裏に強烈なこぶしを打ちこまれて脚の力が抜けた。数秒のうちに両足首が縛られた。

「ロバート！」キャサリンはどうにか大声をあげた。

ラングドンは廊下に倒れてうめき声をあげていた。ショルダーバッグの上にねじれた恰好《かっこう》で横たわり、頭の近くには石のピラミッドがある。そのピラミッドが最後の望みだとキャサリンは悟った。

「わたしたち、ピラミッドを解読したのよ！　何もかも話すわ！」

「ああ、そうしてもらおう」そう言うと、男は死んだ女の口から布を抜きとって、キャサリンの口の奥へ押しこんだ。

それは死の味がした。


ロバート・ラングドンにとって、もはや肉体は自分のものではなかった。感覚を失って身動きができず、堅木の床に頬を押しつけて横たわっていた。スタンガンについては、一時的に神経系に過負荷を与えて相手を麻痺《まひ》させるものだと知っている。電気的刺激によって筋肉を失調させるその作用は、稲妻にも劣らない。いまや激痛の衝撃が体じゅうの分子を貫いたかに思えた。頭では懸命に考えているにもかかわらず、筋肉は自分の送る命令に従おうとしなかった。

立て！

床に突っ伏して動けぬまま、ラングドンはろくに息を吸いこめずに浅い呼吸を繰り返していた。襲撃者の姿はまだ目にしていないが、ひろがりつつある血だまりのなかにハートマン捜査官が倒れているのは見えた。抵抗して言い争うキャサリンの声が聞こえていたが、少し前に、口に何かを押しこまれたかのようにその声がくぐもった。

立て、ロバート！　彼女を助けなくては！

両脚がうずきはじめ、焼けつく痛みをともなって感覚がもどりつつあったが、まだ言うことを聞こうとはしなかった。動け！　両腕がむずがゆくなり、顔と首の感覚ももどってくる。やっとのことで首を動かしたのち、堅木の床の上で強引に頬を引きずって顔の向きを変え、食堂のなかを見ようとした。

視線がさえぎられた――ショルダーバッグから床に転げ出て、横向きに倒れている石のピラミッドのせいだ。顔から数インチのところに底面がある。

一瞬、自分が何を見ているのか理解できなかった。目の前にある正方形が石のピラミッドの底面なのはたしかだが、どこかちがって見える。まったくちがう。同じく正方形で、同じく石造りだが……これは平らでもなめらかでもない。そこには、さまざまな象徴の刻印がびっしり並んでいる。どうしてこんなことが？　幻覚を見ているのかと思い、数秒間じっと目を注ぐ。このピラミッドの底面なら十回は見ている……そのときは印などなかったのに！

不意に理由がひらめいた。

呼吸反射が急に回復し、大きく息を呑《の》んだラングドンは、フリーメイソンのピラミッドにまだ明らかにされていない秘密があることを悟った。たったいま、自分は新たな変化を目のあたりにしたのだ。

そして、ギャロウェイ首席司祭から別れ際に託された伝言の意味を一気に理解した。〝ピーターに伝えてくれ。フリーメイソンのピラミッドはつねに秘密を守りつづけてきた……誠実に《シンシアリー》〟。あのときは奇妙に思えたが、首席司祭がピーターに暗号を送っていたことがいまになってわかった。そう言えば、それと同じ暗号が、ずいぶん前に読んだ冴《さ》えないミステリー小説でも、ちょっとしたトリックとして使われていたものだ。

シンシア――シン・セラ。

ミケランジェロの時代から、彫刻家は作品の失敗を隠すのに、傷に熱い蠟を塗って石粉をまぶしていた。その手法は正当ではないと見なされ、〝蠟なし《シン・セラ》〟の彫刻こそが〝真正《シンシア》〟の芸術作品とされた。その言いまわしは定着し、今日《こんにち》でも、〝蠟なし〟で書かれたこと、内容に嘘偽りがないことの誓いのしるしに、〝誠実に《シンシアリー》〟ということばが手紙の文末に添えられる。

ピラミッドの底面に彫られた刻印も同じ方法で隠されていた。キャサリンが指輪の刻字に従ってピラミッドを煮沸したときに、蠟が溶けて底面の図柄が現れたわけだ。首席司祭は談話室でピラミッドをなでたとき、底面の刻印があらわになったことを感じとったのだろう。

ほんのいっとき、自分とキャサリンの直面している危険がラングドンの頭からすっかり消えていた。ピラミッドの底面に並ぶ信じがたい象徴の数々を見つめる。これらが何を意味するのか……そしてやがて何を明らかにするのかは想像もつかないが、たしかなことがひとつある。フリーメイソンのピラミッドには、まだ解き明かされていない秘密がある。フランクリン街区八番地は最終解答ではない。

アドレナリンを掻き立てるこの新たな刺激のせいか、単に数秒長く横たわっていたせいかはわからないが、急に体の自由がもどりつつある気がした。

苦痛をこらえながら片腕を横に伸ばし、食堂への視界を妨げているショルダーバッグを押しのけた。

恐ろしいことに、体を縛られて口に布が深々と詰めこまれたキャサリンの姿が見えた。ラングドンは筋肉に力を入れ、膝を突いて起きあがろうとしたが、一瞬ののち、愕然《がくぜん》と体を凍りつかせた。食堂の戸口にあまりにも異様なものがある……これまでに見たどんなものにも似ていない人間の姿が。

あれはいったい……

ラングドンは横転し、両脚をばたつかせてあとずさろうとしたが、刺青の大男がつかみかかって仰《あお》向《む》けに倒し、胸にまたがった。ラングドンの両腕を膝で押さえつけ、すさまじい力で床に釘《くぎ》づけにする。男の隆々たる胸には双頭の不死鳥の刺青が施されている。首や、顔や、剃《そ》りあげた頭には、目のくらみそうなほど入り組んだ象徴——黒魔術の儀式に用いられる印形《いんぎょう》——が一面にめぐらされている。

それ以上考える間《ま》もなく、ラングドンは大男に両耳をつかまれて頭を床から持ちあげられ、とてつもない力で堅木に叩《たた》きつけられた。

すべてが暗転した。

96

マラークはわが家の廊下で周囲の惨状を見渡した。まるで戦場だな。

足もとには、意識を失ったロバート・ラングドンが横たわっている。

食堂の床には、縛って猿ぐつわを嚙《か》ませたキャサリン・ソロモンがいる。

その近くに、椅子からずり落ちた女の警備員の死体が転がっている。女は命拾いをしたい一心で、マラークの指示に従った。喉にナイフをあてがわれたままマラークの携帯電話に出て嘘をつき、ラングドンとキャサリンをここへ呼び寄せた。女にパートナーはおらず、ピーター・ソロモンは救出されてなどいない。女が演技を終えるや、マラークは静かに絞め殺した。

ベラミーに電話をかけたときは、自宅にいないと思わせるために、車のなかでハンズフリーのスピーカーを使った。ベラミーであれ、ほかのだれであれ、通話を聞いているすべての者に対し、自分が車で移動中で、ピーターはトランクのなかにいると偽りつづけた。実のところ、車を走らせていたのは車庫と前庭のあいだだけだった。多くある所有車のうち数台を、ヘッドライトとエンジンをつけたまま、そこに乱雑に停めたのだ。

偽装はうまくいった。

ほぼ完璧《かんぺき》に。

唯一の誤算は、首にドライバーが刺さったままの、玄関広間にあるいまいましい黒ずくめの塊だ。死体を探り、ＣＩＡのロゴがはいったハイテク無線機と携帯電話を見つけたときは、思わず笑いが漏れた。この連中までもわが力に気づいたらしい。どちらも電池を抜きとって、青銅の重いドアストッパーで叩きつぶした。

迅速に動かなくてはならない、と心を引きしめた。ＣＩＡが関与しているとなれば、なおさらだ。ラングドンのもとへ足早にもどった。教授は意識を失っていて、しばらくは目覚めまい。マラークは戦慄を覚えつつ、床の上で口をひろげたバッグのそばの、石のピラミッドへ視線を移した。息が詰まり、鼓動が大きくなる。

何年も待っていた……

かすかに震える両手を伸ばし、フリーメイソンのピラミッドを拾いあげる。刻印にゆっくりと指を走らせ、畏怖《いふ》の念を覚えた。陶然とするあまりわれを失う前に、ピラミッドと冠石をラングドンのバッグへもどし、ファスナーを閉めた。

まもなくこのピラミッドを完成させる……もっと安全な場所で。

バッグを肩にかけたあと、本人をかかえあげようとしたが、その均整のとれた体軀《たいく》は存外に重かった。そこで、腋《わき》の下をつかんで引きずっていくことにした。行き着く先を本人は気に入るまいが。

ラングドンの体を運んでいると、食堂のテレビから大きな音が鳴り響いた。テレビの音声も偽装の一部だったが、まだ消していない。いま放送されているのは、テレビ伝道師が信徒たちを先導して「主の祈り」を唱えているところだ。その祈りが実はどこに由来するのかを、伝道師に魅了された視聴者のだれが知るだろうか、とマラークは思った。

「……天のごとく地にも……」一同が唱える。

そうとも。上のごとく、下もしかり。

「……われらを誘惑に遭わせず……」

肉体の弱さに打ち勝たせよ。

「……悪より救い出したまえ……」いっせいに懇願する。

マラークは微笑んだ。それはむずかしいかもしれない。闇はひろがりつつある。とはいえ、彼らの努力は認めてやらねばなるまい。見えざる力に語りかけて助けを求める者たちは、この現代社会では絶滅しかけている。

ラングドンを引きずって居間を横切っていると、一同が高らかに宣した。「アーメン！」

アモンだ、とマラークは訂正した。エジプトこそがおまえたちの宗教の揺籃《ようらん》の地だ。エジプトの神アモンは、ゼウスやユピテルや、現代のあらゆる顔を持つ神の原型となっている。今日に至るまで、この世の多くの宗教はそのさまざまな変名を声高に叫んできた。アーメン！　アミン！　オーム！

テレビ伝道師は、天国と地獄をつかさどる天使や悪魔や精霊の階級を述べた聖書の一節を引用しはじめた。「悪の力から魂を守りなさい！　心をあげて祈りなさい！　神とその天使たちはきっとお聞きくださる！」

それはそうだ、とマラークは認めた。しかし、悪魔も聞くだろう。

マラークははるか以前に、魔術をしかるべく用いれば霊的世界に至る門を解き放つことができると学んでいた。そこに存在する見えざる力は、人間自体と同じくさまざまな形をとり、善と悪の両方がある。光の力は癒《いや》しを与え、庇護《ひご》し、世界に秩序をもたらそうとする。闇の力はそれとは正反対に作用し……破壊と混沌《こんとん》をもたらす。

正しく呼び出されれば、見えざる力はこの地上において実践者の意のままとなり……超自然的とも思える力を実践者に与える。見えざる力は呼び出した者を助ける見返りに施しを求める——光の力は祈りと賞賛を……そして、闇の力は流血を。

捧げるものが大きいほど、与えられる力は強大になる。マラークは最初のころ、とるに足りない動物の血で儀式をおこなっていた。だが歳月を経たいまは、より大胆に生け贄《いにえ》を選んでいる。今夜、自分は最後の一歩を踏み出す。

「用心しなさい！」大惨事の到来を警告して、テレビ伝道師は叫んだ。「人の魂をかけた最後の戦いがまもなく起ころうとしている！」

たしかにそうだ、とマラークは思った。そして、自分こそが最も偉大な戦士になる。

むろん、その戦いがはじまったのははるか昔のことだ。古代エジプトでは、魔術に長《た》けた者は歴史に残る偉大な賢者となり、大衆を超越して真に〝光〟を実践する者となった。彼らは地上の神としてふるまった。参入儀式のための大神殿を築き、そこへ知恵を分かち合うべく世界じゅうから新参者が訪れた。こうして黄金の人々が生まれ、ほんのわずかな期間、人類はおのれを高めてこの世の枷《かせ》を超克しようとしていた。

古《いにしえ》の神秘の黄金時代。

けれども、肉の殻を持つ生き物である人間は、傲慢《ごうまん》、憎悪、短慮、強欲の罪を犯しやすい。時が経つにつれ、魔術を頽廃《たいはい》させる者が現れ、悪用したり私利のために濫用したりした。その者たちは闇の力を呼び出すために邪悪な魔術を用いるようになった。そして新たな魔術が誕生した……より強く、即効性があり、陶酔へといざなう力を持つものが。

それがわが魔術だ。

それがわが偉業だ。

啓示を受けた賢者と選ばれた輩《ともがら》は、悪の跳梁《ちょうりょう》を目のあたりにし、人々が新たに得た知識を同胞のために用いていないと見定めた。そして、資格のない者の目からさえぎるため、自分たちの知恵を秘匿した。それはやがて歴史から消えた。

こうして人類の大堕落が訪れた。

そして、果てしない闇が。

今日に至るまで、賢者の高潔な末裔《まつえい》たちは、やみくもに光にすがるべく、過ぎし日に失われた力を取りもどすべく、闇を遠ざけるべく、長い戦いをつづけてきた。この世のあらゆる教会や寺院や聖堂の聖職者がそこに含まれる。時は記憶を消し去り、それを過去から切り離した。もはや彼らは、強力な知恵がかつて湧き出た源を知らない。先人の神秘について尋ねられると、信仰の新たな守り手である彼らは声高にかかわりを否定し、それを異端だと非難する。

ほんとうに忘れてしまったのか。マラークは自問した。

古代の魔術の余韻はこの地球の至るところで――ユダヤのカバラ密教から、イスラム神秘主義のスーフィズムに至るまで――いまも鳴り響いている。キリスト教においても、不可解な儀式や、聖体拝領で神を食べるしきたり、聖人や天使や悪魔の階級、聖歌詠唱と祈禱《きとう》、教会暦の占星術的基盤、聖なる法衣、永遠の命の約束などにいまも名残をとどめている。今日でも、キリスト教の聖職者は悪魔を祓《はら》うために、煙の立ちのぼる吊《つ》り香炉を揺り動かしたり、聖なる鐘を鳴らしたり、聖水を振りかけたりする。悪魔を追い散らすだけでなく、呼び出す能力も必要とされた信仰初期の習わしが、いまも超自然的な手業《てわざ》の形で残されている。

それでも自分たちの過去が見えないというのか。

教会の神秘の過去がどこよりも歴然と見られるのは、その総本山だ。ヴァチカン市国のサン・ピエトロ広場の中央には、巨大なエジプトのオベリスクが立っている。イエスが産声をあげる千三百年前に彫られたその荘厳な石柱は、その地にはなんのゆかりもなく、現代キリスト教とのつながりもまったくない。にもかかわらず、それはそこにある。キリスト教の中枢の地に。石の塔が叫びをあげ、原点を知る数少ない賢者の記憶を呼び覚まそうとしている。古の神秘の胎《はら》から生まれたその宗教は、いまも母なる儀式や象徴を多く受け継いでいる。

とりわけ、ひとつの象徴を。

その祭壇や法衣、尖塔や聖書を飾るのは、キリスト教独自の像——犠牲となった貴い人物の像だ。キリスト教は、ほかのどの信仰よりも、犠牲が変化を生み出す力を理解している。いまでも、イエスによってなされた犠牲を尊び、信徒たちはささやかな個人的犠牲を捧げる……断食、四旬節の節制、十分の一税。

むろん、そうした捧げ物はすべて無力だ。血を流さずして、真の犠牲はない。

闇の力は長らく血の犠牲を受け入れてきたが、それによってあまりにも強大なものと化し、善の力がそれを抑えるべく奮闘している。ほどなく光は尽き果て、闇の実践者が人間の精神を意のままに操ることになる。

97

「フランクリン街区八番地が実在しないはずはない」サトウが言った。「もう一度調べなさい！」

上級分析官のノーラ・ケイは机の前でマイクつきヘッドフォンを調節した。「局長、すべて調べつくしましたが……その住所はワシントンＤＣには存在しません」

「でも、わたしがいるのはフランクリン街区一番地の屋上だ。八番地もあって当然じゃないか！」

サトウ局長が屋上にいる？　「お待ちください」ノーラは新たな検索を試みた。例のハッカーについて報告しようかと考えたが、サトウはいまフランクリン街区八番地で頭がいっぱいらしい。それに、ノーラはまだすべての情報を入手したわけではなかった。あのシステム・セキュリティ担当者はどこへ行ったのよ？

「なるほど」ノーラは画面を見ながら言った。「状況がわかりました。〈ワン・フランクリン・スクエア〉は建物名であって……住所ではありません。住所はＫストリート一三〇一です」

その知らせにサトウは面食らったようだった。「ノーラ、説明している時間はないけれど――ピラミッドは明らかにフランクリン街区八番地という場所を示しているんだ」

ノーラは背筋をこわばらせた。ピラミッドが特定の場所を示してる？

「刻印にこう記されている」サトウがつづけた。「その秘密が内に忍び宿るのは結社――フランクリン街区八番地」

ノーラには想像もできなかった。「結社というのは……フリーメイソンや友愛団体ということですか」

「そうだと思う」サトウが答えた。

ノーラはしばし考えてから、ふたたびキーを叩きはじめた。「局長、長年のあいだにフランクリン街区の所番地が変わったんじゃないでしょうか。つまり、もしそのピラミッドが伝説どおりに古いものだとしたら、ピラミッドが作られた当時のフランクリン街区の番地はいまとちがっていたかもしれません。〝八番地〟をはずして検索してみますね……〝結社〟と……〝フランクリン街区〟と……〝ワシントンＤＣ〟……こうすれば、何か手がかりがつかめるかもしれ――」検索結果が現れ、ノーラはことばを呑みこんだ。

「何がわかったんだ」サトウが問いただした。

ノーラは検索結果の第一候補を見ていた。それはエジプトの大ピラミッドの目を瞠《みは》るような画像であり、フランクリン街区に所在する建物のウェブサイトで背景として使われていた。それは街区にあるほかのどの建物ともまったく似ていない。

というより、ワシントンＤＣのどの建物とも。

ノーラを凍りつかせたのは、建物の風変わりな建築様式ではなく、目的に関する記述だった。ウェブサイトによると、この奇妙な建物は神秘の聖堂として造られたもので、設計をおこない、利用してきたのは……古い歴史を持つ、ある秘密結社だという。

98

ロバート・ラングドンはすさまじい頭痛とともに意識を取りもどした。

ここはどこだ？

どこであれ、真っ暗だった。深い洞窟《どうくつ》の闇と死の静けさに包まれている。

ラングドンは両腕を体の脇につけて仰向けに横たわっていた。わけのわからぬまま、手足の指を動かしてみたところ、うれしいことに痛みもなく自由に動いた。何が起こったんだ？　頭痛と濃い闇を除けば、異状はないように思える。

ほとんどない。

自分が寝ているのは、ガラス板のようにきわめて感触のなめらかな硬い床の上だと気づいた。もっと奇妙なことに、そのすべらかな表面は素肌とじかに接しているらしい……肩、背中、尻《しり》、腿、ふくらはぎ……。裸なのか？　困惑しつつ、両手で体をなでた。

なんてことだ！　服はどこへ行った？

暗闇のなか、脳裏の蜘蛛《くも》の巣がほぐれはじめ、記憶がつぎつぎひらめいた。恐るべき断片の数々……絶命したＣＩＡの捜査官……刺青をした獣《けだもの》の顔……床に頭を叩きつけられた衝撃。映像はしだいに加速し……食堂の床で縛りあげられて猿ぐつわを嚙ませられたキャサリン・ソロモンのぞっとする姿がよみがえった。

大変だ！

あわてて上体を起こし、その拍子に、わずか数インチ上の何かに額をぶつけた。痛みが頭蓋《ずがい》骨全体に響き渡る。ラングドンは気を失う寸前でもとの体勢にもどった。朦朧《もうろう》としながら闇を手探りし、障害物に突きあたった。まったく説明がつかなかった。この部屋の天井は頭上一フィート足らずのところにあるらしい。いったいどういうことだ？　寝返りを打とうとして横へ腕をひろげたところ、両方の手が側壁にあたった。

ようやく事実が呑みこめた。ここはそもそも部屋ではない。

箱のなかだ！

棺桶《かんおけ》に似た小さな容器の暗がりのなかで、ラングドンはこぶしを激しく打ちつけた。助けを求めて幾度となく叫ぶ。恐怖は刻々と深まり、やがて耐えがたいものとなった。

生き埋めにされた。

奇妙な棺桶の蓋《ふた》は頑として動こうとしなかった。両腕と両脚で力いっぱい押しあげてもびくともしない。おそらくこの箱は重厚なファイバーグラスでできている。気密性が高く、音も光も漏らさず、脱出不能だ。

自分はこの箱のなかで窒息死する。

子供のころに深い井戸へ落ち、底なし穴の闇で立ち泳ぎをして過ごした恐ろしい夜のことが思い出された。その経験が心に傷跡を残し、閉ざされた空間に対する極度の恐怖という重荷を負わせていた。

今夜、生き埋めにされたロバート・ラングドンは、きわめつきの悪夢のただなかにいた。

静寂のなか、キャサリン・ソロモンはマラークの屋敷の食堂の床で体を震わせていた。手首と足首に巻かれた鋭い針金はすでにきつく食いこみ、ほんのわずかでも動かせば締めつけが強まるばかりに思えた。

刺青の男はラングドンを手荒な一撃で気絶させ、石のピラミッドを入れたショルダーバッグを持って、ラングドンのぐったりした体を引きずっていった。どこへ向かったのかは見当もつかない。同行した捜査官は死んだ。長いあいだ物音ひとつ聞こえないが、刺青の男とラングドンはまだこの家にいるのだろうか。助けを求めて何度も叫ぼうとしたものの、そのたびに、口に押しこまれた布が気管へと危険なほど近づいた。

いま、床の上を向かってくる足音を感じ、キャサリンはだれかが助けにきたのではというはかない望みをいだきつつ、顔をそちらへ向けた。自分を捕らえた男の巨大なシルエットが廊下に現れる。十年前、わが家に立っていたその男の姿が脳裏にひらめき、キャサリンはひるんだ。

わたしの家族を殺した男。

その男がいまや足早に近づいてくる。ラングドンの姿は見あたらない。男は身をかがめてキャサリンの腰をつかみ、荒々しく肩にかつぎあげた。針金が手首を切り裂かんばかりに食いこみ、声なき苦痛の叫びを布が消し去る。男はキャサリンを肩に載せて廊下を突き進み、居間へと向かった。前日の午後、ふたりで静かに紅茶を飲んだ部屋だ。

どこへ連れていくつもり?

男は居間を横切り、きのうの午後キャサリンがながめていた美の三女神の大きな油絵の前で足を止めた。

「この絵が気に入ったらしいな」唇をキャサリンの耳にふれんばかりにして男がささやく。「それは何よりだ。おまえが目にする最後の美になるだろうからな」

男はそう言うと、腕を伸ばし、巨大な額縁の右側に手のひらを押しつけた。驚いたことに、絵は回転ドアのごとく壁の奥へとまわった。隠し扉だ。

キャサリンは身をよじって逃れようとしたが、男はその体をしっかりとかかえ、絵の後ろの開口部へ歩み入った。後ろで美の三女神の回転扉が閉じたとき、絵の裏に張られた分厚い防音材が見えた。こちらでどんな物音を立てたとしても、外の世界には聞こえそうもない。

絵の裏の空間はひどく窮屈で、部屋というより廊下のようだった。男は最奥まで進んで重いドアをあけ、その先の小さな床面へ踏みこんだ。キャサリンの目に、深い地下へとつづくスロープが映った。叫ぼうと息を吸いこんだが、布が喉につかえた。

スロープは急でせまかった。両側の壁がコンクリートでできていて、下から発しているらしい青みがかった光に染まっている。立ちのぼる空気は生あたたかく、種々のにおいが不気味に混じり合って鼻を突く。化学薬品の刺激臭、澄んだ香煙の香り、麝香《じゃこう》に似た土と汗のにおい。そのすべてに獣の強烈な殺気がみなぎっている。

「おまえの科学には感心したよ」スロープの底にたどり着くと、男がささやいた。「おれの科学をどう思うかな」

99

ＣＩＡ捜査官のターナー・シムキンズは、フランクリン街区の公園の暗がりにうずくまって、ウォーレン・ベラミーにじっと目を据えていた。これまで餌に食いついた者はいないが、時間はまだ早い。

無線機が鳴り、部下が何かを見つけたのかと思ったシムキンズはスイッチを入れた。しかし、サトウからだった。新事実が判明したという。

シムキンズは耳を傾け、サトウの話に納得した。「このままお待ちください。視認を試みます」身を隠していた茂みを這い進み、自分がこの公園にはいってきた方向をうかがい見た。いくらか前進したところ、ついに目的物への視界が開けた。

なんということだ。

視線の先にあるのは、古めかしいモスクに似た建物だった。ふたつの背の高いビルにはさまれたムーア様式のファサードには、つややかな色とりどりのタイルで複雑な模様が描かれている。三枚ある大きな扉の上には二層のランセット窓が配され、招かれざる者が近づけばアラブ人の射手が現れて矢を放ちそうに思える。

「見えます」シムキンズは言った。

「動きは？」

「ありません」

「よろしい。その場で厳重に監視しなさい。その建物はアルマス・シュライン・テンプルと言って、古代の秘密結社の本部だよ」

シムキンズは長年ワシントンDCで勤務してきたが、そんな建物のことも、フランクリン街区に本部を置く秘密結社のことも初耳だった。

「その建物は〈神秘なる聖堂の貴人の古代アラビア結社〉と呼ばれる団体のものだ」

「聞いたことがありません」

「あるはずだ」サトウが言った。「フリーメイソンに付随する団体で、シュライン会という名でよく知られている」

シムキンズは凝った装飾の建物へ疑念混じりの一瞥《いちべつ》を向けた。シュライン会？　子供たちのために病院を建てているあの連中のことか？　赤いトルコ帽をかぶってパレード行進する慈善家の集まりを〝結社〟と呼ぶのは、あまりにも穏やかならぬ響きがあると思った。

とはいえ、サトウの懸念はもっともだった。「局長、もし相手がこれこそフランクリン街区の〝結社〟だと気づいたら、番地など不要です。ベラミーとの待ち合わせを無視して目的地へ直行するでしょう」

「まったく同感だよ。玄関から目を離さないで」

「了解しました」

「カロラマ・ハイツのハートマンから連絡は？」

「いいえ。そちらへ直接電話するはずですが」

「それがまだでね」

妙だな、とシムキンズは思い、腕時計を確認した。ハートマンは何をしているのか。

100

漆黒の闇のなか、ロバート・ラングドンは裸で震えながらひとり横たわっていた。恐怖で体が硬直し、もはや叩くのも叫ぶのもやめた。そのかわりに目をつぶり、早鐘を打つ心臓と乱れた呼吸を落ち着かせようと懸命につとめていた。

いまは広い夜空のもとで寝ている、と心に言い聞かせた。自分の上には何マイルもの広々とした空間のほかに何もない。

先だってＭＲＩ検査の閉ざされた装置の苦行をどうにか耐え抜くことができたのも、何よりこの瞑《めい》想《そう》法——と、三倍用量の精神安定剤——のおかげだった。しかし、今夜はまったく効き目がなかった。

口の奥深くに詰まった布のせいで、キャサリン・ソロモンは窒息寸前だった。自分をかつぎあげた男はせまいスロープをくだり、暗い地下通路に足を踏み入れている。突きあたりに不気味な赤紫の光のともる部屋があるのがキャサリンの目にも見えていたが、まだそこまでは達していなかった。男は小部屋の前で止まって中へはいり、キャサリンをおろして木の椅子にすわらせた。縛られた手首が椅子の背の後ろにまわされ、まったく身動きがとれない。

いまや手首の針金がいっそう深々と食いこんでいるのがわかった。息ができなくなることへの恐怖が募るせいで、痛みはほとんど感じない。口のなかの布が喉の奥へ滑りこみ、反射的に吐き気を催した。視野がせばまっていく。

背後で、刺青の男がただひとつのドアを閉めて明かりをつけた。キャサリンの目には涙があふれ、すぐ近くのものも識別できない。何もかもがぼやけはじめた。

極彩色の肉体のゆがんだ像が眼前に現れ、キャサリンは無意識とのはざまをさまよいながら、まぶたが震えだすのを感じた。鱗《うろこ》に覆われた腕が伸びてきて、口から布を引き抜いた。

あえいで大きく息を吸いこみ、咳《せ》きこんでむせながら、キャサリンは肺に貴重な空気を満たした。視界が少しずつ鮮明になり、やがて自分が悪魔の顔をのぞきこんでいることに気づいた。その容貌《ようぼう》は人間のものとは言いがたい。首、顔、剃りあげた頭を覆いつくしているのは、刺青の異様な象徴群が織りなす驚異の模様だ。頭頂部の小さな円を除いて、体の隅々にまで装飾が施されているらしい。胸を覆う大きな双頭の不死鳥が、キャサリンの死を辛抱《しんぼう》強く待つ飢えたハゲワシのごとく、乳首の目でにらみつけている。

「口をあけろ」男がささやいた。

キャサリンは強烈な嫌悪感を覚えつつ怪物を見返した。なんですって?

「口をあけろ」男は繰り返した。「さもないとまた布を入れる」

キャサリンは震えながら口を開いた。刺青の施された太い人差し指が伸びてきて、唇のあいだに差し入れられる。舌にふれたときは嘔吐《おうと》しそうになった。男は濡《ぬ》れた指を引き抜き、剃りあげた頭頂部へ持っていった。目をつぶり、刺青のない小さな円形の素肌に唾液《だえき》を擦《す》りこんでいる。

キャサリンはぞっとして顔をそむけた。

ここはボイラー室らしい――壁に配管があり、水の流れるような音がして、蛍光灯がある。けれども、状況を見きわめる前に、キャサリンの目はかたわらの床に置かれたものに釘づけになった。ひと山の衣類がある――タートルネック、ツイードの上着、ローファー、ミッキー・マウスの腕時計。

「何よ、これ！」キャサリンは眼前の刺青の獣に勢いよく向きなおった。「ロバートに何をしたの？」

「静かに」男は小声で言った。「でないとあいつに聞こえる」脇へ退き、背後を指さした。

ラングドンの姿はそこになかった。あるのは、黒いファイバーグラスの巨大な箱だけだ。その形は、戦地から遺体が帰還する際の頑丈な棺《ひつぎ》に恐ろしいほど似ていた。大きな留め金ふたつでしっかりと閉じてある。

「そのなか？」キャサリンは言った。「でも……窒息してしまうわ！」

「いや、しない」男は言い、壁に沿って箱の底へ伸びている何本かの透明な管を指さした。「本人にとっては、するほうがましだろうが」

まったき闇のなか、外界から響いたくぐもった振動に、ラングドンはじっと耳を澄ました。あれは話し声か？　箱にこぶしを打ちつけ、声をかぎりに叫びはじめる。「助けてくれ！　だれか聞こえるか？」

ずっと遠くで、押し殺された声がした。「ロバート！　まさか、そんな！　やめて！」

だれの声かはすぐにわかった。キャサリンだ。ひどく怯《おび》えているらしい。それでも、声が聞けてありがたかった。呼びかけようと息を吸いこんだが、首の後ろに思いがけぬ感覚が走り、息を呑んだ。箱の底からかすかな風が吹きこんでいる気がした。なぜこんなことが？　じっと動かず、首のあたりに神経を集中させる。たしかに吹いている。うなじの短い毛が空気の流れにくすぐられるのが感じられる。

本能的に、空気の源を求めて箱の床を手探りした。すぐに突き止めた。小さな通風孔がある！　いくつもの細かい穴があいたその開口部は、流し台や浴槽の排水プレートに感触が似ている。だが、いまはそこから微風が絶えず吹きこんでいる。

やつはここへ空気を送りこんでいる。窒息させたいわけではない。

ラングドンの安堵《あんど》はつかの間だった。通風孔の穴から恐ろしい音が響いている。それはまぎれもなく液体の流れる音で……こちらへ迫っていた。

大箱へ向かって数ある管の一本を流れていく透明な液体を、キャサリンは信じがたい思いで見つめた。まるで舞台奇術師の醜悪な見せ物だ。

箱へ水を入れるつもり？

手首の針金が深く食いこむのもかまわず、縛《いまし》めから逃れようともがいた。しかし、半狂乱で見守ることしかできない。箱のなかから激しく叩きつける音が聞こえていたが、液体が底部に達するや、その音がやんだ。一瞬の恐ろしい沈黙。そして、いっそう強烈に叩き打つ音が響きはじめた。

「出してあげて！」キャサリンは懇願した。「お願い！　こんなことはやめて！」

「溺死《できし》はむごいものだ」キャサリンのまわりを円を描いて歩きながら、男は静かに言った。「おまえの助手のトリッシュに訊《き》いたらいい」

キャサリンにはその意味が呑みこめなかった。

「以前、おれが溺《おぼ》れかけたことを覚えているだろう」男はささやいた。「おまえの家族が所有するポトマックの敷地でだ。おまえの兄に撃たれて、おれは凍りつく川に落ちた。ザックの橋があった場所からな」

キャサリンは憎悪の念をみなぎらせて男をにらみつけた。ええ、そう、あなたがわたしの母を殺した夜よ。

「あの夜、神々がおれを守った」男は言った。「そして、教えたんだ……神になる術《すべ》を」


ラングドンの頭の下へ注がれる液体はあたたかく、体温に近かった。深さはすでに数インチに達し、裸の背中を完全に包みこんでいる。それが胸郭をじわじわとせりあがり、ラングドンは容赦ない現実が急速に迫るのを悟った。

自分は死ぬ。

新たなパニックに襲われ、またこぶしを激しく打ちつけはじめた。

101

「ロバートを出して！」キャサリンはいまや泣きながら乞《こ》うていた。「なんでもあなたの望みどおりにするから！」箱へ液体が注ぎこまれ、ラングドンが一段と激烈に叩いているのが聞こえた。

刺青の男は微笑むだけだった。「おまえは兄よりも柔《やわ》だな。あの男に秘密を語らせるのは骨が折れたものだが……」

「兄はどこ？」キャサリンは問いただした。「ピーターはどこなの？ 教えて！ 指示どおりにしたじゃない！ ピラミッドを解読して――」

「いや、解読などしていない。おまえたちはゲームを仕掛けた。情報を伏せて、この家へ当局の人間を連れてきた。報恩には値しないふるまいだ」

「どうしようもなかったのよ」キャサリンは涙をこらえて答えた。「ＣＩＡがあなたを捜してる。それでわたしたちに捜査官を同行させたの。何もかも話すわ。だからロバートを出して！」箱から叫び声と叩く音が聞こえ、液体が管を流れていくのが見える。残された時間はあまりない。

キャサリンの前で、刺青の男は顎《あご》をなでつつ淡々と言った。「だとしたら、捜査官がいまフランクリン街区でおれを待っているわけか」

答えずにいると、両肩に男の大きな手のひらが置かれてゆっくりと前へ引き倒された。両腕が椅子の背の後ろで縛られたままなので、肩が焼けつくように痛み、関節がはずれそうになる。

「そうよ！」キャサリンは言った。「フランクリン街区にはたしかに捜査官がいるわ！」

さらに前へ倒される。「冠石に記された番地は？」

手首と肩の痛みが耐えがたくなったが、キャサリンは何も言わなかった。

「早く言え、キャサリン。さもないと、腕の骨を折ってからもう一度訊く」

「八番地よ！」痛みにあえいで言う。「欠けていた番号は八よ！ 冠石はこう言っている。〝その秘密が内に忍び宿るのは結社――フランクリン街区八番地〟。ほんとうよ。ほかに何を教えろと言うの？　フランクリン街区八番地だったら！」

男はなおもキャサリンの肩から手を離さなかった。

「それ以上は知らない！」キャサリンは言った。「それが住所よ！　手を離して！　ロバートをあの箱から出して！」

「それはいいが……」男は言った。「問題がひとつある。フランクリン街区八番地まで行ったら、おれはまちがいなく捕まる。その番地には何がある？」

「知らない！」

「それから、ピラミッドの底の象徴は？　底面にいろいろ彫られているが、どういう意味か知っているか」

「底面の象徴って？」キャサリンは男がなんの話をしているのか理解できなかった。「ピラミッドの底には象徴なんかない。なめらかな、ただの石よ！」

棺桶を思わせる箱から聞こえるくぐもった叫び声をまったく意に介さず、刺青の男は静かな足どりでラングドンのショルダーバッグに歩み寄り、石のピラミッドを取り出した。それを持って引き返し、底が見えるようにキャサリンの前に掲げた。

底面に彫りこまれた数々の象徴を目にしたとき、キャサリンは驚きに息を呑んだ。

でも……こんなこと、ありえない！

ピラミッドの底面は精緻《せいち》な彫刻で覆いつくされていた。さっきは何もなかった！　ぜったいに！
それらがどんな意味を持ちうるのか、キャサリンには思いも及ばなかった。神秘主義のあらゆる伝統を持つ象徴が混在しているらしい。見分けすらつかない多くのものを含めて。
混沌の極み。
「わたしには……どういう意味かぜんぜんわからない」

「おれもだ」男が言った。「さいわい、ここには役に立つ専門家がいる」箱を一瞥する。「あいつに尋ねるとしよう」ピラミッドを持って箱へ近づいた。

その一瞬、キャサリンは男が蓋の留め金をはずすのを期待した。ところが、男は箱の上に静かに腰をおろし、手を伸ばして小さな板を脇へずらした。箱の蓋にプレキシガラスの窓が現れた。

光だ！

ラングドンは手で顔を覆い、上から差しこむ光を細めた目で見た。焦点が合うや、希望は当惑と化した。蓋にある窓らしきものから箱の外が見えている。その窓越しに白い天井と蛍光灯が目にはいった。

刺青を施した顔が唐突に現れ、中をのぞきこんだ。

「キャサリンはどこだ！」ラングドンは叫んだ。「ここから出せ！」

男が微笑んだ。「おまえの仲間のキャサリンはここにいる。この女の命はおれがどうにでもできる。おまえの命もな。だが、時間はわずかしかないから、しっかり聞き耳を立てろ」

ガラス越しに響く男の声はほとんど聞きとれなかった。水位がさらに上昇し、胸のあたりを這っている。

男が言った。「ピラミッドの底に象徴の模様があるのは知っているか」

「ああ、知ってる！」ラングドンは叫んだ。先刻ピラミッドが床で横倒しになったときに、ずらりと並んだ象徴を目にしていた。「でも、何を意味するのかはわからない！　フランクリン街区八番地へ行くんだ！　答はそこにある！　冠石が指し示しているのは――」

「教授、そこでＣＩＡが待ち受けていることは、互いに承知だ。みすみす罠《わな》にかかるつもりはない。それに番地は必要ないんだ。あの街区で該当しそうな建物はひとつしかない――アルマス・シュライン・テンプルだ」男は間をとり、ラングドンをじっと見つめた。「〈神秘なる聖堂の貴人の古代アラビア結社〉――シュライン会だよ」

ラングドンはとまどった。アルマス・テンプルなら知っているが、それがフランクリン街区にあることはすっかり失念していた。シュライン会が……その結社だって？　あの建物の下に秘密の階段があるのか？　そんなことは歴史的にまったく意味をなさないはずだが、いまのラングドンは歴史を論じられる状況にはない。「ああ！」と叫ぶ。「そうにちがいない！　秘密が隠されているのはその結社だ！」

「建物のことをよく知っているのか」

「もちろんだ！」急速に増える液体に耳が浸《つ》からぬよう、うずく頭をあげて言う。「力になろう！ここから出してくれ！」

「つまり、その建物とピラミッドの底面の象徴にどんな関係があるかを説明できると？」

「そうだ！　底を見せてくれ！」

「いいだろう。どんな答が出るかを待とう」

早くしろ！　かさを増す生あたたかい液体に浸かったラングドンは、男が留め金をはずすのを期待して蓋を押しあげようとした。頼む！　早くしてくれ！　けれども、蓋はあかなかった。いきなりピラミッドの底面が現れ、プレキシガラスの窓の上に浮かんだ。

ラングドンは愕然として目を瞠った。

「この距離ならじゅうぶん見えるはずだ」男は刺青の手でピラミッドを持っていた。「早く考えろ、教授。あと六十秒もあるまい」

102

動物は追い詰められると奇跡的な力を発揮することができる、という話をロバート・ラングドンは何度か耳にしていた。だが箱の底を全力で押しても、どこも微動だにしなかった。まわりの液体は着々と増えている。呼吸できる隙間はあと六インチぶんもなく、ラングドンは残る空気を求めて頭を持ちあげた。プレキシガラスの小窓は顔のすぐ前にあり、わずか数インチ上で、石のピラミッドの底面に刻まれた不可解な象徴群が漂っている。

さっぱりわからない。

一世紀以上にわたって蠟と石粉に隠されてきたフリーメイソンのピラミッドの最後の刻印が、ついにその全貌をさらしていた。格子状に区切られた正方形のなかに、考えうるかぎりのあらゆる伝統に基づく象徴が刻まれている。錬金術、占星術、紋章学、天使、魔術、数学、印章学、ギリシャ文字、ラテン文字。言語も文化も時代もばらばらな多数の象徴を投入した、秩序のかけらもないごた混ぜのスープだ。

混沌の極み。

象徴学者であるロバート・ラングドンがどんなに大胆な学術的解釈を試みても、これらの象徴群からなんらかの意味を読みとる術は見いだせなかった。この混沌から秩序を？　無理だ。

液体はいまや喉ぼとけの上まで達しつつあり、それに応じて恐怖の度合いも高まるのをラングドンは感じていた。箱をなおも強打する。ピラミッドが嘲《あざけ》るように見返してくる。

ラングドンは一心不乱に、持てる知力のすべてを象徴のチェス盤に注ぎこんだ。どんな意味があり

うる？　あいにく、この寄せ集めはあまりにも類似点に乏しく、どこから考えはじめたらいいのかもわからない。同じ時代のものですらない！

箱の外で自分の解放を涙ながらに訴えるキャサリンの声が、鈍くはあるが耳に届いた。答が見つからないのに、どうにかせよと死の予感が体じゅうの細胞に命じている。かつて経験したことのない、不思議な頭の冴えを感じる。考えろ！　懸命に格子に目を走らせ、手がかり――規則性、隠れたことば、特殊な図像などなど――を探したが、やはり象徴が脈絡なく並ぶ格子でしかなかった。

混沌。

刻一刻と、ラングドンは不快なしびれに襲われはじめた。まるで肉体が死の苦痛から心を守る準備をはじめたかのようだ。耳が浸かりそうになったので、なるべく高く頭を持ちあげて、箱の蓋に押しつけた。眼前に恐ろしい光景がちらつきはじめる。ニューイングランドの暗い井戸の底で立ち泳ぎをする、子供のころの自分。ローマのひっくり返った石棺のなかで、骸骨《がいこつ》の下に囚《とら》われた自分。

キャサリンがいっそう悲痛な叫びをあげている。聞こえるかぎりでは、あの男を説き伏せようとしているらしい――アルマス・テンプルへ行かないことにはピラミッドを解読できるはずがない、と。

「このパズルの足りないピースはまちがいなくそこにあるはずよ！　情報がそろっていないのに、ロバートが解読できるわけがない！」

その努力はうれしかったが、ラングドンは、〝フランクリン街区八番地〟がアルマス・テンプルを指してはいないと確信していた。年代が合わないからだ。伝説によると、フリーメイソンのピラミッドが作られたのは、シュライン会が結成されるより何十年も前の十九世紀半ばとされている。それどころか、当時あの一画はフランクリン街区と呼ばれてさえいなかったはずだ。ピラミッドの冠石が、存在しない所番地の、まだ造られてもいない建物を示しているとはとうてい考えられない。〃フランクリン街区八番地〃が何を表しているにせよ……それは一八五〇年に存在していたものでなくてはならない。

残念ながら、ラングドンは何ひとつ思いつかなかった。

その年代に合いそうな何かを求めて、すべての記憶を探っていく。フランクリン街区八番地《エイト・フランクリン・スクエア》？　一八五〇年に存在していたもの？　何もひらめかない。いよいよ液体が耳に流れこんできた。恐怖と闘いながら、ラングドンはガラスに置かれた四角い象徴群を見つめつづけた。つながりがわからない！

錯乱寸前の頭が、考えうるありったけの答を放出しはじめる。

エイト・フランクリン・スクエア……正方形《スクエア》……この格子は正方形……直角定規《スクエア》とコンパスはフリーメイソンの象徴……フリーメイソンの祭壇は正方形……正方形のひとつの角は九十度……

水位は上昇しつづけているが、ラングドンはそれを意識の外へ追いやった。

エイト・フランクリン……八……この格子は八×八マス……〃Ｆｒａｎｋｌｉｎ〃は八文字……〃Ｔｈｅ　Ｏｒｄｅｒ〃は八文字……8は無限大記号∞を回転させたもの……八は数秘学における破壊の数……

考えが尽きた。

箱の外ではキャサリンがなおも懇願をつづけていたが、顔のまわりで液体の跳ねる音に妨げられて、途切れとぎれにしか聞こえなかった。

「……がわからないと無理……冠石のことばをはっきり……秘密が内に忍び宿る――」

そこで声は途絶えた。

液体がさらにラングドンの耳に流れこみ、キャサリンのことばのつづきを掻き消した。胎内のごとき静けさに一気に呑みこまれ、ほんとうに自分は死ぬと覚悟した。

秘密が内に忍び宿る――

キャサリンの最後のことばが、おのれの墓の静寂のなかでこだました。

秘密が内に忍び宿る……

妙なことに、ラングドンはその言いまわしを過去に何度も聞いたような気がした。

〝The secret hides within.〟――秘密が内に忍び宿る。

この期に及んでなお、古の神秘に取り憑《つ》かれているらしい。〝秘密が内に忍び宿る〟は、あらゆる秘教の核をなす教義で、天上にいる神ではなく、おのれの内なる神を探し求めよと人々に訴えている。秘密が内に忍び宿る。それはすべての偉大なる導師からのメッセージだ。

神の国は汝《なんじ》らの内にあるなり、とイエス・キリストは言った。

汝自身を知れ、とピタゴラスは言った。

汝、おのれの神なるを知らざるか、とヘルメス・トリスメギストスは言った。

リストはまだまだつづく……

あらゆる時代のすべての神秘の教えが、このひとつの考えを伝えようとしてきた。秘密が内に忍び宿る。それでも、人類は神の顔を拝もうと天を仰ぎつづけた。

いまのラングドンがそれに気づいたのは、皮肉の極みだった。まさにその刹那《せつな》、見る目を持たぬすべての先人たちと同じように天を見つめながら、ラングドンは突如、光を見た。

それは雷《いかずち》のごとく天から一撃した。

The
secret hides
within The Order
Eight Franklin Square

瞬時にしてラングドンは理解した。

冠石のメッセージがにわかに、一点の曇りもなく明らかになった。正解はひと晩じゅう目の前にあったのだ。冠石の文字は、フリーメイソンのピラミッドそのものと同じく、シンボロン――分けられた暗号――によるメッセージだ。その偽装の方法はあまりに単純で、自分もキャサリンもそれに気づかずにいたことが信じられないほどだった。

さらに驚いたことに、冠石のメッセージはまさにピラミッド底面の象徴群の解読法を示している。これも単純きわまりない。ピーター・ソロモンが約束したとおり、金の冠石は混沌から秩序を導き出す強力な護符だった。

ラングドンは蓋を叩いて絶叫した。「わかった！　わかったぞ！」

蓋に置かれた石のピラミッドが持ちあげられ、どこかへ消えた。そして、石のあった場所に刺青の顔がふたたび現れた。身の毛のよだつ面相が小窓の上から見おろしている。

「解けた！」ラングドンは叫んだ。「出してくれ！」

刺青の男が何か言ったが、液中に沈んだラングドンの耳には何も聞こえなかった。けれども、その唇が発した短いことばは目で読みとれた――〝教えろ〟。

「教えるとも！」ラングドンは声を張りあげた。液体はいまや目もとまで達しつつある。「出してくれ！　全部説明する！」ほんとうに単純なことだ。

男の唇がまた動いた――〝すぐ教えろ……さもないと死ぬ〟。

最後の一インチまで液体がのぼってきたので、ラングドンは頭をのけぞらせて口を水面から出した。あたたかい液体が目にはいり、視界がぼやける。背中をそらせ、プレキシガラスの小窓に口を押しつけた。

そして、空気が尽きかけた最後の数秒で、ラングドンはフリーメイソンのピラミッドの解読法を明かした。

言い終えたとたん、液体が唇のまわりまであがってきた。ラングドンはとっさに最後の息を吸いこみ、口を固く結んだ。つぎの瞬間、液体がラングドンの全身を覆い、箱の上面に達してプレキシガラスの下にひろがった。

みごとだ、とマラークは思った。ラングドンはたしかにピラミッドの解読法を見つけ出した。答はきわめて単純で、明々白々だった。

小窓の下で、液中に沈んだロバート・ラングドンの顔が、必死に慈悲を乞う目で見あげている。
マラークは首を横に振り、ゆっくりとことばを口にした。「感謝するよ、教授。来世を楽しんでくれ」

103

本格的な泳ぎ手として、ロバート・ラングドンは、溺れるのはどんな心地かとよく想像したものだった。いま、身をもってそれを体験している。たいていの人間より長く息を止めていられるとはいえ、自分の体が空気の欠如に反応しつつあるのがすでに感じられた。血中の二酸化炭素濃度が高まるにつれ、息を吸いたいという本能的な衝動に駆られる。息をするな！ 吸入を求める反射の力は刻一刻と強まっていく。いわゆる呼吸停止の限界点——人が自力で息を止めていられなくなる決定的瞬間——にまもなく達するであろうことをラングドンは知っていた。

蓋をあけてくれ！ 本能が望むのはひたすら暴れもがくことだったが、貴重な酸素を無駄にしないだけの分別は働いた。できるのは、ぼやけた液体の向こうをじっと見つめて望みをつなぐことだけだ。外の世界は、プレキシガラスの小窓から見えるかすんだ光の断片ばかりとなった。体幹の筋肉が熱を帯び、低酸素の症状が出はじめたのがわかる。

出し抜けに、美しく蒼白《そうはく》な顔が視界に現れ、こちらを見おろした。キャサリンだ。液体のベールを通したそのやさしい顔立ちが神々しい。プレキシガラスの小窓越しに目と目が合い、つかの間、ラングドンは助かったと思った。キャサリン！ そのとき、押し殺した恐怖の叫びを聞き、刺青の怪物がそこで体を支えているのだと察した。これから起こることを無理に見せようとしているにちがいない。

キャサリン、すまない……

暗く奇異な場所で水中に囚われたまま、ラングドンはこれが人生最後の瞬間となることを受け入れようとつとめた。まもなく、自分の存在は消える……自分のすべてが……これまでの人生も……これからの人生も……終わりを告げる。脳が死ぬとき、この灰色の脳細胞にあるすべての記憶も、蓄えたすべての知識とともに、押し寄せる化学反応のなかでただ消滅する。

このときラングドンは、宇宙のなかで自分がいかに無力な存在かを実感した。それは、これまで味わったことがないほど、わびしくむなしい感覚だった。呼吸停止の限界が迫っているのがありがたくさえあった。

その瞬間は間近に迫っている。

肺は使いきったものを強引に絞り出し、疲れ果てて吸入を待ち焦がれている。それでも、もう少しだけ持ちこたえた。末期《まつご》の瞬間。やがて、焼けつくストーブに手をかざしていられなくなった者のように、ラングドンは運命に身を委《ゆだ》ねた。

反射が理屈をねじ伏せる。

唇が開く。

肺が拡張する。

液体が流れこむ。

胸を満たした痛みは、想像したよりもはるかに激しかった。流れ入る液体で肺が熱くなる。痛みはたちまち脳天に達し、万力さながらの勢いで頭を締めつける。耳のなかで爆音が鳴り響き、そのあいだもずっと、キャサリン・ソロモンが叫びつづけている。

まばゆい閃光。

そして、暗黒。

ロバート・ラングドンは力尽きた。

104

終わった。

キャサリン・ソロモンは叫ぶのをやめた。たったいま人が溺れ死ぬのを目のあたりにして、衝撃と絶望で身も心も麻痺していた。

プレキシガラスの小窓の下で、ラングドンの光を失った目がキャサリンの後方の虚空を見据えている。凍りついたその表情には苦痛と後悔が刻まれている。動かぬ口から最後の小さな気泡が漏れ出し、やがて、死霊に魂を譲り渡そうとするかのように、ラングドンはゆっくりと箱の底へ沈みはじめ……闇のなかに消えた。

死んでしまった。キャサリンは感覚を失っていた。

刺青の男が手を伸ばして、きっぱりと容赦なく、小さなのぞき窓の引き蓋を閉め、ラングドンの動かぬ体を封じこめた。

そしてキャサリンに微笑みかけた。「では行こうか」

返答を待たず、男は悲しみに打ちひしがれたキャサリンの体を肩にかつぎあげ、明かりを消して部屋を出た。力強い足どりで通路の突きあたりまでキャサリンを連れていき、赤紫の光に包まれた広い部屋へはいっていく。香煙のにおいがする。男は中央の正方形のテーブルまでキャサリンを運び、背中から乱暴におろした。息が止まりそうになる。テーブルの表面はざらざらして冷たい。これは石なの？

キャサリンが形勢を見きわめる間もなく、手首と足首から針金がはずされた。とっさに男を押しのけようとしたが、しびれた腕と脚はほとんど反応できなかった。男はすでに、頑丈な革のベルトでキャサリンの体をテーブルに縛りつけはじめている。一本目は膝のまわりに、二本目は腰のまわりに渡してきつく締め、腕も体の両側に固定する。それから、乳房のすぐ上にある胸骨のまわりを最後の一本でくくった。

ものの数秒とかからずに、キャサリンはまたしても動きを封じられた。四肢に血がめぐりはじめたせいで、手首と足首がずきずきと痛む。

「口をあけろ」刺青のある唇をなめながら、男がささやく。

キャサリンは嫌悪感で歯を食いしばった。

刺青の男はそれでも手を伸ばしてきて、人差し指をゆっくりと唇に這わせ、肌をむずがゆくさせた。キャサリンはいっそうきつく歯を食いしばった。男はほくそ笑み、もう一方の手で首のつぼを探りあてて強く押した。唇があっけなく開く。男の指が口のなかへ分け入り、舌をなぞるのを感じる。吐き気を催し、指を噛んでやろうとしたが、すでに引き抜かれていた。男は薄笑いを浮かべたまま、キャサリンの目の前に湿った指先をちらつかせた。そして目を閉じ、またしても、頭頂部のまるく露出した地肌に唾液をこすりつける。

男は吐息を漏らし、ゆっくりと目をあけた。そして、不気味なほど穏やかに、背を向けて部屋を出ていった。

唐突に訪れた静寂のなか、キャサリンは心臓が激しく打つのを感じた。真上には、赤紫から深紅へと色を変えつつ低い天井を照らす妖《あや》しい照明がいくつも並んでいる。天井を見あげたキャサリンにできるのは、そこにじっと視線を凝らすことだけだった。一面が隙間なく図像で覆われていた。驚くべきそのコラージュは天空を表しているように見える。占星術の象徴や図表や数式に交じる、星々や惑星や星座。楕円《だえん》軌道を予測する矢印や、天使がのぼる角度を示す幾何学的な象徴や、下界を見おろす十二宮の生き物たち。正気を失った科学者がシスティナ礼拝堂で解き放たれたかのような趣を呈している。

キャサリンは首を横に倒して目をそむけたが、左手の壁も天井と大差はなかった。そちらには中世風の床置きの燭台《しょくだい》が並んでおり、文書や写真や絵画に埋めつくされた壁を蠟燭《ろうそく》の明かりがほの暗く照らしている。古文書から破りとられたパピルスか羊皮紙のようなものもあれば、もっと新しい文書の断片にちがいないものもあり、写真や絵画、地図や図表も交じっている。どれも入念に考え抜いて貼りつけてあるらしい。画鋲《がびょう》で留めたひもが蜘蛛の巣状に張り渡され、見境もなくおのおのを結びつけている。

キャサリンはふたたび目をそらし、反対側の壁に顔を向けた。

運悪く、何にも増して恐ろしい光景がそこにあった。

キャサリンが縛りつけられた石の厚板のすぐ横に、病院の手術室の器具台を即座に思い起こさせるような、小型の細いカウンターが置かれていた。その上にさまざまなものが並べてある。注射器、黒い液体入りの小瓶……そして、大ぶりの鉄刃を研ぎあげて異様な輝きを帯びさせた、骨の柄のついたナイフ。

これはいったい……わたしに何をするつもりなの？

105

ＣＩＡのシステム・セキュリティ担当者のリック・パリッシュがノーラ・ケイのオフィスにようやく駆けこんできたとき、その手には一枚の紙が握られていた。

「どうしてこんなに時間がかかったの？」ノーラは問いただした。いますぐ来てと言ったのに！

「すまない」パリッシュは言い、長い鼻にずり落ちた瓶底眼鏡を押しあげた。「きみのためにもっと情報を集めようとしてたんだが――」

「いいから、持ってきたものを見せて」

パリッシュはプリントアウトをノーラに手渡した。「抜粋だけど、要点はわかるだろう」

ノーラはざっと目を通し、呆気《あっけ》にとられた。

「ハッカーがどうやってアクセスしたのかはまだ確認中だ」パリッシュは言った。「だけど、どうやらデリゲーターを使ってうちの検索――」

「そんなことはもういいの！」ノーラは紙から目をあげて言った。「ピラミッドだの、古の門だの、刻まれたシンボロンだのに関する機密ファイルで、ＣＩＡがいったい何をしてるわけ？」

「それで時間を食ったんだ。なんの文書が狙われたのかを調べるために、ファイルのパスをたどった」パリッシュはそこで間《ま》を置き、咳払いをした。「この文書は個人に割りあてられたパーティションにあった……CIA長官本人のね」

ノーラは振り返り、愕然としてパリッシュを見つめた。サトウの上司がフリーメイソンのピラミッドに関するファイルを持ってるって？ 現在の長官が、ほかの多くの幹部らと同じく、高位のフリーメイソンであることは知っていたが、そのなかのだれであれ、CIAのコンピューターにフリーメイソンの秘密を隠しているなどとは考えもしなかった。

とはいえ、この二十四時間で見聞きした内容を思えば、何があっても不思議ではなかった。

シムキンズ捜査官は、フランクリン街区の茂みに腹ばいで身をひそめていた。その目はアルマス・テンプルの支柱の目立つ玄関へ向けられている。動きはなかった。中の明かりはともらず、扉に近づく者もいない。顔の向きを変え、ベラミーの様子をたしかめた。ベラミーは公園の真ん中でひとり寒そうに歩きまわっている。寒さは尋常ではなく、小刻みに身を震わせているのがシムキンズにもわかった。

電話が振動した。サトウからだった。

「どのくらい遅れているんだ」サトウが訊いた。

シムキンズは腕時計をたしかめた。「二十分かかると言っていましたが、そろそろ四十分経ちます。変ですね」

「来ないな」サトウは言った。「終わりにしよう」

シムキンズはサトウの判断にうなずいた。「ハートマンから何か連絡は？」

「いや、カロラマ・ハイツに到着したという報告もなくてね。こちらからも連絡がとれない」シムキンズは身を硬くした。だとしたら、まちがいなく変だ。

「いま現場に応援を呼んだ」サトウは言った。「やはりハートマンは見つからないらしい」

まずいぞ。「GPSでエスカレードの位置を確認したんですか」

「ああ。カロラマ・ハイツの例の住所にあった」サトウは言った。「部下を集めなさい。ここは撤収する」


サトウは電話を切り、この国の首都にひろがる建物群の壮麗な輪郭を見やった。冷たい風で薄い上着がはためいたので、暖を逃すまいと両腕で体を掻きいだく。日ごろのサトウは、寒さを……あるいは不安を……ほとんど感じることがない。だが、いまはその両方を体験していた。

106

マラークは絹の腰布だけを身につけた恰好でスロープを駆けあがり、鋼鉄の扉をあけて、絵の向こうの居間へ出た。ぐずぐずしてはいられない。玄関広間で絶命しているＣＩＡ捜査官に一瞥を投げる。この家はもはや安全ではない。

石のピラミッドを片手に、マラークはまっすぐ一階の書斎へ進み入り、ノートパソコンの前に腰をおろした。ログインしながら、階下のラングドンの姿を思い描き、沈んだ死体が秘密の地下室で発見されるまでに、何日、あるいは何週間かかるかと考えた。いつだろうとかまわない。そのころ、マラークはとうに消滅している。

ラングドンは役目を果たした……みごとに。

あの男は、分かたれていたフリーメイソンのピラミッドを集結させたばかりか、底面の不可解な象徴群の意味をも解読した。はじめて自分が見たとき、それを読み解くのは不可能に思えた。しかし答は単純で……ずっと目の前にあったのだ。

ノートパソコンが動きだし、先刻受信したEメール――ウォーレン・ベラミーの指で一部が隠された、輝く冠石の写真――が画面に表示された。

The
secret hides
within The Order
[redacted] Franklin Square

その
秘密が内に
忍び宿るのは結社
フランクリン街区[redacted]

隠れているのはフランクリン街区の八番地だとキャサリンは言っていた。また、CIA捜査官らがフランクリン街区を見張って自分を捕らえようとしていることや、冠石に刻まれた〝結社《オーダー》〟の正体を突き止めようとしていることも認めた。フリーメイソンなのか、シュライン会なのか、薔薇《ばら》十字団なのか、と。

　そのどれでもないことをマラークはもう知っていた。ラングドンが真相を見抜いたのだ。

　十分前、液体に顔まで浸かりかけながら、ラングドンはピラミッドを解読する鍵を見つけ出した。

「ジ・オーダー・エイト・フランクリン・スクエア（The Order Eight Franklin Square）！」目に恐怖を浮かべて、そう叫んだ。「その秘密が内に忍び宿るのは――〝ジ・オーダー・エイト・フランクリン・スクエア〟！　そこで切って読むんだ！」

　最初、マラークはその意味を理解できなかった。

「これは結社の所番地じゃない！」プレキシガラスの小窓に口を押しつけながら、ラングドンは大声で言った。「〝オーダー・エイト〟のフランクリンの正方形《スクエア》！　魔方陣《マジック・スクエア》だ！」そして、アルブレヒト・デューラーについて何やら言った……ピラミッドの最初の暗号が、この最後の暗号を解く手がかりである、と。

　マラークは、魔方陣――往古の神秘主義者たちが〝カメア〟と呼んだもの――には精通していた。『オカルトの哲学《デ・オックルタ・ピロソピア》』という書物には、魔方陣の神秘的な力や、不思議な数の格子を用いて強力な印章を作る方法が詳述されている。ラングドンが言っているのは、魔方陣がピラミッドの底の暗号を解く鍵だということか？

「八行八列の魔方陣が必要だ！」液面の上に唇しか出ていない状態で、教授は叫んでいた。「魔方陣は行列の次数《オーダー》で分類される！　三行三列の方陣は〝三方陣《オーダー・スリー》〟！　四行四列の方陣は〝四方陣《オーダー・フォー》〟！　いま要るのは〝八方陣《オーダー・エイト》〟だ！」

液体はラングドンを完全に呑みこもうとしていた。ラングドンは最後の息を必死に吸いこんで、ある高名なフリーメイソンに関することを叫んだ。アメリカ建国の父であり……科学者、神秘主義者、数学者、発明家でもあり……みずから創作した〝カメア〟に名前が付されて今日でも親しまれている人物のことを。

ベンジャミン・フランクリン。

その瞬間、マラークはラングドンの正しさを確信した。

いま、マラークは期待に息を詰めて、上階のノートパソコンの前に坐している。ウェブで簡易検索をかけ、何十件もヒットしたなかから、ひとつを選んで読みはじめた。

フランクリンの八方陣

歴史上最もよく知られる魔方陣のひとつは、アメリカの科学者ベンジャミン・フランクリンが一七六九年に発表し、かつてない〝折れ曲がった斜めの列の加算〟を含むことで有名になった八方陣である。この神秘的な芸術形式にフランクリンが傾倒したのは、同時代の著名な錬金術師や神秘主義者らとの交友や、『貧しきリチャードの暦』でなされた予言の下地となった占星術の信仰がきっかけであったと考えられる。

52	61	4	13	20	29	36	45
14	3	62	51	46	35	30	19
53	60	5	12	21	28	37	44
11	6	59	54	43	38	27	22
55	58	7	10	23	26	39	42
9	8	57	56	41	40	25	24
50	63	2	15	18	31	34	47
16	1	64	49	48	33	32	17

マラークは、フランクリンの名高い作品――縦、横、そして、交差する対角線が作る四つのV字形の線上に並ぶ数の総和がいずれも等しくなる、1から64までの数の配列――をじっくりとながめた。

〝その秘密が内に忍び宿るのはフランクリンの八方陣〟。

マラークは笑みを浮かべた。興奮に震えながら、石のピラミッドをつかみ、逆さにして底面を調べる。

これら六十四個の象徴を、フランクリンの魔方陣の数字が定める順序で並べ替えなくてはならない。この混沌とした象徴群が、配列を変えることでどんな意味を得るのかは想像もつかなかったが、マラークは古くからの条理を信じていた。

オルド・アブ・カオ——混沌から秩序。

胸を高鳴らせつつ、紙を一枚取り出し、八×八マスの格子をすばやく書いた。それから、ひとつひ

とつの象徴を、新たに定められた位置に記していく。意外にも、ほとんど即座に、格子は意味をなしはじめた。

混沌から秩序が生まれた！

マラークは解読を終え、驚嘆しつつ眼前の答を見つめた。鮮やかな形ができあがっている。雑然とした格子の形が崩され……再構成され……メッセージ全体の意味がつかめたわけではないが、じゅうぶんに理解できた……自分の向かうべき先が正確にわかるほどには。

ピラミッドが行く手を指し示す。

新たな象徴群は、世界有数の神秘的な場所のひとつを示していた。信じがたいことに、そこはまさしく、マラークが旅の終着点としてつねづね思い描いていた場所だった。

宿命だ。

107

キャサリン・ソロモンは背中に石のテーブルの冷たさを感じていた。

ロバートが息絶えたときの恐ろしい光景が、兄を案じる思いとともに、脳裏で渦巻きつづけている。ピーターも死んだのだろうか。かたわらのカウンターに置かれた異様なナイフが、わが身にも待ち受けているであろうことをつぎつぎと想像させた。

ほんとうにこれで終わってしまうの？

妙なものだが、キャサリンの思考は不意に自分の研究へ……純粋知性科学へ……そして最近の大きな進展へと向かっていった。そのすべてが灰燼《かいじん》に帰した。研究の全容を世に伝えることはもはやかなわない。最も衝撃的な発見をしたのはほんの数か月前のことで、その実験結果は、死に対する人間の意識を大きく変える可能性を秘めていた。どういうわけか、その実験のことを思い起こすと、ことのほか心が慰められた。

子供のころ、キャサリン・ソロモンは、死後の世界が存在するのかとよく考えたものだった。天国はほんとうにあるの？　人は死んだらどうなるの？　さらに成長して科学を学びはじめると、天国や地獄やあの世といった根拠のない考えはすみやかに消え去った。〝死後の世界〟の概念は人間が作り出したもので、避けられぬ死の恐ろしさを和らげようと考え出されたおとぎ話だという考えを受け入れた。

というより、受け入れたつもりだった。

一年前、キャサリンは兄と、哲学における永遠の疑問のひとつ――人間の魂の存在――について、とりわけ、人間の意識が肉体の外に残りうるか否かという問題について議論していた。

ふたりとも、そうしたものがおそらく存在すると感じていた。ほとんどの古代哲学が同じ立場をとっている。仏教とバラモン教の教えは、輪廻《りんね》――死後に魂が新たな肉体に転生すること――を認めている。プラトン学派は、肉体とは魂を閉じこめる〝監獄〟だと定義する。そしてストア学派は魂を〝神の粒子《アポスパスマ・トウ・テウ》〟と呼び、死に際してそれが神に呼びもどされると考える。

人間の魂の存在はけっして科学的に証明されないであろうことを、キャサリンはいくぶん不満ながら自覚していた。死後も肉体の外に意識が残存することをたしかめるのは、煙をひと吐きして数年後にそれを見つけようとするのに近い。

その議論のあと、キャサリンは奇想を思いついた。兄は創世記を引き合いに出し、そのなかで魂が〝ネシャマー〟――肉体から離れた一種の霊的な〝知能〟――として描かれていると語っていた。〝知能〟という語はそこに〝思考〟が存在することをにおわせている。純粋知性科学は〝思考〟が質量を持つことをはっきりと示しており、だとしたら当然、人間の魂も質量を持つ可能性がある。

魂を計量することはできるだろうか？

もちろん、無謀な思いつきだ……考えることすらばかげている。

その三日後、キャサリンは深い眠りから急に目覚め、ベッドの上で勢いよく身を起こした。そのまま跳び出して、研究所まで車を走らせ、驚くほど単純で、恐ろしく大胆な実験計画をただちに練りはじめた。

うまくいくかどうかわからなかったので、けりがつくまでピーターには内緒にすることにした。四か月かかったが、ついにキャサリンは兄を研究所に呼んだ。そして、奥の保管室に隠しておいた大型の装置を運び出した。

「わたしが設計して作ったの」ピーターに発明品を見せながらキャサリンは言った。「なんだと思う？」

兄はその奇妙な装置をしげしげと見た。「保育器か？」

キャサリンは笑ってかぶりを振ったが、もっともな推測だと思った。たしかに、病院でよく見かける未熟児用の透明な保育器に少し似ている。けれども、その装置は大人向けのロングサイズで、ある種の未来的な睡眠空間を思わせる透明なプラスチック製の気密性カプセルだった。それは大型の電子機器の上に載せてあった。

「これでわかるかしら」キャサリンは言い、その装置を電源につないだ。デジタル・ディスプレイが点灯し、キャサリンがいくつかのダイヤルを注意深く調整するあいだ、数字がめまぐるしく切り替わった。

調整が終わると、こう表示された。

0.0000000000 kg

「秤《はかり》か？」ピーターは当惑顔で尋ねた。

「ただの秤じゃないわ」キャサリンはそばのカウンターから紙の切れ端をとり、カプセルの上にそっと載せた。ディスプレイの数字がふたたび忙しく動いたのち、新しい数値に落ち着いた。

0.0008194325 kg

「高精度の微量天秤《てんびん》よ」キャサリンは言った。「数マイクログラムまで計測できるの」

ピーターはまだ当惑しているようだった。「精密な重量計を作ったのか……人間用の？」

「そのとおり」キャサリンは装置の透明な蓋《ふた》を持ちあげた。「このカプセルに人を入れて蓋を閉めれば、その人は完全に密閉された環境に置かれる。あらゆる物質の出入りが遮断されるのよ。気体も、液体も、塵《ちり》も通さない。そして何ひとつ——その人の呼気も、蒸発する汗も、体液も——どんなものも逃がさない」

緊張したときの常で、ピーターは豊かな銀髪を手で梳《と》かした。キャサリンにも似た癖がある。「しかし……どう考えても、人はあっという間に死ぬな」

キャサリンはうなずいた。「呼吸の速さにもよるけど、六分かそこらでね」

ピーターは向きなおった。「何がしたいか、よくわからないが」

キャサリンは微笑んだ。「いまにわかる」

装置を置いたまま、キャサリンはピーターを〈立方体《キューブ》〉の制御室へいざない、プラズマ・スクリーンの前にすわらせた。キーボードを叩《たた》き、ホログラフィックディスク・ドライブに格納された一連のビデオファイルにアクセスする。プラズマ・スクリーンが点灯し、ホームビデオの一場面のような画像が現れた。

カメラがこぢんまりした寝室の端から端へと動き、整えられていないベッドや、いくつもの薬瓶、人工呼吸装置、心拍モニターをとらえていく。ピーターが困惑のていで見守る前で、カメラは移動をつづけ、やがて寝室の真ん中あたりに置かれたキャサリン新案の重量計を映し出した。

ピーターは目をまるくした。「いったい……」

カプセルの透明な蓋は開いていて、酸素マスクをつけた高齢の男が中に横たわっている。かたわらにたたずんでいるのは、年老いた妻とホスピスの職員だ。男の息づかいは苦しげで、目は閉じられている。

「カプセルのなかの男性はイェール大で教わった教授よ」キャサリンは言った。「長年連絡を取り合ってたの。近ごろは重い病気を患っていてね。自分の体を科学のために提供したいといつも言ってたから、わたしがこの実験の構想を話したら、すぐに協力を申し出てくれた」

衝撃のあまり、ピーターはことばが出ないらしく、目の前で繰りひろげられる光景をただ見据えている。

そこでホスピスの職員が男の妻のほうを向いた。「そろそろです。どうぞお別れを」

老婦人は涙ぐんだ目を軽く押さえ、しっかりと穏やかにうなずいた。「わかりました」

職員はカプセルのなかへそっと手を伸ばし、酸素マスクをはずした。老人はわずかに身じろぎしたが、目は閉じたままだ。つづいて、人工呼吸装置やほかの機器が脇へ動かされ、部屋の真ん中には、老人のはいったカプセルだけが残った。

死にゆく男の妻がカプセルへ歩み寄り、身をかがめて、夫の額にやさしくキスをした。老人は目をあけなかったが、ほんの少し唇を動かし、愛情のこもったかすかな笑みを漂わせた。

酸素マスクをはずされた男の呼吸は、すぐに一段と苦しげになった。臨終のときが近いらしい。男の妻は、賞揚すべき強さと落ち着きをもって、キャサリンから事前に教わったとおり、カプセルの透明な蓋をゆっくりとおろし、完全に閉ざした。

ピーターは仰天して言った。「キャサリン、なんということを!」

「だいじょうぶよ」キャサリンは小声で言った。「カプセルのなかにはたっぷり空気がある」そのビデオはもう何十回と観ていたが、いまだに脈が速くなる。キャサリンは、死にゆく男を閉じこめたカプセルの下の重量計を指さした。数値がデジタル表示されている。

51.4534644 kg

老人の呼吸がさらに浅くなり、ピーターはさらに身を乗り出して画面に見入った。

「彼の体重よ」

「これは本人が望んだことなの」キャサリンはささやいた。「何が起こるかを見てて」

男の妻はすでに後ろへさがってベッドに腰かけ、ホスピスの職員とともに黙然と見守っている。

それから六十秒のあいだに、浅い呼吸が速まり、やがて突然、みずからその瞬間を選んだかのように、男は最後の息をした。すべてが止まる。

終わった。

男の妻とホスピスの職員が無言で慰め合う。

ほかには何も起こらない。

数秒後、ピーターは見るからに混乱した顔でキャサリンを一瞥《いちべつ》した。

待ってて、とキャサリンは心のなかで言い、ピーターの視線をカプセルのデジタル・ディスプレイにもう一度向けさせた。それはまだ静かに光り、死人の体重を示していた。

そのとき、それは起こった。

目のあたりにしたピーターは、後ろへのけぞって、椅子から転げ落ちかけた。「しかし……そんな……」ショックで口を覆う。「こんなことは……」

偉大なピーター・ソロモンがことばを失った数少ない瞬間だった。この結果を目にした最初の数回は、キャサリンもそれと似た状態に陥ったものだ。

男が死んだ少しあとに、重量計の数値が突然さがっていた。死の直後に軽くなったということだ。微小な変化だったとはいえ、数値として計測された……そこにはとてつもなく重要な意味合いがある。

震える手で研究日誌にこう記したのをキャサリンは覚えている。「死の瞬間に人体から出ていく、目に見えない〝物質〟は、たしかに存在するようだ。それは、物的障害に妨げられない、定量化可能な質量を持っている。その物質は自分がまだ認知できない次元で機能していると想定するしかない」

その驚愕《きょうがく》の表情から、兄もその含意に気づいているのがわかった。「キャサリン……」ピーターは口ごもり、夢ではないと確認するかのように灰色の目をしばたたいた。「おまえは人間の魂の重さを量ったんだな」

ふたりのあいだに長い沈黙が落ちた。

これがもたらす際立った変化、すばらしい効果がどれほどのものになるかを兄が細かく検討しているのが、キャサリンには感じとれた。数えきれないはずよ。いま目撃したのが、見たままのもの——すなわち、魂なり意識なり生命なりが肉体の領域の外へ移動することができるという証拠——であるなら、転生、宇宙意識、臨死体験、幽体離脱、遠隔透視、明晰《めいせき》夢などなど、無数の神秘的な謎に驚くべき新たな光が投じられたことになる。医学専門誌には、手術台で死んだ患者が、自分の体を上からながめたのちに生還したという記事がときどき載っている。

ピーターはすっかり黙し、目に涙を浮かべていた。気持ちはわかる。キャサリンもかつて涙した。ふたりとも愛する者たちを失っており、そうした経験を持つ者ならだれしも、人の心が死後も生きつづけることをわずかでも示すものがあれば、ささやかな希望をいだくものだ。

ザカリーのことを考えてるのね、とキャサリンは思い、兄の目に深い憂いを認めた。何年ものあいだ、ピーターは息子の死に責任を感じつづけてきた。ザカリーを刑務所に残したのは人生最大の過ちだった、生涯自分を許すことはできまい、とたびたびキャサリンに漏らしていた。

扉を乱暴に閉める音がして、やにわにキャサリンの意識は地下の冷たい石のテーブルの上に引きもどされた。大きな音を立てて閉まったのはスロープの上の金属の扉で、刺青《いれずみ》の男がおりてくるらしかった。通路の途中にある部屋のひとつにはいり、中で何かしたあと、キャサリンのいる部屋へ向かってくるのが聞こえた。はいってきた男は体の前で何やら押していた。何か重たげな……車輪のついたものだ。明かりの下まで来るや、キャサリンは信じられない思いでそれを見つめた。刺青の男は人を乗せた車椅子を押している。

理性では、キャサリンの脳は車椅子の男がだれなのかを識別していた。感情では、見ているものをとうてい受け入れられなかった。

ピーター？

生きている兄を見て喜びがこみあげたのか……それとも、ただ戦慄《せんりつ》したのか、自分でもわからなかった。ピーターの体はなめらかに剃《そ》りあげられていた。たてがみのような豊かな銀髪は眉《まゆ》とともにすっかり剃り落とされ、体毛のない皮膚が油を塗られたかのように光っている。黒い絹のローブを着せられ、右手のあるべきところには、真新しい清潔な包帯でくるまれた腕の端だけが残っている。苦痛をたたえた兄の目が、後悔と悲しみに満ちたキャサリンの目をとらえた。

「ピーター！」かすれた声で叫ぶ。

兄が話そうとしたが、くぐもったうめき声が漏れただけだった。車椅子に縛りつけられ、口に何か詰められているらしい。

刺青の男は手を伸ばし、ピーターの剃りあがった頭皮を静かになでた。「おまえの兄に大いなる名誉を用意した。今宵《こよい》演じてもらう役割がある」

キャサリンの全身が硬直した。やめて……

「ピーターとおれはもう出発するが、おまえが別れの挨拶《あいさつ》をしたいだろうと思ってな」

「兄をどこへ連れていく気？」キャサリンは弱々しく言った。

男は微笑んだ。「われわれは聖なる山へ向かわなくてはならない。そこに宝が眠っている。フリーメイソンのピラミッドがその場所を明かした。おまえの友人のロバート・ラングドンは実によく働いてくれた」

キャサリンは兄の目をのぞきこんだ。「この男は殺したのよ……ロバートを」

ピーターは苦悶《くもん》に顔をゆがめ、これ以上は耐えられないというふうに、激しく頭を振った。

「さあ、さあ、ピーター」男は言い、ふたたびピーターの頭をなでた。「こんなことで大事なひときを台なしにするな。妹に別れを告げろ。家族が顔をそろえるのもこれが最後だ」

キャサリンは絶望が湧きあがるのを感じた。「なぜこんなことをするの？」男に向かって叫ぶ。「わたしたちがあなたに何をしたというのよ。なぜそんなにわたしの家族を憎むの？」

刺青の男は近づいてきて、キャサリンの耳に口を寄せた。「おれなりの理由があるんだよ、キャサリン」そう言って脇のカウンターのほうへ向かい、例の奇怪なナイフを手にとる。それを持って引き返すと、研ぎ澄まされた刃をキャサリンの頬に滑らせた。「これは歴史上最も名高いナイフと言っていい」

キャサリンは名高いナイフのことなど知らなかったが、それは恐ろしげで古めかしく見えた。感触が剃刀《かみそり》のように鋭い。

「心配するな」男は言った。「この力をおまえに使うつもりはない。これはあとで、より価値ある犠牲のために……より神聖な場所で使う」そこでピーターを振り返る。「このナイフに見覚えがあるだろう？」

ピーターの目が恐れと疑惑の色をたたえて、大きく見開かれた。

「そう、ピーター、この古代の芸術品は現存するんだよ。おれは大枚をはたいて手に入れ……おまえのために取り置いた。ついに、おれとおまえは苦難の旅をともに終えることができる」

それだけ言うと、男はナイフをほかの品々――香や、液体入りの小瓶や、白いサテンの布や、その他の儀式の道具――とまとめて、一枚の布でていねいに包んだ。それから、その包みをピラミッドと冠石とともにロバート・ラングドンの革のバッグに入れる。キャサリンがなす術《すべ》もなく見守っていると、男はバッグのファスナーを閉め、ピーターに向きなおった。

「これを運んでもらおう」男は重いバッグをピーターの膝《ひざ》に載せた。

つぎに抽斗《ひきだし》の前へ行き、中を掻《か》きまわしはじめた。金属の小物がぶつかり合う音が聞こえる。男はもどってくると、キャサリンの右腕をとって押さえつけた。何をされているのかキャサリン自身には見えなかったが、ピーターにはわかるらしく、また激しく身をよじりはじめた。

キャサリンの右肘《みぎひじ》の内側に急に鋭い痛みが走り、そのまわりに不気味なぬくもりが伝わった。ピーターが締めつけられたような悲痛なうめきを発して、重い車椅子からむなしく立ちあがろうとしている。キャサリンは前腕と指先が冷たく麻痺《まひ》していくのを感じた。

男がそばを離れたとき、兄がそれほど取り乱している理由がわかった。刺青の男は、献血でもさせるように、キャサリンの静脈に医療用の中空針を刺したのだった。ところが、その針はチューブにつながれておらず、末端から血がとめどなく流れ出ていた……肘と前腕を伝って、石のテーブルの上へ。

「人間水時計だ」男は言い、ピーターを振り返った。「あとで役目を果たすようおまえに頼んだとき、このキャサリンの姿を思い浮かべてくれ……暗がりでひとり死にゆくさまを」

ピーターの顔にはすさまじい煩悶が表れていた。

「しばらくは生きている」男は言った。「一時間かそこらはな。すみやかに協力すれば、救うのにじゅうぶん間に合う。もちろん、少しでも抵抗したら……妹はこの暗がりでひとりさびしく事切れる」

ピーターは詰め物をされたまま何事か怒鳴った。

「ああ、わかるとも」刺青の男はピーターの肩に手を置いて言った。「つらいだろう。だが、それほどでもあるまい。なんと言っても、おまえが家族を見捨てるのはこれが最初ではないからな」そこでことばを切り、腰をかがめてピーターの耳もとでささやく。「もちろん、ソアンルック監獄にいた、おまえの息子のザカリーのことだ」

ピーターは縛《いまし》めのなかで抗《あらが》い、口の詰め物越しにまたくぐもった叫びを漏らした。

「やめて！」キャサリンは叫んだ。

「あの夜のことはよく覚えているよ」男は嘲弄《ちょうろう》しつつ話しつづけた。「全部聞かせてもらった。所長が息子を解放してやろうと申し出たのに、おまえはザカリーに教訓を与える道を選び……見捨てた。ああ、息子はたしかに教訓を学んだとも」笑みを浮かべる。「ザカリーの失ったものを……このおれが得た」

男はリネンの布を持ってきて、キャサリンの口に押しこみ、こうささやいた。「死は静かなものであるべきだ」

ピーターは激しくもがいた。もう何も言わずに、刺青の男はピーターの車椅子をゆっくりと引いて部屋から運び出し、別れ際にたっぷり妹の姿を見せてやった。

兄と妹は最後にもう一度、目と目を合わせた。

そしてピーターは去った。

ふたりがスロープをのぼり、金属の扉を通り抜けるのをキャサリンは聞いた。刺青の男がその扉を外から施錠し、美の三女神の絵の向こうへ出ていくのも。数分後、車が動きだす音がした。

そして邸内は静まり返った。

暗がりにひとり横たわったまま、キャサリンは血を流しつづけた。

108

ロバート・ラングドンの意識は底知れぬ深淵《しんえん》をさまよっていた。

光もない。音もない。感覚もない。

あるのは静謐《せいひつ》で果てしない虚空だけだ。

柔らかい。

重力がない。

肉体からも自由になった。すっかり解き放たれていた。

物質世界は消滅した。時間も消滅した。

いまのラングドンは純粋な意識そのもので……肉体のない感覚が空漠たる宇宙を浮遊していた。

109

UH‐60改造型ヘリコプターが爆音を立ててカロラマ・ハイツの広大な屋根屋根のすぐ上を飛行し、支援チームから教えられた地点へ近づいていった。シムキンズ捜査官が逸早《いちはや》く、ひとつの屋敷の前庭にぞんざいに停められた黒のエスカレードを見つけた。私道の門は閉まっており、邸内は暗く静まり返っている。

サトウが着陸の合図をした。

ヘリコプターは表の芝地に荒々しく降下した。まわりには数台の車両が停まっている……一台はルーフに回転灯のついた警備会社の車だ。

シムキンズの率いるチームはヘリから跳びおり、銃を抜いてポーチへ駆けあがった。玄関のドアが施錠されていたので、シムキンズは両手で目の上を囲って、窓から中をのぞいた。玄関広間は暗かったが、床に人が倒れているのがおぼろげに見てとれた。

「くそっ」シムキンズはつぶやいた。「ハートマンだ」

部下のひとりがポーチにあった椅子をつかみ、持ちあげて出窓を割った。ガラスが粉微塵《こなみじん》になる音は、背後でうなるヘリコプターの音のせいでほとんど聞こえない。数秒後には、全員が邸内に突入していた。シムキンズは玄関広間へ走り、ハートマンのかたわらに膝を突いて脈をたしかめた。止まっている。そこらじゅうが血だらけだ。そのとき、ハートマンの喉《のど》に刺さったドライバーが目にはいった。

なんということだ。シムキンズは立ちあがり、徹底捜索をはじめるよう部下たちに指示を出した。

捜査官らは一階で四方へ散り、レーザーサイトで暗い邸内を探っていった。居間でも書斎でも何も見つからなかったが、食堂では絞殺された女性警備員を発見した。シムキンズは、ロバート・ラングドンとキャサリン・ソロモンの生存の望みを早くも失いかけていた。残忍な殺人者が罠《わな》を仕掛けたにちがいない。CIA捜査官と武装した警備員の命を奪うほどの男が相手では、大学教授と女の科学者に勝ち目はなさそうだった。

一階に危険がないことを確認すると、シムキンズは捜査官ふたりを二階の捜索へ向かわせた。自身はキッチンから地下へ至る階段を見つけて、おりていった。階段の下で照明をつける。地下はほとんど使われたことがないのか、がらんとして汚れひとつなかった。ボイラー、むき出しのコンクリートの壁、いくつかの箱。ここには何もない。キッチンへもどると、ちょうど部下たちも二階からおりてきた。みないっせいに首を左右に振った。

邸内に人の気配はなかった。

だれもいない。そして、ほかの死体もない。

シムキンズは安全確認の完了と惨憺《さんたん》たる現況をサトウに無線で伝えた。

玄関広間へ出ていくと、サトウがすでにポーチの上まで来ていた。後方のヘリコプターのなかに、ひとり呆然《ぼうぜん》と坐《ざ》するウォーレン・ベラミーの姿が見え、その足もとにサトウのチタン製アタッシェケースが置いてある。そこにはいった高性能のノートパソコンには、世界じゅうのどこからでも、暗号化された衛星回線経由でCIAのコンピューター・システムにアクセスできる機能が備わっている。先刻、サトウはそのパソコンでベラミーに何かを見せ、瞬時にして協力へ転じさせた。ベラミーが何を見せられたのかシムキンズには知る由もなかったが、その内容がどうあれ、建築監はその後ずっと、目に見えて消沈している。

サトウは玄関広間へ歩み入ると、いったん足を止め、ハートマンの死体の前で頭をさげた。少しして目をあげ、シムキンズを見据える。「ラングドンかキャサリンの痕跡《こんせき》は？　あるいはピーター・ソロモンは？」

シムキンズは首を横に振った。「まだ生きているとしたら、拉致《らち》犯が連れていったのでしょう」

「この家にコンピューターはあった？」

「はい、局長。書斎に」

「案内して」

シムキンズはサトウを居間へ連れていった。豪華なカーペットの上に、割れた出窓のガラスの破片が散乱している。暖炉と、大きな絵と、いくつか並んだ本棚の前を通って、ふたりは書斎の入口に着いた。室内は羽目板張りで、骨董《こっとう》品の机と大きなコンピューターのモニターが置かれていた。机の向こうへまわったサトウは、すぐに険しい顔をした。

「やられたよ」小声で言った。

シムキンズも机をまわり、画面を見た。何も映っていない。「これが何か？」

サトウは机に置かれた空のドッキング・ステーションを指さした。「この男はノートパソコンを使っている。それを持っていったんだ」

シムキンズには話がよく見えなかった。「そいつは局長が見たい情報をかかえているんですか」

「そうじゃない」サトウは深刻な口調で答えた。「だれにも見せたくない情報だ」

地下の隠された空間で、キャサリン・ソロモンはヘリコプターの回転翼の音を聞いた。つづいて、ガラスが割られ、重い靴が階上を歩きまわる音がする。叫んで助けを求めようとしたが、口に布が詰められていてどうにもならなかった。わずかな音すら立てられない。あがけばあがくほど、肘から流れ出る血の勢いが増す気がした。

息が切れ、かすかにめまいがする。

冷静になるべきなのはわかっていた。頭を使うのよ、キャサリン。意志の力を総動員して、深い思索に没入していった。

ロバート・ラングドンの意識は茫漠《ぼうばく》たる宙に漂っていた。果てしない虚空をのぞきこみ、なんらかの手がかりを探す。何もない。

まったき闇。まったき静寂。まったき平穏。

どちらが上かを知らせる重力さえない。

肉体は消えた。

これは死にちがいない。

ここでは時間が折り重なったり、伸び縮みしたりで、確たる指標がないらしい。どれだけ時が流れたのか、もはやまったくわからない。

十秒？　十分？　十日？

だが突然、銀河のはるかかなたで大爆発が起こったかのように、記憶が一気に形をなし、無辺際の空間を走る衝撃波となって押し寄せた。

ラングドンはいちどきに思い出しはじめた。いくつもの映像が……鮮明で心を乱す映像が全身を駆け抜ける。ラングドンは刺青で覆われた顔を見あげていた。力強い両手で頭を持ちあげられ、床に叩きつけられる。

激痛が走る……そして、暗黒。

灰色の光。

体のうずき。

記憶の断片。半ば覚醒《かくせい》したまま、体が下へ下へと引きずられていく。拉致犯が何か唱えている。

意義深きことば《ウエルブム・シグニフィカテイウム》……万物創造のことば《ウエルブム・オムニフィクム》……失われしことば《ウエルブム・ペルド》……

110

サトウ局長はひとり書斎にたたずみ、ＣＩＡの衛星画像部門が自分の依頼した解析を終えるのを待っていた。ワシントンＤＣで仕事をする恩恵のひとつは、衛星の観測可能性の高さだ。運がよければ、だれかひとりぐらいはうまく写真におさまっているだろう……ことによると、この半時間にここから走り去った車が映っているかもしれない。

「あいにくですが、局長」衛星技術者が言った。「今夜その地点は観測範囲にはいっていません。位置変更を要請なさいますか」

「ならけっこう。いまからじゃ遅いんだ」サトウは電話を切った。

男がどこへ向かったのかを割り出すあてがなくなり、サトウは大きくため息をついた。玄関広間へ出ていくと、袋におさめたハートマン捜査官の死体を数人がヘリコプターへ運んでいるところだった。シムキンズ捜査官には、部下を集めてラングレーの本部へもどる準備をするよう命じておいたのだが、当人は居間で這《は》いつくばっていた。具合でも悪いのだろうか。

「どうした?」

シムキンズが腑《ふ》に落ちない顔で目をあげた。「これにお気づきになりましたか」と言って床を指さす。

サトウはそばへ歩み寄って豪華なカーペットを見おろした。何も目につかず、首を左右に振る。

「ここにしゃがんで」シムキンズは言った。「毛足を見てください」

サトウは従った。すると、見えた。押しつぶされたように、カーペットの繊維の一部が寝ている。車輪のついた重いものでも移動させたのか、まっすぐな二本の筋が残っている。

「妙なのはこの軌跡の向かっている先なんです」指でその方向を示す。

サトウは居間のカーペットを走るかすかな平行線を目でたどった。暖炉の横に飾られた、床から天井まである大きな絵の下で、軌跡は消えているようだ。いったいどういうことなのか。

シムキンズが壁際まで歩いていき、絵を持ちあげてはずそうとした。びくともしない。「固定されていますね」そう言って、こんどは額縁のまわりに指を這わせる。「待ってください、下に何かあるが……」指が絵の下の小さなレバーにあたり、何かが小さく鳴った。

サトウは前へ進み出た。シムキンズが額縁を押すと、絵全体が回転ドアのように中心を軸にしてゆっくりとまわりはじめた。

シムキンズが懐中電灯を掲げ、絵の向こうの暗い空間を照らす。

サトウは鋭く目を細めた。さあ、行こう。

短い通路の突きあたりに重い金属の扉があった。


ラングドンの意識の闇を抜けて押し寄せた記憶は、すぐに消え去った。通り過ぎたあとに灼熱《しゃくねつ》の火花が渦巻き、変わらぬ遠いささやきが不気味にこだましている。

意義深きことば《ウェルブム・シグニフィカティウム》……万物創造のことば《ウェルブム・オムニフィクム》……失われしことば《ウェルブム・ペルドゥ》……

その詠唱は、中世の賛歌のごとく単調に繰り返される。

ウェルブム・シグニフィカティウム……ウェルブム・オムニフィクム……。その声がいつしか虚空へ転がり落ち、新たな声に包まれる。

アポカリプス……フランクリン……アポカリプス……ウェルブム……アポカリプス……

前ぶれもなく、どこか遠くで、もの悲しい鐘が鳴りはじめる。鐘の音は鳴りやまず、しだいに大きくなっていく。いまやそれは緊迫した響きを帯びていた。ラングドンの理解を求めて、その心を導くかのように。

111

時計台の鐘がたっぷり三分間鳴りつづけ、頭上に吊《つ》りさがったクリスタルガラスのシャンデリアを震わせている。三十年ほど前、ラングドンはフィリップス・エクセター・アカデミーの大好きな講堂での授業によく出席したものだが、この日は親しい友の全生徒向けの講演を聞くためにそこにいた。照明が落とされたころ、ラングドンは歴代校長の肖像が上方に飾られた、後ろの壁際の席についた。

生徒たちがにわかに静まり返る。

真っ暗闇のなか、背の高い人影が演壇を横切り、演台の前に立った。「おはようございます」顔のない声がマイクに向かって言う。

講演者はいったいだれなのかと、みなが居住まいを正した。

スライド・プロジェクターが点灯し、色あせたセピア色の写真を映し出した。赤色砂岩のファサードと、高く四角い塔と、ゴシック風のさまざまな装飾を備えた壮麗な城が見える。

影がふたたび話す。「これがどこなのか、わかる人はいますか」

「イングランド!」ひとりの女子生徒が暗がりで声をあげた。「そのファサードは、初期のゴシック様式と後期のロマネスク様式の両方の特徴を備えていますから、これは典型的なノルマン建築の城で、十二世紀ごろのイングランドのものだと思います」

「おお」顔のない声が答えた。「建築にくわしい人のようですね」

あちらこちらで静かなうなり声がする。

「残念ながら」影はつづけて言った。「あなたの推定は三千マイルと七百年ずれています」

場内がざわめく。

プロジェクターはつぎに、別の角度からとらえた同じ城の現代風のフルカラー写真を映した。セネカ・クリーク産の砂岩で造られた塔が前景を占めているが、背景には、驚くほど近くに、連邦議会議事堂の堂々たる白いドームがそびえている。

「待ってください！」いまの女子生徒が叫んだ。「ノルマン建築の城がＤＣにあるんですか？」

「ええ、一八五五年から」声が答えた。「そのとき撮られたのがつぎの写真です」

新しいスライドが現れた。こんどはモノクロの屋内写真で、巨大な丸天井を持つその舞踏室には、動物の骨格や、科学的展示物の陳列ケース、生物標本入りのガラス瓶、古代の発掘物、先史時代の爬《は》虫類《ちゅうるい》の石膏《せっこう》模型がおさまっている。

「この不思議な城はアメリカで最初の本格的な科学博物館です。われわれの父祖たちと同じく、この未熟な国が啓蒙《けいもう》の地になりうると信じた裕福な英国の科学者から贈られました。彼は莫大《ばくだい》な財産を遺贈し、この国の中心に〝知識の増大と普及のための施設〟を建造するよう求めたのです」そこで長い間《ま》を置く。「この度量の大きな科学者の名前を、だれかあててみませんか」

前方の席からおずおずとした声があがった。「ジェイムズ・スミソン？」

納得のどよめきが一同のあいだにひろがる。

「そのとおり」演壇上の男は答えた。ピーター・ソロモンはそこで光のなかへ踏み出し、灰色の目をいたずらっぽく輝かせた。「おはよう、みなさん。わたしはピーター・ソロモン。スミソニアン協会の会長です」

生徒たちがいっせいに盛大な拍手を送る。

暗がりでラングドンが賞賛をこめて見守っていると、ピーターはまずスミソニアン協会の初期の歴史にまつわる写真旅行で若者たちを魅了した。スライドショーはスミソニアン城からはじまり、その地下にある科学研究所、展示物の並ぶ通路、軟体動物だらけの広間、〝甲殻類の専門学芸員〟と自称する科学者たち、そして、その城でいちばんの人気者だった二羽の居候――〝増大《インクリーズ》〟と〝普及《ディフュージョン》〟と名づけられた、いまは亡きつがいのフクロウ――の古いスナップ写真にまで及んだ。半時間にわたるショーは、スミソニアン博物館の雄大な建物群が並ぶナショナル・モールの美しい衛星写真で幕を閉じた。

「最初にお話ししたとおり」ソロモンは締めくくりに述べた。「ジェイムズ・スミソンとわれわれの父祖たちは、この国が啓蒙の地となることを夢見ました。いまごろきっと誇らしく思っていることでしょう。偉大なスミソニアン協会は、このアメリカの中枢の地で科学と知識の象徴としての地位を保っています。知識と学問と科学の理念に根ざした国を築くという父祖たちの夢をたたえつつ、生き生きと存続しているのです」

熱烈な拍手を浴びながら、ソロモンはプロジェクターを消灯した。場内が明るくなると同時に、何十人もの熱心な質問者の手があがった。

ソロモンは中央にいる赤毛の小柄な男子生徒を指した。

「ミスター・ソロモン」男子生徒はとまどい気味に言った。「われわれの父祖たちはヨーロッパでの宗教弾圧から逃れてきて、科学的進歩の理念に基づく国家を建設したとおっしゃいましたね」

「そうです」

「でも……ぼくは建国の父たちについて、キリスト教国家としてアメリカを築いた信心深い人々という印象を持っているんですが」

ソロモンは微笑んだ。「みなさん、誤解しないでもらいたいのですが、われわれの父祖は非常に信仰心の厚い人々でした。ただし、理神論者――つまり、普遍的で偏見のない形で神を信じようとする人たちだったのです。彼らが掲げた唯一の宗教上の理想は、信仰の自由でした」演台からマイクをはずし、演壇のへりまで歩いていく。「アメリカの父祖たちは、理知の精神の備わった理想郷を夢見ていました。思想の自由や、大衆の教育や、科学の進歩が、時代遅れの宗教的迷信を追い散らすような国です」

後方の席にいる金髪の女子生徒が手をあげた。

「はい？」

「ミスター・ソロモン」女子生徒は携帯電話を掲げて言った。「いまオンラインで調べたんですけど、ウィキペディアによると、あなたは著名なフリーメイソンだそうですね」

ソロモンはフリーメイソンの指輪を掲げてみせた。「直接尋ねてくれれば、通信料を節約できたのに」

生徒たちが笑う。

「ええ、そうですね」女子生徒はためらいがちにつづけた。「いま〝時代遅れの宗教的迷信〟とおっしゃいましたが、そうした時代遅れの迷信をはびこらせているのは、ほかでもない……フリーメイソンじゃないかと思うんですが」

ソロモンに動じた様子はない。「ほう？　それはなぜ？」

「実は、フリーメイソンに関する本をたくさん読んで、古来の奇妙な儀式や信仰がいろいろとあるのを知りました。オンラインのこの記事には、フリーメイソンがなんらかの神秘的な古《いにしえ》の知恵を……人間を神の域にまで高めうる力を……信仰するとも書かれています」

全員がいっせいに、変人を見るような視線をその女子生徒へ向ける。

「実を言うと」ソロモンは言った。「そのとおりです」

みなが目をまるくして前を向く。

ソロモンは笑みを抑えて女子生徒に尋ねた。「その神秘的な知識について、ウィキの知恵にはほかにどう書いてありますか」

女子生徒はまごつきながらも、ウェブサイトの記述を読みあげはじめた。「〝この強力な知恵を資格のない者が用いることがないよう、先人たちはそれを暗号にし……重大な真実を象徴や神話や寓話《ぐうわ》といった比喩《ひゆ》に包んで……書き残した。今日《こんにち》でも、その暗号化された知恵は……神話や芸術や古来のオカルト文書などに形を変えて……至るところに隠されている。不幸にも、現代人はもはや、この複雑な象徴の網を読み解く力を持たず……大いなる真実は失われた〟」

ソロモンは待った。「それだけですか」

女子生徒は椅子の上で体勢を直した。「実は、まだ少しあります」

「そうでなくてはね。では……聞かせてください」

女子生徒は気が進まないふうだったが、咳払《せきばら》いをして先を読んだ。「〝伝説によると、はるか昔に古の神秘を暗号化した賢者たちは、ある種の鍵を……暗号化された秘密を解読するためのパスワードを……後世に残したとされている。この魔法のパスワード――意義深きことば《ウェルブム・シグニフィカティウム》として知られるものは、闇を押しのけて古の神秘を解き明かす力を有し、理知を備えたすべての者にそれを開示すると言われている〟」

ソロモンはもの憂げに微笑んだ。「そう……ウェルブム・シグニフィカティウム」しばし宙を見つめたのち、ふたたび金髪の女子生徒へ目を向ける。「では、その不思議なことばは、いまどこに？」

女子生徒は、招待講演者に議論を吹っかけたりしなければよかったという顔で、不安そうにつづきを読んだ。「〝伝説では、ウェルブム・シグニフィカティウムは地下深くに埋もれ、歴史上のきわめて重要な瞬間を……人類が古の真実や知識や英知なしには、もはや生きられなくなる瞬間を……辛抱《しんぼう》強く待っている。この暗い岐路において、人類はすばらしき啓蒙の新時代のことばとその伝達者を、やがては発見することだろう〟」

女子生徒は携帯電話の通信を切り、座席で身をすくめた。

長い沈黙のあと、別の生徒が手をあげた。「ミスター・ソロモン、本音ではその伝説を信じていらっしゃらないんでしょう？」

ソロモンは微笑んだ。「信じていてはいけませんか？　神話では、洞察と偉大な力をもたらす呪文《じゅもん》が古くから伝えられています。今日でも、子供たちは無から何かを創り出そうと念じて〝アブラカダブラ〟と叫びます。それがただの遊びではないことを、たしかにだれもが忘れてしまいました。この呪文は、〝わたしはことばで創造する〟という意味の古代アラム語──〝アヴラー・カダブラ〟──を起源としています」

沈黙。

「だけど」その生徒は食いさがった。「ぜったいに信じていらっしゃるとは思えないんですよ。そんなひとことが……その〝ウェルブム・シグニフィカティウム〟とやらが……古の知恵を解き明かす力を持っていて……世界に啓蒙の光をもたらすなんて」

ピーター・ソロモンの顔にはなんの表情も浮かんでいなかった。「わたし個人の信条について話すのは控えましょう。ここで一考してもらいたいのは、その来たるべき啓蒙の予言が地球上のたいがいの信仰や伝統的哲学に反映されていることです。ヒンドゥー教徒はそれを黄金時代《クリタ・ユガ》と呼び、占星術師は水瓶座《みずがめ》の時代と呼び、ユダヤ人は救世主《メシア》の到来と呼び、神智学者はニューエイジと呼び、宇宙論者はハーモニック・コンバージェンスと呼んで、実際の日付まで予測しています」

「二〇一二年十二月二十一日だ！」だれかが叫んだ。

「そう、心配なことに、まもなくですね。あなたがマヤ暦の信奉者なら競々《きょうきょう》としているでしょう」

ラングドンは忍び笑いをしつつ、二〇一二年が〝世界の終末〟になると予測する昨今のテレビの特番ラッシュを、ソロモンが十年も前に的確に予想していたことを思い出した。

「時期はともかく」ソロモンは言った。「すばらしいと思うのは、大いなる啓蒙の時代が来るという一点に関しては、歴史上のさまざまな思想や学問の見方が一致していたということです。あらゆる文化、あらゆる時代、そして世界じゅうのあらゆる地域において、人々の夢はまさに同じ考えに——いつの日か神格化するという考えに——向けられてきました。人間の精神が遠からず真の潜在力を発揮すると信じて」そこで微笑む。「そのような共通の信念が生じたことを、何をもってすれば説明できるでしょうか」

「真実です」控えめな声があがった。

ソロモンは声のしたほうを向いた。「いまのはどなたかな？」

手をあげたのはアジア系の小柄な男子生徒で、その柔和な顔立ちからネパール人かチベット人と思われた。「すべての人の魂に埋めこまれた普遍の真実があるのかもしれません。だれの心にも、DNAの共通配列のような、同じ物語がひそんでいるのではないでしょうか。人間の物語がどれも似かよっているのは、そうした共通の真実があるからかもしれません」

ソロモンは満面に笑みをたたえ、両手を合わせて恭しくその生徒にお辞儀をした。「ありがとう」

みなだまりこんでいた。

「真実」ソロモンは一同に語りかけた。「真実には力があります。そして、だれもがよく似た考えに引きつけられるのは、おそらくそれらが真実であり、われわれのなかに深く刻まれているからでしょう。真実を耳にするとき、われわれはたとえそれを理解できなくても、それがおのれの内に響き渡り、眠っていた知恵と共鳴するのを感じます。ひょっとしたら、われわれはその真実を学ぶのではなく、すでに自分のなかにあるものとして、ふたたび呼び覚まし……ふたたび受け入れ……ふたたび感じるのかもしれません」

会場はすっかり静まり返っていた。

ソロモンはそのまましばらく沈黙を保ち、やがて穏やかに言った。「最後に、その真実を明らかにするのはけっして容易ではないと申しあげておくべきでしょう。歴史を通じて、啓蒙の時代にはかならず闇がともない、逆行を強いました。自然と均衡の法則とはそういうものです。ですから、今日の世界にひろがりつつある闇を見るとき、そこには等しく光もひろがりつつあると理解しなくてはなりません。真に偉大な啓蒙の時代を目前にして、われわれはみな――あなたがたはみな――歴史上きわめて重要な瞬間を体験するという大きな幸運に恵まれています。数かぎりない人々が生きた、これほど長い歴史のなかで……ごく短い期間に存在するわれわれだけが、人類の究極の再生を目のあたりにできるのです。闇の千年紀のあと、科学や、知性や、宗教さえもが真実を明らかにするのを、われわれは目にすることになります」

熱烈な拍手が湧き起こりかけたが、ソロモンは手をあげて制止した。「お嬢さん」携帯電話を持った後方の議論好きな金髪の女子生徒に呼びかける。「多くの点で意見は合わなかったが、あなたには感謝したい。その情熱は、来たるべき変化に欠かせない触媒です。闇は無関心を糧にする――だからこそ、確たる信念が最強力の解毒剤になります。これからも信念を追求してください。どうか聖書を研究なさい」そこで微笑む。「特に巻末の書を」

「黙示録《アポカリプス》ですか？」女子生徒が言った。

「そのとおり。黙示録は、だれもが共有する真実を活写した好例です。そこにはほかの無数の伝承にあるのと同じ物語が書かれています。それらはみな、大いなる英知の来たるべき開示を預言しているのです」

ほかのだれかが言った。「でも、黙示録は世界の終末にまつわる書じゃないんですか？　つまり、反キリストとか、ハルマゲドンとか、善と悪の最終戦争だとかの」

ソロモンは小さく笑った。「このなかで、ギリシャ語を勉強している人は？」

数人の手があがる。

「〝アポカリプス〟の原意はなんですか」

「それは」ある男子生徒が即答しかけて、驚いたように息を詰めた。「アポカリプスの意味は、〝覆いをとる〟とか……〝明らかにする《リヴィール》〟です」

ソロモンはその生徒にうなずいてみせた。「そのとおり。それこそがアポカリプスの本来の意味です。黙示録――別名、〝啓示《レヴェレイション》の書〟――は、偉大なる真実と、想像をしのぐ英知の開示を預言しています。それは単なる世界の終わりではなく、われわれの知る世界の終末について記されたものです。黙示録の預言はこれまで曲解されてきましたが、聖書の最もすばらしいメッセージのひとつなのですよ」ソロモンは演壇の前方へ進み出た。「まちがいなく、啓示のときはすぐにも訪れます……そしてその啓示は、これまでにわれわれが教わったものとはまったく異なっているでしょう」

ソロモンの頭上高くで鐘が鳴りはじめた。

当惑しつつも、生徒たちは割れんばかりの驚嘆の拍手を送った。

112

意識が朦朧《もうろう》としていたキャサリン・ソロモンは、耳をつんざく爆音の衝撃波に揺り起こされた。

しばらくして、煙のにおいが漂った。

耳鳴りがする。

くぐもった話し声。遠い。叫び声。足音。急に呼吸が楽になる。口のなかの布が引き出されていた。

「もうだいじょうぶですよ」男の声がささやく。「ちょっと待っていてください」

腕から針を抜いてもらえるのかと思ったが、男は大声で指示を出した。「医療キットを持ってこい……針に点滴をつなげ……乳酸リンゲル液を注入して……血圧を測ってくれ」男は脈拍や体温のチェックをはじめながら言った。「ミズ・ソロモン、あなたにこんなことをした人は……どこへ行ったんですか」

しゃべろうとしたが、声が出ない。

「ミズ・ソロモン」声が繰り返した。「男はどこへ？」

目を押しあけようとするあいだにも、意識が遠のいていく。

「行き先を知る必要があるんです」

意味をなさないと知りながら、キャサリンは短い答をつぶやいた。「聖なる……山へ……」

サトウ局長は壊された鋼鉄の扉をまたぎ越え、隠された地下室へ至る木製のスロープをおりていった。捜査官のひとりが下で待ち受けていた。

「局長、こちらを見ていただきたいのですが」

サトウは捜査官につづいて、せまい通路から小部屋にはいった。明るく照らされた室内には物がほとんどないが、床に衣類が積んであった。ロバート・ラングドンのツイードの上着とローファーが目に留まる。

捜査官が奥の壁際にある棺《ひつぎ》のような大きな箱を指さした。

あれは何？

サトウは箱へ歩み寄り、壁から出ている透明なプラスチックの管から液体が注ぎこまれているのを見てとった。警戒しつつ近づく。上面にある小さな引き蓋が見えた。手を伸ばして片側へ引きあけると、小さなのぞき窓が現れた。

サトウはたじろいだ。

プレキシガラスの下で……ロバート・ラングドン教授のうつろな顔が液体のなかに浮かんでいた。


光だ！

ラングドンがさまよっていた果てしない虚空は、たちまちまばゆい光で満たされた。白熱の日差しを思わせるものが真っ暗な空間へ流れこみ、意識の奥まで焦がす。

光がすべてを覆いつくす。

突如、目の前のぎらつく雲のなかに、美しい輪郭が現れた。顔だ……淡くおぼろげで……虚空からこちらをのぞきこむふたつの目がある。幾筋もの光芒《こうぼう》に包まれたその顔は、神のものかとラングドンは思った。


サトウは箱形のタンクを上から見つめながら、ラングドン教授がわが身に何が起こったかを理解していたかどうかを考えた。わかるまい。つまるところ、このテクノロジーの狙いは見当識を失わせることに尽きる。

感覚遮断タンクは一九五〇年代ごろから存在していたが、ニューエイジかぶれの富裕層にはいまだに人気がある。これは〝浮遊〟と呼ばれる現実離れした胎内回帰体験を可能にする装置で、すべての感覚入力を――光も、音も、感触も、重力さえも――除去することで脳の活動を抑え、ある種の瞑想《めいそう》状態を作り出す。初期のタンクでは、利用者は仰向《あおむ》けで濃度の高い塩水に浮かび、呼吸ができるよう液面より上に顔を出していたものだった。

だが近年、この種のタンクは大発展をとげた。

含酸素過フッ素化炭化水素《パーフルオロカーボン》液。

この新たなテクノロジー――完全液体呼吸《TLV》――は常人の理解を超えており、その存在を信じる者は少ない。

呼吸可能な液体。

液体呼吸が現実のものとなったのは、リーランド・C・クラークが含酸素パーフルオロカーボン液のなかでマウスを数時間生存させるのに成功した、一九六六年のことだ。一九八九年には映画〈アビス〉で華々しい登場を果たすが、TLVのテクノロジーを本物の科学技術ととらえた観客はほとんどいなかった。

TLVは、未熟児を液体で満たされた子宮の環境にもどすことで呼吸を補助しようとする、現代医療の試みから生まれた。胎内で九か月を過ごした人間の肺は、液体で満たされた環境になじみがある。旧来のパーフルオロカーボン液は粘性が高すぎて呼吸に適さなかったが、近年の進歩によって、水の粘度に近い呼吸可能な液体が作り出された。

CIAの科学技術本部——局内では〝ラングレーの魔法使い〟の異名をとる——はかつて、米軍向けのテクノロジー開発のために含酸素パーフルオロカーボン液を幅広く研究した。海軍精鋭の深海潜水チームは、ヘリオックスやトライミックスといった通常の呼吸用ガスよりも、含酸素の呼吸可能な液体を用いたほうが、減圧障害の危険なしにはるかに深く潜水できることを発見した。同様に、NASAと空軍は、従来の酸素タンクよりも液体酸素補給器を装着したパイロットのほうが、通常よりはるかに高いG力に耐えられるという結果を得た。気体よりも液体のほうが内臓に均等にG力を拡散させることができるからだ。

いまではそうしたTLVタンク——別名〝瞑想マシン〟——を試用できる〝極限体験ラボ〟も存在するとサトウは聞いたことがある。ここにあるタンクはおそらく、個人使用の目的で設置されたのだろうが、施錠しうる頑丈な掛け金が取りつけられているところを見ると、より後ろ暗い目的にも使われていたと考えて差し支えがあるまい——CIAでよく使われる尋問の手法だ。

悪名高い水責めの尋問は、対象者がほんとうに溺《おぼ》れ死ぬと信じるので、きわめて効果が大きい。一段と恐ろしい幻覚を味わわせるために、いくつかの隠密《おんみつ》任務でこうした感覚遮断タンクが用いられてきたことをサトウは知っていた。呼吸可能な液体に沈められた者は、まさに〝溺れる〟感覚を味わう。それにともなうパニックのせいで、たいていの者は、その液体が水よりわずかに粘り気があることに気づかない。液体が肺に流れこむとき、対象者はしばしば恐怖のあまり失神し、やがて究極の〝独房監禁〟状態で覚醒する。

肉体から完全に切り離された感覚を与えるため、酸素を含むそのあたたかな液体には局部麻酔薬や筋弛緩《しかん》剤や幻覚剤が混ぜてある。脳が四肢を動かせという命令を送っても、何も起こらない。〝死〟の状態だけでもじゅうぶん恐ろしいものだが、真の錯乱に陥るのは〝再生〟の過程を経たあとだ。その際にはまぶしい光や、冷たい空気や、耳をつんざく音が用いられ、極度の心的外傷や苦痛をもたらすこともある。幾度かの再生と溺没《できぼつ》を繰り返したのち、対象者は混乱の極に陥って、自分の生死さえもわからなくなり……尋問者にどんなことでも自白しはじめる。

サトウは医療チームがラングドンを完全に救出するのを待つべきかどうか迷ったが、時間の余裕がないのは明らかだった。この男の知っていることを聞き出さなくてはならない。

「明かりを消しなさい」サトウは命じた。「それと、毛布を何枚か持ってきて」

目をくらます太陽は消えた。

顔も消えた。

闇がもどったが、ラングドンの耳には、何光年にもわたる空間に響く遠いささやきが聞こえていた。かすかな声……意味不明のことば。そのとき振動を感じた……世界が揺れて崩壊しつつあるかのように。

そして、それが起こった。

いきなり、宇宙がふたつに裂けた。虚空に巨大な亀裂《きれつ》が走る……まるで空間そのものが縫い目から破れたかのように。灰色がかった霧が裂け目から流れこみ、ラングドンは恐ろしい光景を目にした。体から切り離された手が急に伸びてきて、ラングドンの体をつかみ、この世界から無理やり引き離そうとしている。

やめろ！　その手を振り払おうとしたが、自分には腕がない……こぶしもない。いや、あるのか？にわかに、意識のまわりに肉体が出現するのを感じた。返ってきた肉体が、上へ引きあげようとする力強い手につかまれた。だめだ！　やめてくれ！

だが手遅れだった。

胸に痛みが走ると同時に、裂け目から伸びた手が体を持ちあげる。肺に砂が詰まっているかのようだ。息ができない！　気がつくと、想像を絶するほど冷たく硬いものの上に仰向けにされていた。強く激しく、何かが繰り返し胸を押す。あたたかいものが口から噴き出る。

もどりたい。

胎《はら》から産み落とされたばかりの赤ん坊の心地だった。

身を震わせ、咳とともに液体を吐き出す。胸と首に痛みを感じる。尋常ではない痛みだ。喉が燃えている。小声で人が話しているが、鼓膜が破れそうだ。視界はかすみ、見るものすべてがぼやけている。皮膚は壊死《えし》したように感覚がない。

胸がさらに重くなったように感じる。息ができない！

咳《せ》きこんでさらに液体を吐き出す。圧倒的な嘔吐《おうと》の反射に襲われて、息が詰まる。冷たい空気が肺に流れこみ、地上ではじめて息をする新生児になった気がした。この世界は耐えがたい。ラングドンの望みは、子宮へ帰ることだけだった。

どのくらい時間が経ったのかはまったくわからない。ラングドンはいま、タオルと毛布にくるまれて硬い床に横向きで寝かされていた。見覚えのある顔がこちらに視線を向けている。けれども、輝かしい光の筋は消えた。遠い詠唱の響きはまだ頭を離れない。

ウェルブム・シグニフィカティウム……ウェルブム・オムニフィクム……

「ラングドン教授」だれかが小声で言った。「ここがどこかわかるかい」

ラングドンはなおも咳きこみながら、弱々しくうなずいた。

そして、今夜何が起こっているのかを思い出しはじめていた。

113

ウールの毛布に包まれたラングドンは、ぐらつく脚で体を支えつつ、蓋のはずされた液体タンクを見おろしていた。肉体を取りもどしたことは、むしろ望みに反する。喉と肺が焼けるように熱い。この世がつらく苛《か》酷《こく》な場所に思える。

たったいま、サトウから感覚遮断タンクの説明を聞かされた。救出が遅れていたら、餓死か、もっとひどい形で死を迎えたとも言われた。ピーターもこれと似た拷問に耐えたにちがいない。〝ミスター・ソロモンははざまにいる〟と、刺青の男ははじめに言っていた。それは辺土《ハミスタガン》、すなわち煉獄《れんごく》を指す、と。ピーターが一度ならずこうした再生体験をさせられていたら、拉致犯の求める情報をすべて与えてしまったとしても不思議はない。

手で促されるまま、ラングドンはサトウのあとを追ってせまい通路をゆっくりと歩き、はじめて目にするその奇怪な空間の奥へ進んだ。足を踏み入れた正方形の部屋は不気味な色の照明に染まり、石のテーブルが置かれていた。そこにキャサリンがいるのを見て、ラングドンは安堵《あんど》の息をついたが、目にはいったのは凄惨《せいさん》な光景だった。

キャサリンは石のテーブルに仰向けで横たわっていた。血染めのタオルが何枚も床に落ちている。CIAの医療担当者が点滴バッグを掲げ持ち、チューブがキャサリンの腕につながっている。

キャサリンは静かにすすり泣いていた。

「キャサリン」ラングドンはかすれる声で呼びかけた。

横を向いたその顔に、混乱しきった表情が浮かぶ。「ロバート?」驚愕に見開かれた目が、にわかに喜びの色を帯びる。「でも、わたし……あなたが溺れるのを見たのよ!」

ラングドンは石のテーブルへ歩み寄った。

点滴チューブも医療担当者の制止もかまわず、キャサリンはその場で身を起こした。ラングドンがテーブルにたどり着くと、キャサリンは両腕を伸ばし、毛布をまとったその体を包むように抱き寄せた。「よかった」とつぶやいて、頬にキスをする。もう一度キスをしてから、まだ本物だと信じられないかのように、きつく抱擁した。「わからないわ……どうして……」

サトウが感覚遮断タンクと含酸素パーフルオロカーボン液についての説明をはじめたが、キャサリンはまったく聞いていなかった。ただじっとラングドンにしがみついている。

「ロバート」キャサリンは言った。「ピーターは生きてるの」震える声で、兄との恐ろしい再会について語る。車椅子に乗せられたピーターの様子、怪しいナイフ、何かが〝犠牲〟となるとほのめかす拉致犯のことば、そして、兄をすみやかに協力させるために、血を流す〝人間水時計〟として自分が放置されたこと。

ラングドンはどうにかことばを発した。「わかるのか……どこへ……向かったか」

「あの男はピーターを聖なる山へ連れていくと言っていた」

ラングドンは体を離し、キャサリンを見つめた。

キャサリンの目には涙が浮かんでいる。「解読したピラミッドの底の図が、聖なる山へ行けと告げていたそうよ」

「教授」サトウが詰め寄った。「それで何か思いあたることは？」

ラングドンはかぶりを振った。「いや、何も」それでも、望みが湧きあがるのを感じた。「しかし、ピラミッドの底から答がわかったのなら、われわれにもわかる可能性はあります」解き方を教えたのは自分だ。

サトウは首を横に振った。「ピラミッドはここにない。調べたんだよ。その男が持ち去った」

ラングドンはしばし黙して目を閉じ、ピラミッドの底面にあったものを思い出そうとした。あの象徴群は溺れる寸前に見た最後の映像のひとつであり、そうした忌まわしい記憶は心に強く焼きつくものだ。むろんすべては無理だが、事足りる程度には思い出せるのではないだろうか。

ラングドンはサトウに向きなおり、早口で言った。「それなりに思い出せるかもしれませんが、インターネットで調べ物をしてもらう必要があります」

サトウはブラックベリーを取り出した。

「〝フランクリンの八方陣〟を検索してください」

サトウは意外そうに一瞥をくれたが、何も訊《き》かずにキーを打ちはじめた。

まだ視界のはっきりしないラングドンは、いまになってようやく室内の異様さに気づいた。寄りかかっている石のテーブルには古い血痕がたくさんこびりつき、右手の壁は文書、写真、絵画、地図で覆われて、それらを互いに結びつける巨大な蜘蛛《くも》の巣状のひもがめぐらされている。

なんだ、これは。

ラングドンは、毛布を体に巻きつけたまま、その異様なコラージュへと進み寄った。壁一面を埋めつくしているのは、奇怪きわまりない収集物の数々だ。黒魔術から聖書までに及ぶ古文書の一部、象徴や印章の集まった図画、陰謀論を扱ったウェブサイトのプリントアウト、メモや疑問符を走り書きしたワシントンDCの衛星写真。そのうちの一枚は、さまざまな言語で記されたことばの長いリストだった。フリーメイソンの誓言もあれば、古代の魔術や儀式で用いる呪文もある。

あの男が探しているのはこれなのか？

ことば？

そんな単純なものを？

ラングドンが長年フリーメイソンのピラミッドの伝説に懐疑をいだいてきたのは、何よりも、それが明らかにするとされているもの――古の神秘のありか――のせいだった。はるか昔に失われた書庫におさめられていた何百万もの書物が、ある巨大な倉庫に集められているというのだ。どう考えてもありえない。それほど巨大な倉庫が？　ワシントンDCの地下に？　しかしいま、フィリップス・エクセター・アカデミーでのピーターの講演の記憶が、ここにある呪文のリストと結びつき、もうひとつの驚くべき可能性をもたらした。

魔法のことばの力について、ラングドンはまったく信じていなかった。けれども、刺青の男がそれを信じていたのはまちがいあるまい。脈が速まるのを感じながら、走り書きや、地図や、文書や、プリントアウトや、からみ合ったひもや付箋《ふせん》のすべてにもう一度目を走らせる。

たしかに、随所に見られるひとつの主題がある。

信じられないことに、あの男は〝ウェルブム・シグニフィカティウム〟……〝意義深きことば〟……〝失われしことば〟を探している。ラングドンはピーターの講演の断片を思い返しながら、考えが形をなすのを待った。〝失われしことば〟が狙いだ！　それがこのワシントンに埋もれているとあの男は思っている。

サトウがそばに来た。「探し物はこれかい」そう言ってブラックベリーを差し出す。

見ると、画面には八×八マスの格子の数字が並んでいた。「これです」紙切れを一枚つかむ。「ペンはありませんか」

サトウはポケットからペンを抜いてよこした。「とにかく急いで」


科学技術本部の地下のオフィスでは、ノーラ・ケイが、システム・セキュリティ担当者のリック・パリッシュが持ってきた抜粋文書を見なおしていた。ＣＩＡの長官が、古代のピラミッドや地下の秘密の場にまつわるファイルをいったいどうしようっていうの？

ノーラは電話の受話器をつかんでダイヤルした。

サトウが張り詰めた声ですぐに応答した。「ノーラ、ちょうど連絡するところだったよ」

「新情報があります」ノーラは言った。「どう関係するかは不明ですが、発見したんです。ある抜粋――」

「なんであれ、それはもういい」サトウはさえぎった。「時間がないんだ。捕らえ損ねた男がいつ脅迫を実行に移してもおかしくない」

ノーラは寒気を覚えた。

「いいニュースは、その男の行き先が正確にわかったこと」サトウは深く息をついた。「悪いニュースは、ノートパソコンを持っていったことだ」

114

十マイル足らず先で、マラークはピーター・ソロモンを毛布でくるんで車椅子に乗せ、月明かりに照らされた駐車場を横切って巨大な建物の陰へと進んだ。その外周にはちょうど三十三本の円柱が用いられ、おのおのの柱の高さも正確に三十三フィートある。そそり立つその建物は、この時刻にはひっそり閑とし、歩くふたりの姿を見る者はひとりもいない。いたとしても問題はなかった。遠目には、黒いロングコート姿の親切そうな長身の男が髪の抜けた病人を夜の散歩に連れてきたとしか映らないはずで、不審に思う者などいまい。

裏の入口に着くと、マラークは暗証番号入力用のキーパッドのそばまでピーターを押していった。

ピーターは入力する気はないと言いたげに、憤然とそれを見つめた。

マラークは笑った。「おまえの手を借りようとしているとでも？　おれも兄弟だということをもう忘れたのか」手を伸ばし、第三十三位階昇進の儀礼のあとで教えられた暗証番号を打ちこむ。

重いドアが小さな音を立てて開く。

ピーターはうなり声をあげ、車椅子の上で体をよじりはじめた。

「ピーター、ピーター」マラークは猫なで声で言った。「キャサリンの姿を想像するんだ。進んで力を貸せば、あの女は生き延びる。おまえは妹を救える。それは請け合おう」

マラークは車椅子を押して建物のなかへはいり、ドアを施錠しなおした。期待に鼓動が速まっている。ピーターを前にして廊下をしばらく進み、エレベーターの前で呼び出しボタンを押す。ドアが開くと、マラークは車椅子を引いて後ろ向きでエレベーターに乗りこんだ。そして、自分の動作がピーターにも見えるようにしてから、手を伸ばして最上階のボタンを押した。

ピーターの打ちひしがれた顔に苦痛の色がよぎる。

「落ち着け……」エレベーターのドアが閉まるあいだ、ピーターの剃られた頭をそっとなでながらマラークはささやいた。「おまえも知ってのとおり……秘密はいかにして死ぬかだ」


すべての象徴を思い出すのは無理だ！

ラングドンは目を閉じて、石のピラミッドの底面に配されていた象徴の正確な位置を懸命に思い出そうとしたが、持ち前の直観像記憶も完璧《かんぺき》とはいかなかった。頭に浮かぶかぎりのものを書き出し、フランクリンの魔方陣が示す位置にそれぞれをあてはめる。

だが、いまのところ、意味をなすものは何も見えなかった。

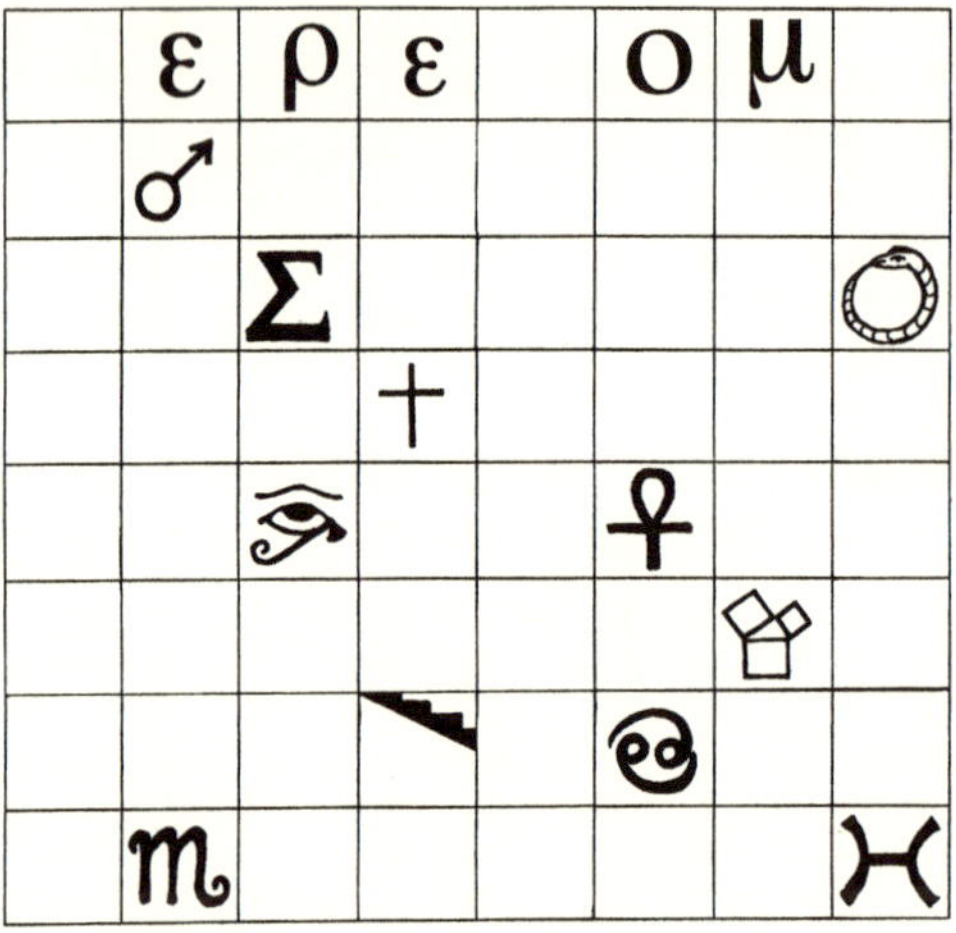

「見て！」キャサリンが強く言った。「きっといい線を行ってるわ。最初の行は全部ギリシャ文字だし——同じ種類の象徴がいっしょの行に並んでるもの！」

ラングドンもそれには気づいていたが、その文字と空欄の並びに合うギリシャ語のことばを何も思いつかなかった。最初の文字が要る。ふたたび魔方陣へ目をやり、左下隅に近い1のマスにあった文字を思い出そうとした。考えろ！　目を閉じて、ピラミッドの底面をまぶたに描く。いちばん下の行……左隅の隣のマスに……なんの文字があった？

一瞬、ラングドンはタンクのなかへもどり、恐怖に駆られつつプレキシガラス越しにピラミッドの底面を注視していた。

すると、唐突に見えた。荒い息をしながら目をあける。「最初の文字はHだ！」

ラングドンは格子へ注意をもどし、最初の文字を書きこんだ。ことばはまだ完成しないが、もうじゅうぶんだ。そこに並ぶであろう単語が瞬時にして頭に浮かんだ。

Ηερεδομだ！

心臓を高鳴らせつつ、ラングドンはブラックベリーに新たな検索語を打ちこんだ。そのよく知られたギリシャ語に対応する英単語だ。出てきた検索結果の一件目は百科事典の記述だった。それを読んで、これが正解だと確信した。

> Heredom《ヘレドム》（名詞）――フランスの薔薇十字《ロズ・クロワ》の儀礼から伝わる、〝高位〟のフリーメイソンの重要語。その初の支部で伝説の地とされている、スコットランドの神聖な山のこと。「聖堂」を意味する〝ヒエロス・ドモス〟を語源に持つギリシャ語〝Ηερεδομ〟より。

「そうか！」ラングドンはまさかと思いつつ叫んだ。「ふたりはあそこへ行ったんだ！」

サトウはラングドンの肩越しにその記述を読み、困った顔をした。「スコットランドの神聖な山へ？」

ラングドンは首を左右に振った。「いえ、〝ヘレドム〟という暗号名を持つワシントンの建物です」

115

H	ε	ρ	ε	δ	ο	μ	↓

テンプル会堂――同胞のあいだでは〝ヘレドム〟として知られる――は、古今を通じてフリーメイソンの上位儀礼であるスコティッシュ・ライトの最重要拠点だった。ピラミッドを思わせる傾斜の急な屋根を備えているため、空想上のスコットランドの山の名を授かっている。けれどもマラークは、ここに隠されている宝は空想上のものではないと知っていた。

ここがめざす場所だ。フリーメイソンのピラミッドが道を示した。

古いエレベーターがゆっくりと三階まで上昇するあいだに、マラークは紙切れを取り出した。フランクリンの魔方陣を使って組みなおした象徴群が記されている。すべてのギリシャ文字が、いまは最上段に並んでいる……ひとつの単純な記号とともに。

これ以上ないほど明白なメッセージだ。

〝Ｈｅｒｅｄｏｍ↓〟――テンプル会堂の下に。

〝失われしことば〟はここにある……このどこかに。

その正確な場所を突き止める方法はまだわからないが、答は格子の別の部分にあるとマラークは確信していた。都合のよいことに、フリーメイソンのピラミッドとこの建物の謎を解くとなると、ピーター・ソロモン以上の適任者はいない。聖なるマスター本人なのだから。

ピーターは車椅子の上でもがきつづけ、口の詰め物の奥からくぐもったうめき声をあげている。

「キャサリンが心配なのはわかる」マラークは言った。「だが、それもじきに終わる」

マラークには、終わりの訪れがあまりにも唐突に思えた。何年も骨折って計画し、時機をうかがい、探索を重ねたすえに……いま、そのときが訪れた。

エレベーターの速度が落ちはじめ、マラークは興奮が一気にこみあげるのを感じた。

箱がひと揺れして止まる。

青銅の扉が開くと、目の前に荘厳な部屋が現れた。数々の象徴で飾られた巨大な正方形の空間が、はるかな高みにある天窓から差す月光を浴びている。

ついにここへ回帰したのか、とマラークは思った。

〈テンプルの間〉は、ピーター・ソロモンと同胞たちが愚かにもマラークを兄弟として迎え入れたまさにその場所だった。いまこそ、フリーメイソンの最も崇高な秘密――同胞たちの大半がその存在を信じてさえいない何か――が明かされようとしている。


「あの男は何も見つけられまい」ラングドンは言った。足もとも方向感覚もまだおぼつかないまま、サトウらにつづいて地下から木のスロープをのぼっていく。「〝ことば〟など実在しない。すべては隠《いん》喩《ゆ》であって、古の神秘の単なる象徴でしかないんだ」

弱った体を捜査官ふたりに支えられながら、キャサリンもスロープをのぼってきた。

一行は鉄扉の残骸《ざんがい》のなかを慎重に進み、回転する絵をすり抜けて居間へと出た。〝失われしことば〟

がフリーメイソンの最も古い象徴のひとつであり、もはやだれにも解読できない不可解なひとつの単語であることを、ラングドンはサトウに説明した。それは古の神秘そのものと同じく、解読できる知恵を備えた者だけに、秘めたる力を明かすとされている、と。そしてこう締めくくる。「〝失われしことば〟を手に入れ、それを理解できたとき……古の神秘もまた明らかになる――そう言われています」

サトウが一瞥をくれた。「つまり、その男が探しているのはことばだと？」

ばかげて聞こえるのはラングドンも認めざるをえなかったが、多くの疑問にそれが答えているのもたしかだった。「わたしは儀式魔術の専門家ではありませんが、地下の壁に貼ってあった文書や、頭頂部だけに刺青をしていなかったというキャサリンの話などから考えると……あの男は〝失われしことば〟を見つけて、それを自分の体に刻もうとしていると結論できます」

サトウは一行を食堂へ誘導した。外ではヘリコプターが暖機運転中で、回転翼のとどろきが徐々にけたたましさを増している。

ラングドンは思いつくままに話しつづけた。「あの男がほんとうに古の神秘の力を解き放つつもりでいるなら、〝失われしことば〟は何にも増して力強い象徴に思えるはずです。それを見つけて、頭頂部に――体のなかで最も聖なる部位に――刻むことができたら、きっと、おのれの装飾が完成し、儀式に臨む準備が調ったと……」そこで口をつぐむ。ピーターの危うい身の上を案じ、キャサリンが青ざめていた。

「でも、ロバート」回転翼の音に負けそうな弱々しい声でキャサリンが言った。「これは悪くない知らせじゃない？　ピーターを犠牲にして何かをする前に、〝失われしことば〟を頭に刻みたいんだとしたら、わたしたちにはまだ時間がある。〝ことば〟を見つけるまではピーターを殺さないってことだもの。それに、〝ことば〟が実在しないのなら……」

ラングドンは希望が見えたふうを装って、捜査官らがキャサリンを椅子にすわらせるのを待った。

「残念だが、ピーターはまだ、きみが失血死寸前だと思ってる。きみを救うにはあの異常者の言いなりになるほかないと考えて……おそらく〝失われしことば〟を見つけてやるだろう」

「だからどうだっていうの？」キャサリンは語気を強めた。「〝ことば〟なんて実在しないなら――」

「キャサリン」ラングドンは瞳《ひとみ》の奥を見据えて言った。「きみが死にかけていると思っていて、〝失われしことば〟と引き替えに命を助けてやると言われたら、わたしならなんらかのことばを――どんなものであれ――探し出すさ。あとは、あいつが約束を守ることを神に祈るしかない」

「サトウ局長！」部屋の外で叫び声がした。「これを見てください！」

サトウがあわてて食堂を出ると、捜査官のひとりが寝室から階段をおりてきた。金髪のかつらを手にしている。どういうことだ？

「男性用です」捜査官は言い、それをサトウに手渡した。「化粧室で見つけました。よくご覧ください」

その金髪のかつらは、サトウが予想したよりはるかに重かった。土台の部分が分厚いジェルでできているらしい。妙なことに、裏側からワイヤーが一本出ている。

「頭皮に合わせて成型したジェルパック・バッテリーです」捜査官は言った。「髪のなかに隠した極小の光ファイバーカメラを動かすための」

「なんだって？」サトウは指で探り、前髪の部分に目立たぬように仕込まれた極小のカメラのレンズを見つけた。「これは隠しカメラかい」

「ビデオカメラです」捜査官は言った。「この小さなメモリーカードに場面を記憶させます」土台の部分に埋めこまれた切手サイズの四角いシリコンを指す。「おそらく、動きを検知すると作動する仕組みですね」

なんと、とサトウは思った。では、この手を使ったわけか。

この〝襟に挿した花〟型隠しカメラの進化版こそが、今夜直面している危機において鍵《かぎ》となる役割を演じたことになる。サトウはしばらくそのかつらをにらんだのち、捜査官にそれを返した。

「家宅捜索をつづけて」サトウは言った。「この男について可能なかぎりの情報を集めたい。ノートパソコンを持ち出したのはわかってるから、移動中にどうやってネットに接続するつもりかを正確に知りたいんだ。書斎にあるマニュアルだのケーブルだの、なんでもいいから手がかりになりそうなものを見つけてくれないか」

「わかりました、局長」捜査官はすみやかに立ち去った。

さあ、行かなくては。最高速で動く回転翼のうなりが聞こえる。サトウが急いで食堂へもどると、シムキンズがヘリコプターにいたウォーレン・ベラミーをすでに移し、男が向かったと思われる建物について問いただしていた。

テンプル会堂。

「正面の扉は内側から封じられている」ベラミーが話していた。フランクリン街区の公園に長くいたせいで、まだ傍目《はため》にわかるほど身を震わせ、アルミニウムの保温シートにくるまっている。「出入口は建物の裏にしかない。同胞だけが知る暗証番号を入力するキーパッドがある」

「暗証番号は？」メモをとりながら、シムキンズが尋ねた。

立っているのがつらいのか、ベラミーは腰をおろした。寒さで歯を鳴らしつつ暗証番号を告げ、さらにこう付け加える。「十六番ストリート一七三三番地にあるんだが、建物の裏手の進入路と駐車場からまわるといい。少々見つけにくく――」

「場所はわかります」ラングドンが口をはさんだ。「近くまで行ったら教えますよ」

シムキンズが首を横に振った。「あなたは連れていけません、教授。これは軍事――」

「なぜだ！」ラングドンは食ってかかった。「ピーターがいるんだぞ！　それに、あの建物は迷宮だ！　案内する者がいなければ、〈テンプルの間〉へたどり着くまでに十分はかかる！」

「そのとおりだよ」ベラミーが言った。「あそこは迷路そのものだ。エレベーターがあるにはあるが、旧式で音が大きいうえに、〈テンプルの間〉からまる見えの場所で開く。ひそかに接近したいなら、歩いてのぼる必要がある」

「ぜったいに迷いますよ」ラングドンは警告した。「裏の入口からはいったら、要領よく進まないと。〈正装の間〉や、〈名誉の廊下〉や、中間の踊り場や、〈中央広間〉や、〈大階段〉や――」

「もういい」サトウが言った。「ラングドンを同行させる」

116

気力が満ちてくる。

ピーター・ソロモンを乗せた車椅子を祭壇へと押しながら、マラークはそれが体内で脈打ち、上下に躍動するのを感じていた。この建物から出るときには、はいったときとは比較にならない力が満ちているだろう。あとはただ、最後の材料を見つけるだけだ。

「意義深きことば《ウエルブム・シグニフィカテイウム》」マラークはつぶやいた。「万物創造のことば《ウエルブム・オムニフィクム》」

車椅子を祭壇の横につけ、ピーターの膝に載せてあった重いショルダーバッグのファスナーをあけた。中に手を入れると、石のピラミッドを取り出して月光にかざし、底に刻印された象徴群の格子をピーターの目の前に突きつける。「これほどの長い年月を経ても」マラークは嘲《あざけ》るように言った。「ピラミッドの秘密がどのように隠されていたのか、おまえは知らなかった」慎重な手つきでピラミッドを祭壇の角に置き、ふたたびバッグへ手を入れた。「そして、この護符が」金の冠石を取り出す。「まさしく約束されていたように、混沌《こんとん》から秩序をもたらす」冠石をピラミッドの上にそっと載せ、ピーターからもよく見えるように体を引いた。「見ろ、おまえたちのシンボロンが完成した」

ピーターは顔をゆがめ、口を開こうとむなしい努力をした。

「なんだ。言いたいことがあるようだな」マラークは猿ぐつわを乱暴にむしりとった。

ピーター・ソロモンは咳きこみ、しばらくあえいでいたが、やっとのことで声を出した。「キャサリンは……」

「キャサリンに残された時間は短い。救いたければ言うとおりにしろ」おそらくキャサリンはすでに死んでいるか、そうでなくても死の際にあるだろう。大差はない。生きて兄に別れを告げることができただけ幸運だ。

「頼む」ピーターはざらついた声で懇願した。「救急車を呼んでやって……」

「いずれそうするとも。だが、まずは秘密の階段への行き方を教えてもらおう」

ピーターは愕然とした表情を浮かべた。「なんだと？」

「階段だ。フリーメイソンの伝説によれば、何百フィートもの階段をおりていくと、〝失われしことば〟が埋められた秘密の場所があるという」

ピーターはひどく動揺したようだった。

「伝説を知らないとは言わせない」マラークは探りを入れた。「岩の下に隠された秘密の階段だよ」中央の祭壇を指さす。大理石のブロックに、金箔《きんぱく》をかぶせたヘブライ語の刻印がある——〝神、光あれ、と言いたまいければ、光ありき〟。「明らかにここがその場所のようだな。階段の入口は、この床のどこかに隠されているにちがいない」

「この建物に秘密の階段などない！」ピーターは叫んだ。

マラークは辛抱強く笑みを浮かべ、上へ手を向けた。「この建物はピラミッドの形をしている」そう言ってアーチ型の天井を指さした。四方の壁が中央の四角い天窓へ向かって傾斜している。

「たしかにテンプル会堂はピラミッドだが、それが——」

「ピーター、おれにはたっぷりひと晩ある」マラークは白い絹のローブを完璧な肉体の上で軽くなでた。「だが、キャサリンには時間がない。命を救いたければ、階段への行き方を教えろ」

「言ったとおりだ」ピーターはきっぱりと言った。「この建物に秘密の階段などない！」

「ない？」マラークは悠然と紙を取り出した。ピラミッドの底に正方形に配されていた象徴を並べ替えたものだ。「これがピラミッドの最後のメッセージだ。おまえの仲間のロバート・ラングドンが解読に手を貸してくれたよ」

マラークは紙をピーターの目の前に差し出した。最上の聖なるマスターは、それを見て激しく息を呑《の》んだ。六十四個の象徴がはっきりと意味を持ついくつかのまとまりに分けられ、混沌のなかからまぎれもない形が姿を現していた。

ピラミッドの下に……階段がある。

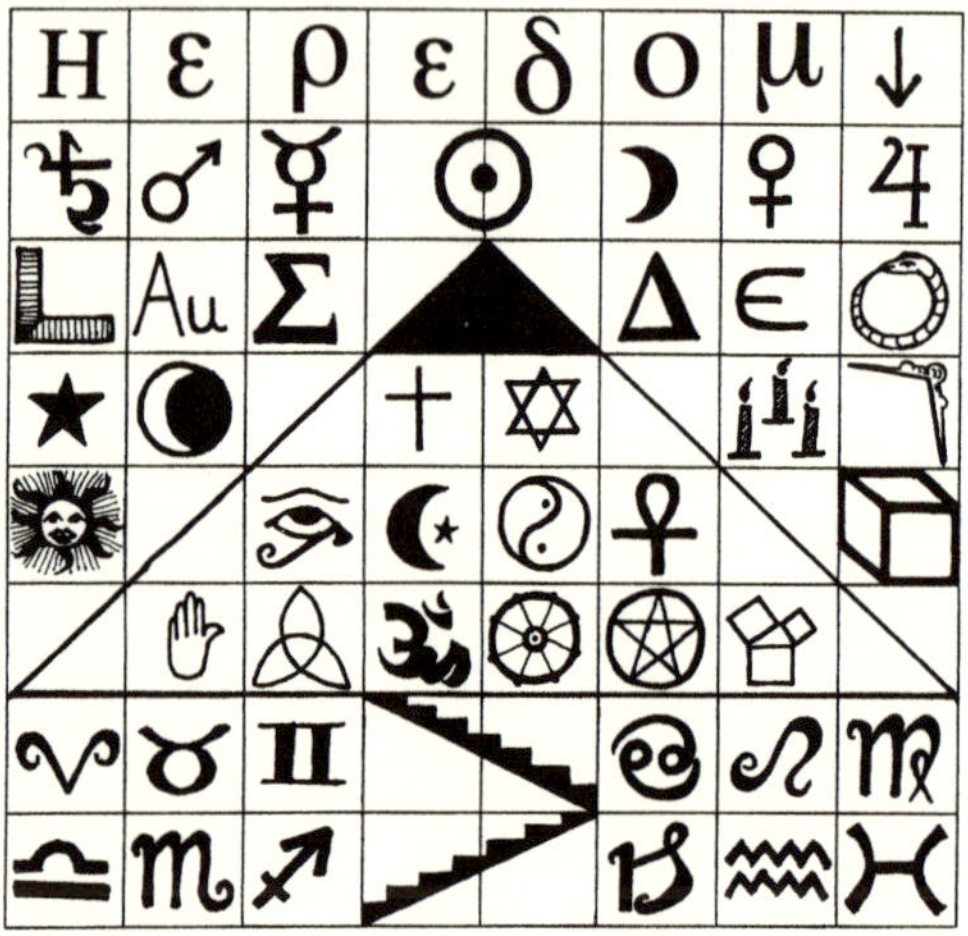

ピーター・ソロモンは信じがたい思いで、目の前に並ぶ象徴群を見つめた。フリーメイソンのピラミッドは、何世代にもわたって秘密を守ってきた。それが突如として暴かれたのを見るや、みぞおちのあたりに冷たく不吉な予感が走った。

ピラミッドの最後の暗号。

一見しただけではピーターにもこれらの真意はわからなかったが、刺青の男がなぜいまの考えを信じるに至ったのかは即座に理解できた。

この男は、ヘレドムと呼ばれるピラミッドの下に階段が隠れていると思っている。

それはまちがっている。

「どこだ」刺青の男が迫った。「階段の見つけ方を教えたらキャサリンは助けてやる」

できるものならそうしたい、とピーターは願った。しかし、ここにそんな階段はない。階段の神話は純粋に象徴的なもので、フリーメイソンの大いなる寓話の一部である。螺旋《らせん》階段は、第二位階の参入儀礼で使われる敷き物に描かれている。これは、聖なる真実を求める人間の知性の向上を表す。ヤコブの梯子《はしご》と同じく、螺旋階段は天国への道——人が神へと近づく旅——の象徴であり、地上と精神世界とを結ぶものだ。ひとつひとつの段は、人心の備える数多《あまた》の徳を表している。

この男もそんなことは知っているはずなのに、とピーターは思った。すべての秘儀を乗り越えてきたのだから。

フリーメイソンの秘儀参入者はみな、象徴としての階段について学ぶ。それをのぼれば人間科学の神秘を知ることができるという。純粋知性科学や古の神秘と同じく、フリーメイソンは人間の心にひそむ潜在能力を讃《たた》えていて、その象徴の多くは人間生理学に関連したものだ。

金の冠石と同様に、精神は肉体の頂に坐している。賢者の石だ。背骨の階段を伝ってエネルギーが上下へ行き来し、天上の精神と地上の肉体を結びつけている。

脊椎《せきつい》が三十三個の椎骨からなるのは偶然ではないことをピーターは知っていた。三十三はフリーメイソンの位階の数だ。脊椎の土台にあたる仙骨《sacrum》は、文字どおり〝聖なる骨《sacred》〟を意味する。肉体とはまさに神殿だ。フリーメイソンが重んじる人間科学とは、その神殿を最も重要で崇高な目的のためにいかに使うかに関する古来の知恵だった。

残念ながら、この男に真実を説いてもけっしてキャサリンを救えまい。ピーターは象徴群の格子へ目を落とし、失意のため息をついて、偽りを口にした。「そのとおりだ。秘密の階段がたしかにこの建物の下にある。キャサリンに助けを呼んでくれたら、すぐに連れていってやろう」

刺青の男はピーターをただ見つめていた。

ピーターは敢然とにらみ返した。「妹を助けて真実を知るか……わたしたち兄妹を殺して無知なままでいるかだ」

男は静かに紙をさげ、かぶりを振った。「おまえには失望するよ、ピーター。これは試験だったが、不合格だ。まだおれを愚か者扱いしている。求めるものの正体をおれが知らないと本気で思っているのか？　自分の真の力に、まだ気づいていないとでも？」

そう言いながら、男は背を向けてローブを脱いだ。白い絹地がはためいて床へ落ちたとき、その背骨に沿って長々と刺青が伸びているのが、はじめてピーターの目にはいった。

なんということだ……

白い腰布から上へ向けて、優美な螺旋階段が筋骨たくましい背中の中央を這いのぼっていた。それぞれの段が、異なる椎骨の位置に描かれている。ピーターは息を呑んでその階段を目で追い、首の付け根まで動かした。

ただ目を瞠《みは》るしかなかった。

刺青の男は剃りあげた頭を後ろへ反らせ、頭頂部にまるく残されたむき出しの肌を見せた。清らかな素肌のへりは、みずからを呑みこまんとして環《わ》となった一匹の蛇に囲まれている。

一体化。

男はゆっくりと頭をもどし、ピーターに向きなおった。胸に彫られた堂々たる双頭の不死鳥が生気のない目でねめつけている。

「探しているのは〝失われしことば〟だ」男は言った。「おれに力を貸すか……それとも、妹とともに死ぬか。さあ、どうする？」


おまえは見つけ方を知っている、とマラークは思った。まだ話していないことがあるはずだ。

尋問のさなか、ピーター・ソロモンは、いまでは自分でも覚えていないであろうことまで告白していた。繰り返し感覚遮断タンクに入れられて、錯乱しつつも言いなりになったからだ。ピーターがあれこれ明かしたとき、信じがたいことに、何もかもが〝失われしことば〟の伝説と一致していた。

〝失われしことば〟は比喩ではない……現実のものだ……古の言語で書かれ……長きにわたって秘され……真の意味を理解する者には計り知れない力をもたらすという……いまも隠されたままだ……フリーメイソンのピラミッドにはそれを明らかにする力がある……

「ピーター」マラークは獲物の目を見据えた。「この象徴の並び方を見たとき……何かが見えたはずだ。おまえは啓示を受けた。ここから特別な意味を読みとった。それを教えろ」

「キャサリンに助けを呼ぶまでは、何も言うつもりはない！」

マラークは微笑んだ。「妹を失うかどうかなど、いまのおまえには無用の心配だ」それだけ言うと、ラングドンのバッグから、自宅の地下で詰めてきた物を取り出しはじめた。そして、生《い》け贄《にえ》を捧《ささ》げる祭壇の上に、細心の注意をこめて並べていった。

たたまれたサテンの布。純白だ。

銀の吊り香炉。エジプトの没薬《もつやく》。

ピーターの血を入れたガラス瓶。灰を混ぜてある。

カラスの黒い羽根。聖なる筆記具だ。

生け贄のためのナイフ。カナンの砂漠の隕石《いんせき》から取り出した鉄を打って作ったものだ。

「わたしが死を恐れていると思うのか」ピーターは苦痛で弱りきった声を振り絞った。「キャサリンが死んだら、わたしには何も残らない！　おまえはわたしの家族を皆殺しにした。わたしからすべてを奪った！」

「すべてではない」マラークは答えた。「まだ終わっていないんだよ」ショルダーバッグへ手を伸ばし、書斎から持ってきたノートパソコンを出す。電源を入れ、獲物へ目を向けた。「おまえはまだ、自分がどれほどの苦境にあるかを理解していないらしい」

117

CIAのヘリコプターが芝地を飛び立ったとき、ラングドンは胃が落ちるような感覚に襲われた。ヘリコプターは大きく傾き、想像した以上の勢いで速度を増していく。キャサリンは体力回復のためにベラミーとともに残り、ほかにひとりのCIA捜査官が屋敷を捜索しつつ支援チームを待つことになった。

出発する前に、キャサリンはラングドンの頬にキスをしてささやいた。「無事でいて、ロバート」ラングドンはいま、ようやく水平に復してテンプル会堂へ急行するヘリコプターのなかで、懸命に座席をつかんでいた。

隣にすわるサトウがパイロットに怒鳴った。「デュポン・サークルへ向かいなさい!」耳をつんざく轟音《ごうおん》に抗《あらが》って叫ぶ。「そこに着陸する!」

驚いたラングドンはサトウに向きなおった。「デュポン? あそこはテンプル会堂から何ブロックも離れている! テンプルの駐車場におりましょう!」

サトウはかぶりを振った。「建物へはひそかに進入する必要がある。われわれが着いたのを向こうが聞きつけたら――」

「時間がないんです!」ラングドンは言い返した。「あいつはピーターを殺そうとしています! ヘリの音でひるんで思いとどまるかもしれません!」

サトウは氷のように冷たい目をラングドンに向けた。「前にも言ったとおり、ピーター・ソロモンの身の安全は最優先事項ではない。その点はすでに伝えたはずだ」

国家の安全保障の講釈を受けるのはもうたくさんだった。「このヘリに乗っている人間のなかで、館内でどう動くべきかを知っているのはわたしだけ――」

「慎みなさい、教授」サトウは警告した。「あなたはわたしのチームの一員としてここにいるんだから、一から十まで協力してもらうよ」しばらくして言う。「それより、今夜われわれがどれほどの危機に瀕《ひん》しているかを残らず教えてやるほうが得策かもね」

サトウは座席の下に手を伸ばして、つややかなチタンのアタッシェケースを取り出し、それをあけた。中にはやけに複雑な作りのノートパソコンがはいっていた。サトウが電源を入れると、ＣＩＡのロゴとログイン・プロンプトが現れた。

サトウはログインしながら尋ねた。「教授、男の家に金髪のかつらがあったのを覚えてるかい」

「ええ」

「あのかつらには極小のファイバースコープつきカメラが仕込まれていた……前髪に隠してね」

「隠しカメラ？　どういうことでしょう」

サトウは険しい顔で言った。「見ればわかる」パソコンのファイルを開く。

お待ちください……

ファイル復号中……

ビデオ・ウィンドウが現れ、画面いっぱいに開いた。サトウはアタッシェケースを持ちあげてラングドンの膝《ひざ》に置き、最前列の席での鑑賞を促した。

異様な光景が画面に映し出される。

ラングドンは不意を突かれてひるんだ。どういうことだ？

暗くてぼんやりしているが、映っているのは目隠しをされた男だ。絞首台へ導かれる中世の異端者の扮装《ふんそう》をしている――首に縄を巻き、左の裾《すそ》を膝までたくしあげ、右の袖《そで》を肘《ひじ》までまくり、シャツをはだけて胸をさらしている。

信じられない思いで目が釘《くぎ》づけになった。フリーメイソンの儀式に関する記述をずいぶん読んできたので、それが何であるかは見まちがえようがない。

フリーメイソンの秘儀参入者が……第一位階へ進むところだ。

男は筋骨たくましく長身で、見覚えのある金髪のかつらをかぶり、肌は濃く日焼けしている。顔立ちはすぐにわかった。黄褐色の化粧の下に刺青が隠されているのは明らかだ。男は姿見の前に立ち、かつらに隠したビデオカメラで、鏡に映る自分を撮影していた。

だが……なぜだ？

画面は暗転する。

新しい映像が現れた。ほの暗い、長方形の小さな部屋だ。チェス盤を思わせる白黒のタイル張りの派手な床。木でできた低い祭壇が三方向から柱に支えられ、上では蠟燭《ろうそく》の火が揺れている。

ラングドンは急に不安を覚えた。

なんということだ。

素人のホームビデオを思わせる不安定な撮り方ながら、カメラは部屋全体を見まわして、参入者を見守る小集団を映し出した。フリーメイソンの儀式用の正装をしている。この暗さでは顔まではわからないが、儀式がおこなわれた場所には確信を持てた。

その部屋の伝統的なレイアウトは世界じゅうのどこのロッジのものであってもおかしくないが、マスターの椅子の上部に薄青い三角形の切妻壁が見えることから、そこがワシントンDC最古のロッジであるポトマック・ロッジ・ナンバー5だと識別できる——ジョージ・ワシントンをはじめ、ホワイトハウスや連邦議会議事堂の礎石を据えた建国の父たちの本拠だ。

そのロッジはいまも活動している。

ピーター・ソロモンはテンプル会堂を統監するかたわら、地元のロッジのマスターでもあった。フリーメイソンの参入者の旅はかならずこうしたロッジからはじまり……最初の三位階まではそこで授かる。

「兄弟たちよ」聞き慣れたピーターの声が響く。「全世界の偉大なる建築家の名において、フリーメイソンの第一位階の慣行によりロッジを開く」

大きな音とともに槌《つち》が振りおろされる。

儀式のなかでも特に殺伐とした場面を取り仕切るピーター・ソロモンの映像が流れていくのを、ラングドンはただただ信じられぬ思いで見守った。

参入者のはだけた胸に、きらめく短剣を押しあてる……謎をむやみに明かしたら、串刺《くしざ》しの刑に処すると脅す……白黒の床は〝生者と死者〟を表すと説く……さまざまな罰のあらましを述べる——喉《のど》を掻《か》き切り、舌を根もとから引き抜き、海の粗砂に体を埋め……

ラングドンは目を奪われていた。自分はほんとうにこれを見ているのか。フリーメイソンの参入儀式は、何世紀にもわたって秘密のベールに覆われていた。これまでに外へ漏れたのは、ごく少数の離反した人間が書き残したものだけだ。もちろんそのたぐいは読んだことがあるが、参入儀式そのものをこの目で見るのは……まったく別の経験だ。

特に、こんなふうに編集されている場合は。この映像が儀式の格調高い部分をすべて削《そ》ぎ落とし、心を掻き乱す個所だけを強調した不当なプロパガンダであることは、ラングドンもすでに察知していた。これが公開されたら、一夜にしてインターネット上で大騒ぎになるのは目に見えている。反フリーメイソンの陰謀論者たちが鮫《さめ》のごとく食いつくだろう。フリーメイソンの組織とピーター・ソロモンは炎の論争に巻きこまれ、必死の思いで後始末につとめることになる……それらの儀式はなんの害も及ぼさない、純粋に象徴的なものにすぎないのに。

不気味なことに、その映像では、聖書が人間の生《い》け贄《にえ》に言及している個所――〝息子イサクを神に差し出すアブラハム〟――をも引き合いに出されていた。ラングドンはピーターの身を案じつつ、ヘリコプターがもっと速く飛ぶことを念じた。

場面が変わる。

同じ部屋。別の晩だ。立ち会う一団が大きくなっている。ピーター・ソロモンはマスターの椅子から見守っている。これは第二位階だ。緊張感が増している。祭壇の前にひざまずく……〝フリーメイソンの内なる秘め事を永久《とわ》に隠す〟ことを誓う……〝胸腔《きょうこう》を切り裂かれ、脈打つ心臓を地へ抛《なげう》って、飢えた獣の餌とする〟という処罰を受けることに同意する……

いまやラングドン自身の心臓が荒々しく脈打っていた。また場面が切り替わる。また別の晩。はるかに多くの群衆。棺《ひつぎ》の形をした儀礼用の敷き物が床に置かれている。

第三位階だ。

これは死の儀式――全位階のうち最も厳格なもの――であり、ここで参入者は個人の消滅という究極の難題と向き合わされる。実のところ、この厳格な審問こそが、〝苛酷な尋問《サード・ディグリー》〟という慣用句の語源となった。そして、ラングドンは学問的な立場では熟知していたにもかかわらず、いま目のあたりにしているものには動揺を禁じえなかった。

殺人。

激しくたたみかけるように、参入者がむごたらしく殺される場面が挿入されていた。被害者の視点から見た身の毛もよだつ映像だ。頭を何度も殴打され、フリーメイソンの石槌《いしづち》による一撃も受けている。そのあいだずっと、幹部のひとりが悲しげに〝寡婦の息子〟――ヒラム・アビフ――の話をしている。ソロモン王の神殿の建築を主導し、秘密の知識を漏らすよりは死を選んだ人物だ。

襲撃はもちろん真似事だが、カメラのとらえたものは血も凍るほどだった。死の一撃のあと、過去のおのれとの縁を絶った参入者は棺に横たえられ、遺体のように目を閉じて両腕を交差させられた。フリーメイソンの兄弟たちが立ちあがり、パイプオルガンが死者のための行進曲を奏でるなか、沈鬱《ちんうつ》な面持ちで遺体を取り囲む。

弔いの場面はあまりにも気味が悪かった。

そして、その思いはいや増すばかりだった。

男たちが殺された同胞のまわりに集まると、隠しカメラがはっきりと彼らの顔をとらえた。その部屋にいる著名人がピーターだけではないことにラングドンは気づいた。棺のなかをのぞきこむ男のひとりは、毎日のようにテレビで見かける。

有力な上院議員だ。

まさか……

また場面が切り替わった。こんどは屋外だ……夜間……同じように揺れ動く映像……その男は市街を歩いている……カメラの前で金色の髪の房が風に吹かれている……角を曲がる……カメラが下を向き、男の手にある何かを映す……一ドル紙幣だ……合衆国国璽《こくじ》にズームイン……万物を見透かす目……未完成のピラミッド……そこで唐突にカメラが向きを変え、かなたに見える同じ形を映し出す……壮大なピラミッド形の建物……両側が傾斜し、頂点が切り落とされている。

テンプル会堂。

ラングドンのなかで、魂の奥底から恐怖がふくれあがる。

カメラは動きつづける……こんどは会堂へ向かって足を速めている……長い階段をのぼる……巨大な青銅の扉へ……入口を守る重さ十七トンの二体のスフィンクスのあいだを通り抜ける。

秘儀のためのピラミッドに参入者がはいっていく。

暗闇。

遠くからパイプオルガンの力強い音色……そして新たな映像が現れる。

〈テンプルの間〉。

ラングドンは大きく息を呑《の》んだ。

画面では、広々とした空間を電灯が照らしていた。天窓の下の黒大理石の祭壇が月光を受けてきらめいている。祭壇のまわりに集まり、手張りで仕上げた豚革の椅子に腰かけて待つのは、厳粛に証人の役をつとめる第三十三位階のフリーメイソンの歴々である。カメラはいま、彼らの顔の前をあえて時間をかけて横切っている。

ラングドンは恐怖に大きく目を見開いた。

予想外ではあったが、自分が目にしているものの意味は完璧《かんぺき》に理解できた。地上で最も強い権力を備えた街で、最も経歴が豊かで華やかなフリーメイソンたちが集まれば、おのずと大物や有名人が数多く含まれる。案の定、絹の長手袋に石工の前垂れ、きらびやかな宝石を身につけて祭壇を取り囲む人々のなかには、この国でも有数の権力者たちがいた。

連邦最高裁判所の判事ふたり……

国防長官……

下院議長……

出席者の顔をつぎつぎにとらえる映像に、ラングドンは吐き気がしてきた。

三人の著名な上院議員……ひとりは多数党院内総務だ……

国土安全保障省長官……

さらに……

ＣＩＡ長官……

ただただ目をそらしたかったが、できなかった。その光景は幻惑を誘い、ラングドンでさえ危険を感じとらずにはいられなかった。そして、瞬時にしてサトウの懸念と危惧《きぐ》の原因を察した。

やがて画面が変わり、衝撃の映像が浮かびあがった。

人間の頭蓋骨《ずがい》が……赤黒い液体で満たされている。名高いカプト・モルトゥーム――髑髏《どくろ》――を参入者に差し出しているのは、ピーター・ソロモンの細い手だった。フリーメイソンの金の指輪が蠟燭の明かりで輝いている。赤い液体はワインだが、かすかに光るさまは血を思わせる。まがまがしい視覚効果だ。

第五の献酒だ、とラングドンは気づいた。この聖餐《せいさん》の儀式については、直接かかわった人間の報告であるジョン・クインシー・アダムズの『フリーメイソン団についての手紙』で読んだことがある。とはいえ、儀式そのものを目で見るとなると——しかもこの国の最有力者たちが静かに監視する様子となると——これまでに見たどんな場面よりも興味をそそられる。

参入者は髑髏を手にとった。ワインの表面に顔が映っている。「もし、われがそれと知りつつあえて誓いを破らば」参入者は力強く言った。「いま飲むこの葡萄酒《ぶどうしゅ》が致命の毒とならんことを」

どう見てもこの参入者は、信じられない形でみずから誓いを破ろうとしている。

この映像が公表されたら何が起こるのか、ラングドンにも見当はついた。理解を示す者などいまい。政府は大混乱に陥るだろう。嫌悪と恐怖を煽《あお》る反フリーメイソン団体や原理主義者や陰謀論者の声が連日電波に乗り、清教徒の魔女狩りが再現される。

真実はねじ曲げられる、とラングドンは知っていた。フリーメイソンがいつの世も同じ目に遭ってきたように。

実のところ、フリーメイソンが死を強調するのは、むしろ生を力強く賞揚するためだ。フリーメイソンの儀式は内なる人間性を目覚めさせることを意図している。無知という暗い棺からその人を救い出し、光のもとへ導いて、観察眼を与えようというわけだ。死の体験がなければ、生の体験をじゅうぶんに理解することはできない。地上での日々にかぎりがあることを体得しなければ、その日々を誇り高く誠実に、仲間のために奉仕して生きていくことの大切さは実感できない。

フリーメイソンの参入儀式が異様なのは、変身を意味するものだからだ。フリーメイソンの誓いが厳格なのは、人間がこの世界で頼みにできるのはおのれの名誉と〝ことば〟だけであることを思い起こさせる意図があるからだ。フリーメイソンの教えが難解なのは、普遍的であろうとするからだ。それは宗教や文化や人種を超越した共通言語——象徴や比喩《ひゆ》——を用いて教えられ、兄弟愛という統一された〝世界共通の意識〟を作り出している。

つかの間だが、ラングドンには希望の光が見えた気がした。もしこの映像が流出しても、人々は偏見を持たず寛容に受け入れるかもしれない。精神世界のあらゆる儀式には、予備知識がなければ恐ろしく目に映る要素がかならずある——磔刑《たっけい》の再現、ユダヤ教の割礼、モルモン教の死者のためのバプテスマ、カトリックの悪霊祓《ばら》い、イスラム女性のニカブ、トランス状態に入った巫女《みこ》による治療、ユダヤ教のカパロットの儀式、そして象徴としてのキリストの肉体を食べて血を飲む儀式。人々はそのことに気づくのではないか。

それは夢にすぎない、とラングドンは自覚していた。この映像は大混乱を巻き起こす。仮にロシアやイスラム世界の有力な指導者たちが映っていて、はだけた胸にナイフを押しあて、過激な誓いを立て、殺人の真似事をし、棺に横たわり、髑髏からワインを飲んでいたらどうなるかは想像できる。世界じゅうからまたたく間にすさまじい反発の声があがるだろう。

神よ、救いたまえ……

画面では、参入者が髑髏を持ちあげて唇につけようとしている。髑髏を傾け……血のように赤いワインを飲みほし……誓いを立てる。それから髑髏を下へ置き、周囲に集まる人々に目を向けた。アメリカで最も大きな権力を持ち、厚い信頼を得ている男たちが、満足げにうなずいて承認を与えた。

「ようこそ、兄弟よ」ピーター・ソロモンが言った。

画面が暗転したとき、ラングドンは自分が息を止めていたことに気づいた。

サトウは何も言わず、手を伸ばしてアタッシェケースを閉じると、ラングドンの膝から持ちあげた。

ラングドンは向きなおって何か言おうとしたが、ことばが出なかった。顔じゅうに納得の色がひろがっていたので、ことばで伝える必要はない。サトウの言うとおり、今夜は国家の安全保障にかかわる危機を迎えていた……それも、想像を絶するほどの。

118

腰布を巻いたマラークは、ピーター・ソロモンの車椅子の前をゆっくりと往復していた。「ピーター」獲物が怯《おび》える刻一刻を余すことなく堪能《たんのう》しながら、小声で言った。「おまえは第二の家族がいるのを忘れている……フリーメイソンの兄弟たちだ。おれはその連中も抹殺する……おまえが協力しなければな」

ピーターは膝の上に載ったノートパソコンの光に照らされて、病的なまでに緊張した様子だった。「頼む」ようやく目をあげ、くぐもった声で言う。「もしもこの映像が外へ漏れたら……」

「もしも？」マラークは笑った。「もしもこれが外へ漏れたら？」パソコンの側面に差しこまれた小型の通信端末を指さした。「おれは世界とつながっている」

「まさか……」

そのまさかだ。マラークはピーターの恐怖をもてあそんでいた。「おまえにはおれを止める力がある。妹を救う力もだ。しかし、それにはおれの知りたいことを教える必要がある。〝失われしことば〟はどこかに隠されていて、探すべき正確な場所をこの象徴群が告げているはずだ」

ピーターはもう一度象徴の並ぶ格子をちらりと見たが、その目は何も語らなかった。

「もしかしたら、こうすれば思い出すきっかけになるかもしれない」マラークはピーターの肩の上から手を伸ばし、ノートパソコンのキーをいくつか叩《たた》いた。メールソフトが立ちあがると、ピーターは見てわかるほど体をこわばらせた。画面には、マラークが今夜送信待ちにしておいたEメールが表示されていた――それは動画ファイルであり、宛先として大手報道機関のアドレスが長々と並んでいる。

マラークは笑みを浮かべた。「そろそろみなで共有しようじゃないか」

「やめろ！」

マラークはさらに手を伸ばして、メールソフトの送信ボタンをクリックした。ピーターは束縛された体を無理に動かし、パソコンを床へ落とそうとむなしく抵抗した。

「落ち着け、ピーター」マラークはささやいた。「特大のファイルだ。送信完了まで数分はかかる」処理の進捗《しんちょく》を示すプログレスバーを指さす。

送信中――2％完了

「おれの知りたいことを教えれば、メールの送信を中止する。そうすればだれもこれを見ることはない」

プログレスバーの表示が伸びるにつれ、ピーターの血の気が引いていった。

送信中――4％完了

マラークはピーターの膝からパソコンを取りあげて手近な豚革張りの椅子の上に置き、ピーターから進捗の度合いが見える角度に画面を動かした。そしてピーターの横へもどり、象徴の並ぶ紙を膝にひろげた。「伝説では、フリーメイソンのピラミッドは〝失われしことば〟を明らかにするという。これがピラミッドの最後の暗号だ。おまえなら解読できるはずだ」

マラークはパソコンに目をやった。

送信中――8%完了

マラークはピーターへ視線をもどした。ピーターは凝然と見返していた――灰色の目はいまや憎しみの炎をあげている。

憎むがいい、とマラークは思った。感情が高ぶれば高ぶるほど、儀式を完遂したときに放たれるエネルギーは強大になる。

ラングレーではノーラ・ケイが受話器を耳に押しあてて、ヘリコプターの音に掻き消されそうなサトウの声をかろうじて聞きとっていた。

「ファイル転送を止めるのは不可能だそうです！」ノーラは大声で言った。「ローカルＩＳＰを遮断するには少なくとも一時間かかりますし、向こうがワイヤレス・ネットワークに接続しているとしたら、地上回線を切ったところでファイルの送信は止められません」

近年はデジタル化された情報の流れを止めるのはほぼ不可能になったと言っていい。インターネットへアクセスするルートが数かぎりなくあるからだ。電話回線、無線LAN、携帯通信端末、衛星電話、高機能携帯電話、メール機能つき携帯情報端末《PDA》など、幾多のルートがあるなかでは、データの漏《ろう》洩《えい》を遮断するには発信元のマシンを破壊するしかない。

「乗っていらっしゃるUH-60の仕様書を見たんですが」ノーラは言った。「EMPが装備されているようなんです」

EMP、すなわち電磁パルス銃は、法執行機関ではすでにごくふつうに利用されている。最大の用途は、じゅうぶん離れた距離からカーチェイスを制止することだ。電磁パルス銃は高密度の電磁波を放出することによって、標的となるあらゆる装置——自動車、携帯電話、コンピューターなど——の電子機器を骨抜きにできる。ノーラの手もとの仕様書によると、UH-60には、レーザーサイトを備えた六ギガヘルツのマグネトロン銃に、十ギガワットのパルスを発生させる五十デシベルのホーンアンテナが装備されていた。ノートパソコンに向けて直接発射すれば、パルスがマザーボードを不能に陥らせ、ハードディスクのデータを一瞬で消すことができる。

「EMPは使えない」サトウは叫び返した。「対象は石造りの建物のなかだ。目視できないうえに分厚い電磁シールドがある。映像がすでに外へ漏れた兆候はないのか」

ノーラは別のモニターをちらりと見た。フリーメイソンに関するニュース速報を絶え間なく検索している。「まだです、局長。でも、もし公表されたら数秒でわかります」

「引きつづき状況を知らせて」サトウは通話を終えた。

デュポン・サークルへと降下するヘリコプターのなかで、ラングドンは息を詰めた。数人の通行人がまばらに見えるなか、木立の切れ間へとおりていき、芝地に無造作に着陸した。リンカーン記念館を建造したふたりの男が設計に携わった、有名な二段式の噴水のすぐ南側だ。

三十秒後、ラングドンは公用のレクサスＳＵＶに同乗し、ニューハンプシャー・アベニューをテンプル会堂へと急行していた。

ピーター・ソロモンはどうすべきかを懸命に考えていた。頭に浮かぶのは、地下室で血を流しているキャサリンの姿……そして、いま目にした映像だけだった。数ヤード先の豚革張りの椅子に置かれたノートパソコンへ、ゆっくりと顔を向ける。プログレスバーは三分の一のところへと近づいていた。

送信中――29％完了

刺青《いれずみ》の男はいま、火をともした吊《つ》り香炉を揺らして何かを唱えながら、四角い祭壇の周囲をゆっくりと円を描いて歩いている。白い煙の塊が天窓へ向かって渦を巻いてのぼっていく。男の目は大きく見開かれ、悪霊に取り憑《つ》かれたかのようだ。祭壇にひろげた白い絹布の上で待つ古《いにしえ》のナイフへと、ピーター・ソロモンは視線を移した。

今夜、自分がここで死ぬのはまちがいないと思った。問題はいかにして死ぬかだ。妹や同胞たちを救う道は見つかるだろうか……それとも無駄死にに終わるのか。

並ぶ象徴群に目を向ける。はじめて見たときには衝撃で目がくらんだ。混沌《こんとん》のベールに隠された驚きの真実を透かし見ることができなかった。しかしいまは、これらの真の意味を一点の曇りもなく理解できた。まったく新しい光の下でそれらを見ていた。

自分が何をしなくてはならないのか、はっきりとわかった。

ピーターは深呼吸をし、天窓からのぞく月を見つめた。そして口を開いた。


偉大な真実はどれも単純明快だ。

マラークはそのことをはるか以前から知っていた。

ピーター・ソロモンがいまはじめた説明はすっきりと洗練されていて、マラークは真実にちがいないと確信した。ピラミッドの最後の暗号の解読法が想像よりはるかに単純だったことに驚かされた。

〝失われしことば〟は目の前にある。

その瞬間、〝失われしことば〟を包む歴史と神話の闇に、まばゆい光の筋が差しこんだ。約束されたとおり、〝失われしことば〟は古の言語で書かれ、人間がこれまでに知る思想、宗教、科学のすべてにおいて神秘的な力を持っていた。錬金術、占星術、カバラ、キリスト教、仏教、薔薇《ばら》十字団、フリーメイソン、天文学、物理学、純粋知性……

マラークはいま、ヘレドムの偉大なるピラミッドの頂にあるこの秘儀参入の間に立って、長らく探し求めてきた至宝を見つめた。準備はすでに完璧に調っている。

まもなく、自分は完全なものになる。

〝失われしことば〟はついに見つかった。


カロラマ・ハイツでは、ひとり残されたＣＩＡ捜査官がガレージで見つけたごみ箱をひっくり返し、出てきた屑《くず》の海のなかに立っていた。

「ミズ・ケイ」捜査官は電話でサトウの部下の分析官に伝えた。「ごみを調べるのは名案でしたね。どうやらいいものを見つけたようです」


家のなかでは、キャサリン・ソロモンが徐々に力を取りもどしつつあった。乳酸リンゲルの輸液によって無事に血圧が上昇し、脈打つ頭痛もおさまった。いまは静かにしていろという指示に従って、食堂の椅子で休んでいた。

みんな、どこへ行ったの？　神経はささくれ立ち、兄の安否が気づかわしくてたまらなかった。

ＣＩＡの鑑識班はまだ到着せず、残った捜査官は相変わらず家捜《やさが》しにかかりきりだ。ベラミーはアルミニウムの保温シートを巻いたまままいっしょに食堂にすわっていたが、ピーターの救出につながる情報を求めてふらりと出ていった。

ぼんやりと腰かけていることに耐えきれず、キャサリンはふらつきながらも立ちあがり、ゆっくりと居間へ向かった。ベラミーは書斎で見つかった。開いた抽斗《ひきだし》の前でこちらに背を向けて立っていたベラミーは、抽斗の中身に気をとられて足音には気づかないようだった。

キャサリンは背後から近づいた。「ウォーレン？」

ベラミーはよろめきながら振り返り、腰で抽斗を押しこんだ。衝撃と悲しみのあまり顔に皺《しわ》が刻まれ、頬に涙が流れていた。

「どうしたのよ」キャサリンは抽斗に視線を落とした。「何があるの？」

ベラミーは口がきけない様子だった。けっして見るべきではないものを見てしまった顔をしている。

「抽斗に何がはいってるの？」キャサリンは問い詰めた。

涙に満ちた悲しげな目が、長々とキャサリンの目をとらえつづけた。ようやくベラミーは言った。

「きみもわたしも、あの男がなぜ……なぜきみの家族を憎んでいるのかと不思議に思っていた」

キャサリンの額に皺が寄った。「そうだけど」

「それが……」ベラミーの声が詰まる。「いま答がわかったんだよ」

119

テンプル会堂の最上階の部屋では、マラークと自称する男が大祭壇の前に立ち、頭頂部の無傷の肌を静かに揉《も》んでいた。ウェルブム・シグニフィカティウム。準備をしながら唱える。ウェルブム・オムニフィクム。最後の材料がついに見つかった。

至高の宝は、たいがい最も単純なものだ。

祭壇の上では、吊り香炉から立ちのぼるかぐわしい煙の雲が渦を巻いていた。煙は月明かりをくぐり抜け、解き放たれた魂が自在に旅することができるように空への通り道を開く。

時が満ちた。

マラークはピーターの黒ずんだ血のはいったガラス瓶を取り出し、栓を抜いた。獲物が見ているそばで、カラスの羽根のペン先をその深紅の液体に浸し、頭頂部の聖なる円形の皮膚へと持っていく。そこでしばし手を止めた。この夜が来るのをどれだけ待ったことか。偉大なる変身のときがいよいよ迫っている。〝失われしことば〟を心に記すとき、想像を超えた力を授かる準備が調う。それが神格化にまつわる古の約束だった。これまで人類はその約束を実現することができず、マラークもまた最善を尽くしつつ果たせずにいた。

しっかりとした手つきで、マラークは羽根の先を自分の肌にあてた。鏡も手伝う者も要らず、ただおのれの触覚と心の目があればよかった。ゆっくりと慎重に、頭皮のウロボロスの環《わ》の内側に〝失われしことば〟を書き入れていく。

ピーター・ソロモンは怯えきった表情で見つめている。

書き終えたマラークは目を閉じて羽根を置き、肺から息をすっかり吐き出した。生まれてこのかた経験したことのない感覚だ。

自分は完璧だ。

自分は一体化している。

マラークは何年もかけて自分の肉体という作品を作りあげてきた。そして最後の変身の瞬間が近づいたいま、肉に刻みこんだ線の一本一本を感じることができた。自分はまぎれもなく至高の作品だ。完全無欠だ。

「そちらの望むものは与えた」ピーターの声が思考をさえぎった。「キャサリンに助けを呼んでくれ。そしてファイルの送信を中止するんだ」

マラークは目をあけて微笑んだ。「まだ終わってはいない」祭壇に向きなおって生け贄用のナイフを手に取り、つややかな鉄の刃に指先を這《は》わせる。「この古のナイフは神から託されたものだ。人間を生け贄にするときに使うようにとな。前から気づいていただろう？」

ピーターの灰色の目は石のようだった。「珍しいものだからな。伝説を聞いたことがある」

「伝説だと？　これは聖書に記述がある。真実だと思わないのか？」

ピーターはただ見返すだけだった。

この遺物を見つけ出し、手に入れるまでにマラークは大金を投じていた。〝アケダーのナイフ〟という名で知られ、地上に落ちた鉄隕石《いんせき》をもとにして三千年以上前に作られたものだ。天からの鉄、と初期の神話では呼ばれていた。創世記に描かれたアケダーの物語――アブラハムがモリヤの山で息子イサクを生け贄に捧《ささ》げようとした話――に登場したのはまさにこのナイフだと信じられている。このナイフには驚くべき歴史があり、これまでにローマ教皇、ナチスの神秘主義者、ヨーロッパの錬金術師、個人収集家などの手を渡ってきた。

みなナイフを守り、崇《あが》めてきたが、本来の目的のために用いて真の力を解き放とうとした者はいない、とマラークは思った。今夜、アケダーのナイフはその使命を果たす。

古今を通じ、アケダーの物語はフリーメイソンの儀式において神聖なものであった。初歩の最たるものである第一位階では、これまでに神に捧げられた最も尊い贈り物として、主の意思に添うためにアブラハムが長子イサクを差し出したことを讃《たた》えている。

手に感じる刃の重みで気持ちが高ぶるのを感じながら、マラークは身をかがめ、ピーターを車椅子に縛りつけていたロープを研ぎたてのナイフで切断した。ロープは床に落ちた。

ピーター・ソロモンは縮こまっていた手脚を動かそうとして、苦痛に顔をゆがめた。「なぜわたしにこんなことをする？　何が得られると思うんだ」

「他人はどうあれ、おまえに理解できないはずはない」マラークは答えた。「おまえは古の流儀を学んでいる。神秘の力には生け贄が――人の魂を肉体から解き放つことが――欠かせないと知っている。この世のはじまりからそうなのだから」

「生け贄について何もわかっていないな」ピーターは痛みと嫌悪に声を荒らげた。

大成功だ、とマラークは思った。憎しみを募らせろ。そうすれば事を運びやすくなる。獲物の前を行きつもどりつしていると、空腹の胃がうなりをあげた。「流血には途方もない力がある。初期のエジプト人からケルト人のドルイド僧、中国人、アステカ人に至るまで、だれもがそのことを理解していた。人間の生け贄には魔力があるが、現代人は弱くなりすぎて、恐怖ゆえに真っ当な供物を捧げることができず、脆弱《ぜいじゃく》さゆえに精神的な変身に欠かせぬ生命を差し出すことができない。だが古の文書の意味するところは明らかだ。最も神聖なものを捧げてこそ、人は究極の力を手に入れられる」

「わたしが聖なる供物になるというのか？」

マラークはこんどは大声をあげて笑った。「いまだに何もわかっていないんだな」

ピーターはいぶかしげな顔をした。

「おれの家になぜ感覚遮断タンクがあると思う？」マラークは両手を腰にあて、いまも腰布で覆っただけの精巧に刻まれた肉体を誇示した。「おれは修練を積み……準備を重ね……心待ちにしてきた。おのれが精神のみになるときを……この肉体の殻から解き放たれるときを……この美しい体を生け贄として神に差し出すときを……。最も神聖なものとはこの自分だ！　われこそが無垢《むく》の白い子羊だ！」

ピーターの口が大きくあいたが、ことばは出なかった。

「そうだ、ピーター。人は神に、かけがえのないものを捧げなくてはならない。何よりも清らかな純白の鳩を……最も貴重で、最も愛《いと》おしい供物を。おまえはこのおれにとって貴重ではない。愛おしくもない」マラークはピーターをにらみつけた。「わからないか？　生け贄はおまえではなく……このおれだよ。わが肉体こそが供物だ。われこそが捧げ物だ。よく見ろ。準備を調え、最後の旅のためにおのれを至上の存在にまで高めてある。われこそが捧げ物だ！」

　ピーターはまだことばを失っていた。

「秘密はいかにして死ぬかだ」マラークは言った。「フリーメイソンの人間はそれを理解している」祭壇を指さす。「おまえたちは古の真実を崇めているが、それでいて臆病《おくびょう》きわまりない。生け贄の力を理解しているにもかかわらず、死から安全な距離を保ち、殺人の真似事や血を流さぬ死の儀式に終始している。今夜、おまえたちの見せかけの祭壇は、その真の力を……本来の目的を見届けることになる」

　マラークは手を伸ばしてピーター・ソロモンの左手をつかむと、アケダーのナイフの柄を手のひらに押しつけた。左手は闇に仕える。これもまた筋書きどおりだ。ピーターに選《え》り好みは許されない。この祭壇で、この男が、このナイフを使い、肉体を神秘の象徴のひろがる屍衣《しい》で贈り物のごとく包んだ供物の心臓を突き刺す――それ以上強力で奥深い生け贄の儀式はありえないと思っていた。

　こうしてみずからを差し出すことで、悪魔の位階での地位が定まる。闇と血には真の力がひそんでいる。古の人々はそのことを知っていて、錬金術師はおのれの資質に合致する側を選んできた。自分も正しい側を選択した。混沌は宇宙の摂理だ。無関心は無秩序のもとだ。人間の無気力こそが、邪悪が種を育《はぐく》む肥沃《ひよく》な土壌となる。

　悪魔に仕えてきた自分を、彼らは神として受け入れるだろう。

　ピーターは身じろぎもしない。手に握ったナイフを見おろすばかりだった。

「おまえに命じる」マラークは嘲《あざけ》るように言った。「おれはわが身を生け贄にする。おまえの最後の役割は自明だ。おれを変身させろ。おれを肉体から解き放て。果たせなければ、妹と同胞を失うことになる。完全に孤独の身だ」ことばを切り、獲物に笑いかける。「これが最後の罰だと思え」

ピーターはゆっくりと視線をあげ、マラークと目を合わせた。「おまえを殺すことが？　罰だと？　わたしが躊躇《ちゅうちょ》すると思うのか？　おまえはわたしの息子を殺した。そして母を。家族全員をだ」

「ちがう！」マラークは自分でも驚くほど強く反発した。「それはちがう！　おまえの家族を殺したのはおれではない。おまえだ！　ザカリーを監獄に置き去りにすると決めたのはおまえだ。そこから運命の輪がまわりはじめた。おまえが家族を殺したんだ、ピーター。おれではない！」

怒りのあまり、ピーターはナイフを握りしめ、こぶしが真っ白になった。「ザカリーを監獄に残した理由を、おまえは何も知らない」

「何もかも知っている！」マラークは言い返した。「おれはその場にいた。おまえはザカリーを助けようとしたと言ったな。助けようとして富か知恵かを選ばせたのか？　助けようとしてフリーメイソンに加われと迫ったのか？　息子に富か知恵かを選ばせて、本人が扱いを心得ていると決めつけるのはどんな父親だ？　息子を安全な国へ連れ帰らず、監獄に置き去りにするのはどんな父親だ？」マラークはピーターの正面にまわって身をかがめ、刺青で埋めつくされた顔をピーターの顔から数インチのところまで近づけた。「だが、それより何より……息子の目を見て……何年もの歳月が経ったとはいえ……そのことに気づきもしないとは、どんな父親だ！」

マラークのことばは数秒のあいだ、石の部屋のなかでこだました。

静寂。

突然の静けさのなかで、ピーター・ソロモンは朦朧《もうろう》たる心地から引きもどされたかのようだった。断固としてありえないと言いたげに顔を凍りつかせている。

そうだよ、父さん。おれだよ。マラークは何年もこのときを待っていた。自分を捨て去った男に復《ふく》讐《しゅう》するときを。この灰色の目を見つめつつ、長年秘めてきた真実を語り聞かせるときを。ついにいま、その瞬間が訪れた。自分のことばの重みがピーター・ソロモンの魂を徐々に押しつぶすさまが見たくてたまらず、マラークはゆっくりと話しはじめた。「喜んでくれ、父さん。放蕩《ほうとう》息子のお帰りだ」

ピーターの顔が死人のように白くなった。

マラークはこの刹那《せつな》を堪能していた。「実の父親の決断で監獄に置き去りにされたそのとき……おれは完全に見放されたものと腹を決めた。もはや親でも子でもない。ザカリー・ソロモンはこの世から消えた」

突然、ふた粒のきらめく涙が父親の両目に満ち、マラークはこれほど美しいものを見たことがないと思った。

ピーターは涙をこらえながら、マラークの顔をいまはじめて目にするかのように見つめている。

「監獄の所長は金がほしかっただけだ」マラークは言った。「それなのに、おまえは拒否した。しかし、おまえには思いも寄らなかっただろうが、おれの金もおまえの金も価値は同じなんだよ。所長は金さえもらえれば、だれが払おうとかまわなかった。おれがたっぷりはずんでやると持ちかけたら、所長はおれと体格が同じくらいの弱った囚人を選び、おれの服を着せて、顔貌《かおかたち》がわからなくなるまでに叩きのめした。おまえが見た写真も、おまえが埋めた釘締め後の棺も、おれのものではない。赤の他人だった」

涙の筋がついたピーターの顔は、苦悶《くもん》と驚きでゆがんでいた。「なんということだ……ザカリー」

「いまは別人だ。監獄を出て、ザカリーは変身をとげた」

若い体に成長ホルモンとステロイドを見境もなく摂取しつづけたせいで、ザカリーの青年らしい体つきや童顔は一変した。声帯も荒れ、少年のようだった声はつねにささやくような声に変化した。

ザカリーはアンドロスになった。

アンドロスはマラークになった。

そして今夜……マラークは最も偉大なものへと化身する。


そのときカロラマ・ハイツでは、キャサリン・ソロモンが開いた机の抽斗を前にして、倒錯者の収集物としか呼びようがない古い新聞記事や写真に目を奪われていた。

「わからないわ」キャサリンはベラミーに向きなおった。「この異常者がわたしの家族に執着していたのはたしかね。でも——」

「もっと見るんだ」ベラミーは促した。椅子に腰をおろしたが、まだひどく動揺している。

キャサリンは新聞記事を入念に読んでいった。どれもソロモン家に関するものだ——ピーターの相次ぐ成功、キャサリンの研究、ふたりの母イザベルが殺害された忌まわしい事件、世間を騒がせたザカリー・ソロモンの麻薬使用、そしてトルコの監獄での惨殺。

この男のソロモン家への執着は妄執の域をも超えていたが、その理由をほのめかすものは見つからなかった。

そのとき、何枚かの写真が目にはいった。一枚目に写っているのは、白塗りの家が点在する海岸で紺碧《こんぺき》の海水に膝まで浸《つ》かったザカリーの姿だった。これはギリシャ？　たぶん、ザックがヨーロッパで奔放な麻薬浸りの日々を送っているころに撮ったものだろう。だが奇妙なことに、そのザックはパパラッチに写真を撮られた当時の、麻薬仲間とパーティーに興じるやつれた若者ではなく、もっと健康そうに見えた。元気そうで、どことなくたくましく成熟したかのようだ。キャサリンはこれほど健やかなザックを一度も見たことがなかった。

怪訝《けげん》に思いながら、写真にはいった日付をたしかめた。

でも、これは……ありえない。

日付はザカリーが監獄で死んでからまる一年近くが過ぎた日のものだった。

堰《せき》を切ったように、キャサリンは写真の束を夢中でめくりはじめた。写真はすべてザカリー・ソロモンで……徐々に歳を重ねていく。ゆるやかに変身するさまを年代順に編んだ、写真で見る自叙伝そのものだ。さらにつづけると、急激な変化が見てとれた。ザカリーの肉体に異変が起こりはじめるのを見て、キャサリンは寒気を覚えた。筋肉が盛りあがり、顔立ちが明らかにステロイドの大量摂取によって変化している。体全体が倍ほどの大きさになり、目には猛々《たけだけ》しさが宿るようになった。

これではだれなのかさえわからない！

キャサリンの記憶のなかの若い甥《おい》とは似ても似つかなかった。

頭を剃《そ》った写真にたどり着いたとき、膝が砕けそうになった。そして裸体の写真……最初の刺青らしきものに飾られている。

キャサリンの心臓は止まりそうだった。「ああ、そんな……」

120

「右へ曲がって！」ラングドンはレクサスSUVの後部座席から叫んだ。

シムキンズはSストリートへとハンドルを切り、住宅街の並木のあいだを飛ばしていった。十六番ストリートとの角が近づくと、右手にテンプル会堂が山のごとく姿を現した。

シムキンズは巨大な建物へ目をやった。まるでローマのパンテオンの頂上にピラミッドを建てたかのようだ。十六番ストリートで右折して建物の正面にまわろうとした。

「曲がらないで！」ラングドンは指示を出した。「まっすぐです。Sストリートをこのまま」

シムキンズはそれに従い、建物の北側に沿って車を走らせた。

ラングドンは言った。「十五番ストリートを右へ！」

シムキンズがそのとおりに進むと、しばらくしてラングドンは、危うく見落としそうな未舗装の進入路を指さした。テンプル会堂の裏の庭園を突っ切っていく道だ。シムキンズはそこで曲がり、レクサスを建物の裏側へと走らせた。

「あれを見てください！」ラングドンは裏口の近くに停めてある一台の車を指で示した。「ここにいますよ」

シムキンズは車を停め、エンジンを切った。ふたりとも静かに車をおり、中へ入る準備をする。シムキンズは壮大な建造物を見あげた。「〈テンプルの間〉は最上階にあるんですか」

ラングドンはうなずいて、建物のはるか頂へ指を向けた。「ピラミッドの頂上の平らな部分は、実際には天窓になっています」

シムキンズはすばやく振り返った。「〈テンプルの間〉には天窓が？」

ラングドンはいぶかしげな顔で言った。「そうですよ。祭壇の真上にあたります」


UH－60はデュポン・サークルでアイドリングをつづけたまま待機していた。

操縦席の隣では、サトウが爪を嚙《か》みながら部下からの知らせを待っている。

ようやく、無線機からひび割れたシムキンズの声が聞こえた。「局長」

「サトウだ」大声で返す。

「建物に進入しますが、お知らせしたい追加情報があります」

「なんだい」

「ミスター・ラングドンからいま聞いた話では、対象がいると思われる部屋には非常に大きな天窓があるそうです」

サトウはそれについて数秒間考えた。「わかった。ありがとう」

シムキンズは通信を終えた。

サトウは爪を吹き飛ばし、パイロットに向きなおった。「飛んで」

121

子を失った親の常として、ピーター・ソロモンも息子が生きていればいまは何歳か……どんな姿をしているか……そしてどんな人間になっているかと、たびたび想像をめぐらせていた。

いま、その答がわかった。

目の前にいる大柄な刺青の怪物の人生のはじまりは、小さくて愛らしい赤ん坊だった。籐《とう》のゆりかごで体をまるめていた乳飲み子のザックは……ピーターの書斎でぎこちない一歩を踏み出し……はじめてことばを口にした。愛情に満ちた家庭の無垢な子供からも悪の芽が育つという事実は、いまも人類のパラドックスのひとつだ。息子の血管を流れるのがピーター自身の血であっても、その血を押し出す心臓が息子自身のものであることは受け入れざるをえなかった。人はみな、宇宙から無作為に選び出されたかのように、唯一無二の独立した存在である。

わが息子が……わが母を、わが友ロバート・ラングドンを、そしておそらくはわが妹をも殺害した。

息子の目からなんらかのつながりを……懐かしい何かを探し出そうとして、ピーターの心臓にしびれるような冷たい感覚がひろがった。しかし、その目は自分と同じ灰色だとはいえ、この世のものとは思えぬほどの憎悪と復讐心をたぎらせた赤の他人の目だった。

「力は残っているか？」息子はピーターの手に握られたアケダーのナイフを一瞥《いちべつ》して、嘲るように言った。「何年も前に自分がはじめたことを終わらせたらどうだ」

「息子よ……」ピーターは自分の声もわからないほどだった。「わたしは……わたしはおまえを愛していた」

「おまえは二度おれを殺そうとした。監獄で見捨てた。ザックの橋で撃った。さあ、終わらせろ！」

ピーターは一瞬、肉体の外へさまよい出たような感覚に見舞われた。もはや自分が自分とは思えなかった。片手を失い、全身の毛を剃られ、黒いローブを着せられ、車椅子にすわって古のナイフを手に持つ自分が。

「終わらせろ！」男がもう一度叫び、裸の胸の刺青が小さく波打った。「おれを殺すのがキャサリンを……そして同胞たちを救うただひとつの手立てだ！」

ピーターは自分の目が豚革張りの椅子に載ったノートパソコンと通信端末へ向けられるのを感じた。

送信中――92％完了

血を流しながら死にゆくキャサリンの……そしてフリーメイソンの同胞たちの映像が脳裏から消えなかった。

「まだ時間はある」男はささやいた。「これが唯一の道だ。おれを人間の殻から解き放て」

「頼む」ピーターは言った。「こんなことはやめてくれ……」

「かつておまえがしたことだ！」男は叫んだ。「自分の子供に不可能な選択を迫っただろう！　あの晩を覚えているか？　富か知恵かだと？　あの晩、おれはおまえにすっかり見放された。しかし、おれは帰ってきた……そして今夜はおまえが選択する番だ。ザカリーか、キャサリンか。どちらを選ぶ？　妹を救うために息子を殺すか？　仲間や国を救うために息子を殺すか？　それとも手遅れになるまで待つか？　待てばキャサリンは死に……映像は世に出まわり……自分がそれらの悲劇を阻止できたと知りながら残りの人生を過ごすことになる。時は尽きていく。何をすべきかはわかっているはずだ」

ピーターは胸に激痛を覚えた。おまえはザカリーではない、と心のなかで言う。ザカリーは遠い昔に死んだ。おまえが何者であれ……どこから来たのであれ……自分とはなんのかかわりもない。そんなことばが湧きあがったことが信じられなかったが、選ばなくてはならないのは承知していた。

時間がない。

ロバート・ラングドンは明かりの消えた廊下を駆け抜けて、建物の中心部へとまわりこんでいった。ターナー・シムキンズがすぐ後ろについている。ラングドンの思惑どおり、出たところは〈中央広間〉だった。

緑の花崗《かこう》岩で造られたドーリア式の八本の柱がそびえる〈中央広間〉は、異種混交——ギリシャ・ローマ・エジプト式——の墓所といった趣で、黒大理石の彫像、火皿の形をしたシャンデリア、ドイツ騎士団の十字架、双頭の不死鳥のメダイヨン、ヘルメスの頭のついた燭台《しょくだい》などが配されている。

〈大階段〉を探せ！

ラングドンは向きを変え、〈中央広間〉の奥にある曲がった大理石の階段へと急いだ。「これは〈テンプルの間〉へ直接つながっています」つとめてすばやく静かに階段をのぼりながら、ラングドンはささやいた。

最初の踊り場で、ラングドンはフリーメイソンの指導的人物だったアルバート・パイクの胸像と顔を合わせた。そこにはパイクの最も有名なことばが刻印されていた——〝わが身のためだけに果たしたことは、わが身とともに死滅する。他者のため、世界のために果たしたことは永久《とわ》に滅びない〟。

マラークは〈テンプルの間〉の空気が明らかに変化したのを察知していた。ピーター・ソロモンの怒りと苦悩のすべてが沸点に達して浮かびあがり、それがレーザーのごとく焦点を結んで自分に向けられたかのようだ。

さあ……いよいよだ。

ピーター・ソロモンは車椅子から立ちあがり、ナイフを握りしめて祭壇に対峙《たいじ》している。

「キャサリンを救え」マラークはなだめるように言ってピーターを祭壇へと招くと、自分は後ろへさがり、用意してあった白い屍衣の上についに体を横たえた。「なすべきことをなせ」

悪夢のなかを歩くかのように、ピーターは小刻みに前進した。

マラークは仰向《あおむ》けに体をすっかり倒し、天窓から冬の月を見あげた。秘密はいかにして死ぬかだ。いまほど完璧な瞬間はない。古の〝失われしことば〟を身にまとい、父親の左手によっておのれを捧げる。

深く息を吸った。

わが身を受けるがよい、悪魔よ。これはおまえたちに捧げる肉体だ。

マラークを見おろして立つピーター・ソロモンは体を震わせていた。涙に濡《ぬ》れた目は、絶望と迷いと苦悩を宿して光っている。最後にもう一度、部屋の向こう側のパソコンと通信端末を見やった。

「選べ」マラークはささやいた。「おれを肉体から解き放て。神がそれを望んでいる。おまえもそれを望んでいる」マラークは両腕を脇に置き、胸を前に突き出して、堂々たる双頭の不死鳥を誇示した。

涙ぐむピーターの目はいまやマラークの姿を見てはおらず、その奥を透かし見るかのようだった。

「おれはおまえの母親を殺した！」マラークは小声で言う。「ロバート・ラングドンを殺した！　おまえの妹も殺そうとしている！　おまえの同胞たちを破滅させようとしている！　なすべきことをなせ！」

ピーター・ソロモンの表情はゆがみ、深い悲しみと後悔ばかりがひろがっていた。顔を上へ向け、苦悶の叫びをあげながら、ナイフを振りかざした。


ロバート・ラングドンとシムキンズ捜査官が息を切らして〈テンプルの間〉の扉の外へたどり着いたとき、中から凄惨《せいさん》きわまりない叫び声があがった。ピーターの声だ。聞きちがえようがなかった。

痛々しい絶叫。

遅かったか！

シムキンズにはかまわず、ラングドンは取っ手をつかんで扉を引きあけた。目の前の恐ろしい光景は、最悪の予想を裏づけるものだった。ほの暗い部屋の中央、大祭壇のかたわらには、頭を剃りあげた男の立ち姿のシルエットが見える。黒いローブをまとい、手には大きな刃物を握っている。

ラングドンが動くより先に、男は祭壇に横たわる人影に向けてナイフを振りおろした。


マラークは目を閉じていた。

あまりにも美しい。あまりにもすばらしい。

アケダーのナイフの古の刃《やいば》が、体の上で弧を描きながら月光にきらめいた。かぐわしい煙が上方へと渦巻き、ほどなく解き放たれる魂の水先案内となる。苦悶と絶望の叫びだけが聖なる空間に響き渡るなか、ナイフがおりてくる。

わが身は人間の生け贄の血と肉親の涙とで穢《けが》れている。

マラークは栄誉ある衝撃に備えた。

変身の瞬間が訪れる。

信じがたいことに、なんの痛みも感じない。

雷撃のような振動が体を満たす。耳を聾《ろう》し、奥深くに達する。部屋が揺れはじめ、まばゆい白光が目をかすませる。天がとどろく。

そしてマラークはそれが起こったことを知った。

思い描いたとおりに。


頭上にヘリコプターが現れたとき、ラングドンは祭壇へ向かって無我夢中で疾走していた。そのまま腕を伸ばして跳躍し……黒いローブの男に飛びかかって……男がもう一度ナイフを突き立てるのを必死で阻もうとした。

体と体がぶつかった瞬間、天窓から差すまぶしい光が祭壇を照らすのが見えた。祭壇の上にはピーター・ソロモンの血まみれの体があると思っていたが、光を浴びた裸の胸には血など一滴もなく……つづれ織りさながらの刺青があるだけだ。ナイフはどうやら体ではなく石の祭壇へ振りおろされたらしく、折れてかたわらに落ちていた。

黒いローブの男とともに硬い石の床に倒れこんだとき、男の右腕の先に包帯を巻いたふくらみがあるのが見え、ラングドンは飛びついた相手がピーター・ソロモンだと知って愕然《がくぜん》とした。

そのまま石の床を横滑りしていると、サーチライトが上から照りつけた。ヘリコプターは轟音を立てて低空を飛び、天窓とタイヤがふれ合わんばかりのところに来ている。

その前面では奇妙な外観の銃が回転し、ガラス越しに狙いを定めている。レーザーサイトの光が天窓を通り抜けて床の上を跳ね、ラングドンとソロモンのほうへまっすぐ向かってくる。

やめろ！

だが、頭上から銃声は響かなかった。回転翼の音だけだ。

不気味なエネルギーのさざ波が細胞を伝わってくる。頭の後ろの豚革張りの椅子の上で、ノートパソコンが妙に乾いた音を立てている。振り返ると、ちょうど画面が閃光《せんこう》を放ち、一気に暗転するところだった。悲しいかな、最後に出たメッセージがはっきり読みとれた。

送信中──100％完了

上昇しろ！　ちくしょう！　あがれ！

UH−60のパイロットは回転翼を猛然と動かし、タイヤが大きな天窓にふれるのをどうにか抑えていた。回転翼が生む六千ポンドの揚力のせいで、逆向きの力がガラスを圧迫して割る寸前にちがいない。運悪く、ピラミッドの傾斜が推力を横へ逃がしてなかなか上昇できない。

上へ！　さあ！

前端をあげてすれすれのところで離れようとしたが、左の支柱がガラスの中央をかすった。ほんの一瞬のことだったが、それで事は足りた。

〈テンプルの間〉の巨大な天窓が大破し、ガラス片と風の渦が湧き起こる……鋭くとがった破片の豪雨が下の空間へ一直線に降り注いだ。

天から星が降ってくる。

マラークは白く美しい光のほうへ目を向け、輝かしい宝石のベールを見た。ひらひらと舞いおりる……加速する……鮮やかな光彩で一気に自分を包みこもうとしているのか。

不意に痛みが襲った。

全身に。

突き刺さる。焼けつく。切り裂く。剃刀《かみそり》のように鋭いナイフが柔らかな肉を貫いていく。胸、首、腿《もも》、顔。一瞬にして体が硬直し、縮みあがる。激痛で忘我の域から揺りもどされ、血だらけになった口が叫びをあげた。頭上の白い光は影をひそめ、突如として魔法のように、黒いヘリコプターが浮かんでいた。回転翼が轟音を立てて冷たい風を〈テンプルの間〉へ送りこみ、マラークを体の芯《しん》まで凍えさせるとともに、香の煙を部屋の隅々へ掻き散らした。

首を動かすと、折れたアケダーのナイフが横に見えた。いまガラスの破片をかぶっている大理石の祭壇に、少し前に叩きつけられたのだろう。あれだけの仕打ちを与えたのに……ピーター・ソロモンはナイフをそらし、血を流すのを拒んだのか。

恐怖が湧き起こり、マラークは頭を持ちあげて自分の体の様子をたしかめた。この生きた芸術品はすばらしい供物になるはずだった。ところが、いまや損傷が著しい。体は血にまみれ……いくつもの大ぶりのガラスの破片が肌から四方八方へ突き出している。

マラークは力なく祭壇に頭を落とし、天井に開いた空間をじっと見あげた。ヘリコプターはすでに去り、静かな冬の月だけが残されている。

マラークは大きく目を開き、息を切らしながら、偉大なる祭壇の上にただひとり横たわっていた。

122

秘密はいかにして死ぬかだ。

マラークはすべてが失敗したことを悟った。まばゆい光などなかった。壮麗な歓迎もない。暗闇と耐えがたい痛みがあるだけだった。目までも傷めた。何も見えないが、周囲の動きは感じとれる。声がする……何人かいて……驚いたことにロバート・ラングドンの声もある。いったいなぜだ？

「無事です」ラングドンは同じことを繰り返した。「キャサリンはだいじょうぶですよ、ピーター。妹さんは無事です」

そんなばかな。キャサリンは死んだはずだ。そうでなければおかしい。

まだ何も見ることができず、自分の目が開いているのかどうかさえ定かではないが、ヘリコプターが去っていく音は聞きとれる。急に〈テンプルの間〉に静寂が訪れた。マラークは地球のなめらかな律動が乱れはじめるのを感じた……迫りくる嵐で潮の流れが大きく変わるように。

カオ・アブ・オルド――秩序から混沌。

耳慣れぬいくつかの声が叫んでいた。声には緊迫した響きがあり、パソコンと動画ファイルについてラングドンと話している。もう遅い、とマラークは知っていた。すでに口火は切られた。いまごろはあの映像が野火のごとくひろまっているだろう。世界の隅々にまで衝撃を与え、フリーメイソンの未来を叩きつぶす。知恵を広めることに長《た》けた者たちを破滅させなくてはならない。人類の無知こそが、大いなる混沌の一助となる。地上の光の不在が闇を肥やし、闇こそが自分の到来を待ち受ける。

自分は偉業を成しとげた。まもなく王として迎えられる。

マラークはひとりの人間が静かに近づいてきたことに気づいた。だれなのかはわかった。聖油の香りがする。剃りあげた父の体に塗りこんだものだ。

「おまえに聞こえているかどうかはわからない」ピーター・ソロモンが耳もとでささやいた。「だが、知らせておきたいことがある」マラークの頭頂部の聖なる部位に指でふれた。「おまえがここに記したものだが……」しばしためらった。「これは〝失われしことば〟ではない」

そんなはずはない、とマラークは思った。先刻、疑う余地がないほどの説明を自分自身がしたではないか。

伝説によると、〝失われしことば〟はきわめて古く難解な言語で書かれていたため、人類はその読み方をほとんど忘れ去っていた。この神秘に満ちた言語は、実のところ地上最古の言語であるとピーターは語っていた。

象徴による言語だ。

象徴学の考え方では、すべての象徴の上に君臨する唯一無二の象徴がある。最も古く、最も普遍的なこの象徴は、古来のあらゆる伝統をただひとつの図形に集約させた。それが意味するものには、エジプトの太陽神の光、錬金術における金の獲得、賢者の石の知恵、薔薇十字団における薔薇の純粋さ、天地創造の瞬間、完全統一体、占星術における太陽の優位性、そして、未完成のピラミッドの頂に浮かぶ〝万物を見透かす目〟などがある。

〝丸中黒《サーカムパンクト》〟。源——万物の根源を表す象徴だ。

それがついさっきピーターから聞き出した内容だ。最初はマラークも疑ったが、象徴群の格子をもう一度見ると、ピラミッドの絵がまっすぐ指しているのが、〝丸中黒《サーカムパンクト》〟——円に囲まれた点の記号——だと気づいた。フリーメイソンのピラミッドは〝失われしことば〟を指し示す地図である、という伝説をマラークは思い出した。父がついに真実を教えたと確信した。

偉大な真実はどれも単純明快だ。

〝失われしことば〟とは、〝ことば〟ではなく……象徴だ。

マラークは情熱をこめて、偉大な〝丸中黒《サーカムパンクト》〟を頭頂部に刻んだ。そうしているうちに、力と達成感がみなぎるのを感じた。至高の作品である捧げ物は完成した。いまこそ闇の力が自分を待っている。功績が報われる。わが栄光の瞬間が訪れる……

ところが最後の最後になって、すべてが大失敗に終わった。

ピーターはまだ自分のそばにいて、ほとんど理解できないことばを口にしている。「わたしは嘘をついた。ほかにどうしようもなかったのだよ。真の〝失われしことば〟が何かを明かしても、おまえは信じなかっただろうし、理解もできなかっただろう」

〝失われしことば〟は……〝丸中黒《サーカムパンクト》〟ではないのか？

「ほんとうは」ピーターは言った。「〝失われしことば〟はだれもが知っている……だが、気づいている者はほとんどいない」

そのことばはマラークの脳裏に響き渡った。

「おまえは不完全なままだ」ピーターはマラークの頭頂部に軽く手のひらをあてて言った。「まだ完成していないのだよ。だが、おまえがどこへ向かうにせよ、このことは忘れるな……おまえは愛されていた」

どういうわけか、父の手のやさしい感触は体内に化学反応を起こす強力な触媒のように思え、自分が焼け落ちていくような気がした。なんの前ぶれもなく、すさまじいエネルギーが肉の殻からあふれ出す。体じゅうの細胞が溶けつつあるかのようだ。

一瞬にして、この世の痛みが消え去った。

変身。それが起ころうとしている。


おれは自分自身を見おろしている。神聖な大理石の板に横たわる、血だらけになった肉体の残骸《ざんがい》だ。父がその横にひざまずき、残された一方の手で命のない頭を支えている。

激しい怒りが湧きあがり……そして混濁する。

これは憐憫《れんびん》を受ける瞬間ではなく……復讐のための、変身のための瞬間だ……。それでもなお父は屈服せず、役割を果たさず、おのれの痛みと怒りをナイフの刃を通じてこの心臓へ送りこむことを拒む。


自分はここに囚《とら》われて浮遊している……地上の殻につなぎ留められて。

父は柔らかな手でこの顔を愛撫《あいぶ》し、光が消えつつあるこの目を閉じる。

鎖がはずされるのを感じる。

まわりに揺らめくベールが現れるや、厚さを増して光をさえぎり、世界を視野から隠していく。唐突に時間が加速し、想像だにしなかった暗い奈落《ならく》の底へ自分は落ちていく。このむなしい虚空のなかで、ささやき声が聞こえ……力が集まるのを感じる。それは強さを増し、驚くべき速さでふくれあがり、自分を包みこむ。空恐ろしく力強い。黒々としてふてぶてしい。

自分はここで孤独ではない。

これこそわが勝利、大いなる歓迎だ。それでもなぜか、満たされるのは喜びではなく、果てしない恐怖だ。

予想していたものとは似ても似つかない。

力はいまや激しく回転をはじめ、抗いようのない強さで渦を巻き、わが身を引き裂こうとする。やにわに、闇が結集して先史時代の生物のごとき形をなし、前に立ちはだかる。

自分はいま、かつて果てたすべての暗い魂と対峙している。

底知れぬ恐怖に叫喚しつつ……闇にまるごと呑みこまれていく。

123

ワシントン国立大聖堂では、ギャロウェイ首席司祭が不思議な空気の変化を察知していた。理由は定かではないが、幽霊のごとき影が消え去ったか、大きな重しが取り除かれたかに感じられた。はるか遠くだが、すぐそばでの出来事だ。

ひとりで机に向かい、想念に深く沈んだ。そのまま何分経ったかわからないが、電話が鳴った。ウォーレン・ベラミーからだった。

「ピーターは生きています」フリーメイソンの兄弟は言った。「わたしもいま知ったところです。早くお聞きになりたいだろうと思いましてね。彼はだいじょうぶですよ」

「神に感謝を」首席司祭は大きく息をついた。「ピーターはどこにいる」

自分たちが大聖堂付属学校を出たあとの異様な出来事についてベラミーが語り、首席司祭は耳を傾けた。

「しかし、みな無事なのだね」

「ええ、回復しつつあります」ベラミーは言った。「ただ、問題がひとつありまして」

「なんだね」

「フリーメイソンのピラミッドです……ラングドンはおそらく解読したでしょう」

首席司祭は微笑むほかなかった。なぜか驚きはしなかった。「それで、ラングドンはピラミッドが約束を守ったかどうかを見届けたのかね。伝説で言われつづけたことについて、ピラミッドが答を示したのかどうかを」

「それはまだ聞いていません」

いずれ示す、と首席司祭は思った。「とにかく休みたまえ」

「ええ、あなたも」

いや、自分は祈らなくてはなるまい。

124

エレベーターのドアが開いたとき、〈テンプルの間〉の明かりはすべて煌々《こうこう》と輝いていた。

キャサリン・ソロモンは兄に会うために、まだ脚にゴムのような鈍さが残るままやってきた。この広い部屋の空気は冷たく、香のにおいがする。目に飛びこんだ光景に、その場で足が止まった。

壮麗な大空間の真ん中に置かれた石の祭壇に、刺青に覆われた血まみれの亡骸《なきがら》が横たわっている。割れたガラスの槍《やり》がいくつも突き刺さっているのが見える。上へ目をやると、天井に穴があいてそこから空がのぞいていた。

なんということか。キャサリンはすぐさま目をそむけ、ピーターの姿を探した。兄は部屋の奥にすわり、ラングドンやサトウ局長と話をしながら医師の手当てを受けていた。

「ピーター！」キャサリンは叫び、駆けていった。「ピーター！」

ピーターは顔をあげ、安堵《あんど》の表情を顔いっぱいに浮かべた。すぐに立ちあがり、妹のほうへ足を踏み出す。こざっぱりとした白いシャツに黒っぽいズボンといういでたちだ。階下にある兄の執務室からだれかが持ってきてくれたのだろう。右腕が三角巾《きん》で吊《つ》られていることもあって、静かな抱擁はぎこちなかったが、キャサリンにはほとんど気にならなかった。つねに自分の庇護《ひご》者だった兄の抱擁を受けるとき、子供のころから変わらない、いつもと同じ安らぎが繭のようにキャサリンを包んだ。

ふたりはだまって抱き合っていた。

ようやくキャサリンが小声で話しかけた。「だいじょうぶ？　だって……こんな……」兄の体を離し、かつて兄の右手の先だった部分に巻かれた包帯と三角巾に目を向けた。また涙が目にあふれる。「ほんとうに……かわいそうに」

ピーターはそれが何事でもないかのように肩をすくめた。「いずれ死ぬ身だよ。肉体は永遠ではない。大切なのは、きみが無事だということだ」

ピーターのさりげない返事に、キャサリンは自分がなぜこれほどまで兄を愛しているのかを思い出し、たまらない気持ちになった。兄の頭をなでながら、切れることのない家族の絆《きずな》を感じた。同じ血が自分たちふたりの体をめぐっている。

悲しいことに、今夜はソロモン家の第三の人物が同じ部屋にいることを、キャサリンは知っていた。祭壇の上の遺骸へ思わず視線をやったキャサリンは、大きく身震いし、先刻見た写真のことを考えまいとした。

視線をそらすと、こんどはロバート・ラングドンと目が合った。そこには、こちらの思いをすべて見通しているかのような、深く細やかなやさしさがあった。ピーターは知っているのね。生々しい感情が一気にこみあげた。安堵、共感、絶望。兄の体が子供のように震えだすのを感じた。こんな姿は、いままで一度も見たことがなかった。

「がまんしないで」キャサリンはささやいた。「いいのよ。がまんしないで」

ピーターの震えは大きくなっていった。

キャサリンはもう一度兄を抱き、頭の後ろを静かにさすった。「ピーター、あなたはいつも強い人だった……どんなときもわたしのそばにいてくれた。でも、いまはわたしがついてるのよ。だいじょうぶ。わたしがここにいる」

キャサリンは兄の頭をそっと自分の肩に載せた。そして、偉大なるピーター・ソロモンは妹の腕のなかで泣き崩れた。

サトウ局長はその場を離れ、かかってきた電話をとった。

ノーラ・ケイだった。気分転換にもなる、よい知らせだった。

「まだ配信された様子はありません、局長」声つきは明るい。「何かあれば、すでに見つけているはずです。封じこめに成功したようですね」

ありがとう、ノーラ。サトウは胸の内で言った。ラングドンが送信完了の表示を見たというノートパソコンに目を落とす。危機一髪だった。

ノーラの提案を受け、マラークの屋敷の家捜しをしていた捜査官がごみ箱の中身を調べたところ、買ったばかりの通信端末のパッケージが見つかった。正確な型番がわかったので、ノーラは互換性のあるキャリア、周波数、利用可能地域といった関連情報を調査し、問題のパソコンが使う可能性の最も高いアクセスポイントを特定することができた。テンプル会堂から三ブロック離れた、十六番ストリートとコーコラン・ストリートの交差点付近にある小さなトランスミッターだった。

ノーラはヘリコプターのサトウへただちに情報を伝えた。テンプル会堂へ向かう途中、パイロットは低空飛行をしてその中継局へ電磁放射線の一撃を浴びせ、パソコンが転送を終える直前に接続を遮断していたのだった。

「今夜はよくやってくれたね」サトウは言った。「少し休みなさい。ご苦労だった」

「ありがとうございます、局長」どこか歯切れが悪い。

「ほかにも何か？」

ノーラはしばし口を開かなかった。言うべきか言わざるべきか、迷っているらしい。「いえ、朝になってからにします。お疲れさまでした」

125

テンプル会堂の一階にある静まり返った優美な化粧室で、ラングドンはタイル張りのシンクに湯をため、鏡に映る自分を見つめた。柔らかな光のもとでも、いまの気分がそのまま顔に出ている……もうくたくただ。

バッグを自分の肩に取りもどしたが、はるかに軽くなっていた。私物と折れ曲がった講演用メモが残っているだけだ。苦笑するしかなかった。今夜は講演のためにワシントンDCを訪れたのに、予想より少しばかりつらい目に遭ったわけだ。

とはいえ、うれしいことがいくつもあった。

ピーターは生きている。

そして、映像の流出を食い止められた。

あたたかい湯を手ですくって顔にかけると、徐々に生気が回復する気がした。何もかもまだぼんやりしているが、ようやく体内のアドレナリンは引いていった。そして、ふだんの自分にもどれたようだ。手を拭《ふ》いてから、ミッキー・マウスの腕時計をたしかめた。

もうこんな時間なのか。

ラングドンは化粧室を出て、〈名誉の廊下〉の湾曲した壁伝いに歩いていった。優雅なアーチを描く通路に、高名なフリーメイソンたち……合衆国大統領、慈善家、先覚者など、影響力を持ったアメリカ人の肖像画が並んでいる。ハリー・S・トルーマンの油彩画の前で立ち止まり、この男がフリーメイソンに必要な儀式や作法を経験して、学んでいく姿を想像しようとした。だれもが知る人物にも、その背後には隠された世界がある。

「急にいなくなるんだもの」通路の先で声がした。

ラングドンは振り返った。

キャサリンだ。今夜は地獄をくぐり抜けたのに、一気に輝きを増したように見える……どこか若返ったようでもあった。

ラングドンは疲れた笑みを浮かべた。「ピーターはどうだい」

キャサリンは近づいてきて、ラングドンをしっかり抱きしめた。「あなたにはどうお礼を言ったらいいのか」

ラングドンは笑った。「自分じゃ何もしていないよ」

キャサリンはしばらくそのままでいた。「ピーターは立ちなおれると思う」体を離し、ラングドンの目をじっと見つめる。「たったいま、信じられないことを聞かせてくれたの……すばらしいことを」声は期待でうわずっていた。「わたしも自分で見にいかなくちゃ。少ししたらもどるわ」

「なんだって？　どこへ行くんだ」

「すぐもどるから。そう、ピーターがあなたと話したいって……ふたりだけで。図書室で待ってるのよ」

「理由は言ってたかい」

キャサリンは含み笑いをしてかぶりを振った。「〝ピーターとその秘密〟には慣れっこでしょう？」

「しかし――」

「あとでね」

キャサリンは出ていった。

ラングドンは深いため息を漏らした。ひと晩でこれだけの秘密。もうたくさんだ。もちろん、答の出ていない問題も残っている。フリーメイソンのピラミッドと〝失われしことば〟もそのひとつだ。けれども、仮に答が存在するとしても、自分が知るべきものではないと思っていた。フリーメイソンではない者としては。

最後の気力を振り絞り、ラングドンは図書室へと向かった。そこへ着くと、ピーターは石のピラミッドを前に置いてただひとりでテーブルについていた。

「ロバートか」ピーターは微笑んで、手で招き入れた。「少しばかりことばを交わしたくてね」

ラングドンは無理に笑顔を作って言った。「何しろ〝失われしことば〟というくらいですから」

126

テンプル会堂の図書室は、ワシントンDCで最も古い公共の図書閲覧室だ。瀟洒《しょうしゃ》な書庫は二十五万冊を超える蔵書を擁し、中には『アヒマン・レゾン／備えある兄弟の秘密』などの稀少《きしょう》本も含まれている。また、フリーメイソンの貴重な宝石類や儀式用の工芸品、さらにはベンジャミン・フランクリンがみずから出版した珍しい本までもが展示されている。

だが、この図書館でラングドンが特に気に入っているものには、ほとんどだれも気づかない。

目の錯覚だ。

ピーターがずいぶん前に教えてくれたのだが、ある位置から閲覧席の机と金色のテーブルランプをながめると、まぎれもない目の錯覚が起こる……ピラミッドと輝く金の冠石が見えるのである。正しい視点から見れば、フリーメイソンの秘密はだれでも完全に理解できる――そのことをこの目の錯覚は絶えず思い起こさせてくれる、とピーターは言っていた。

けれども、今夜はフリーメイソンの秘密がまさに鼻先にその姿を現した。ラングドンは、最上の聖なるマスターであるピーター・ソロモンとフリーメイソンのピラミッドの真向かいに腰をおろした。

ピーターは微笑んでいた。「きみの言う〝ことば〟というのは、伝説ではないのだよ、ロバート。まさしく現実だ」

ラングドンはテーブル越しにじっと見たのち、ようやく口を開いた。「しかし……わかりませんね。なぜそんなことがありうるんですか」

「何がそんなに受け入れがたいのかね」

何もかもです！　ラングドンはそう言いたかった。正気のかけらが少しでもないかと、古き友の目を探る。「〝失われしことば〟は実在し……そして現に力を持っていると言うんですね？」

「巨大な力だ」ピーターは言った。「古の神秘を解き明かせば、人類を一変させるほどの力がある」

「ことばですよね」ラングドンは異を唱えた。「ピーター、わたしには信じられないんです。単なることばが――」

「すぐにきみも信じる」ピーターは平然と答えた。

ラングドンは無言で見返した。

「きみも知ってのとおり」ピーターはいままでは立ちあがり、テーブルのまわりを歩きながらつづけた。

「〝失われしことば〟がふたたび見いだされる日……つまりそれが掘り返されて、忘れられていた力を人類が取りもどす日が来るということは、はるか昔に預言されていた」

ラングドンはとっさに黙示録についてのピーターの講演を思い出していた。黙示録《アポカリプス》と言うと、大異変による世界の終末にまつわるものだと誤解する向きが多いが、元来この語は〝覆いをとる〟ことを意味し、古代の人々は大いなる知恵の覆いが取り除かれることを預言していた。啓示の時代が到来する。とはいえ、そこまで大掛かりな変化がただひとつのことばによってもたらされるとは想像しがたかった。

ピーターは石のピラミッドのそばへと手招きした。それはテーブルの上に金の冠石と並べて置いてある。「フリーメイソンのピラミッド」ピーターは言った。「伝説のシンボロンだ。今夜、それは一体となって……完成する」金の冠石を恭しく持ちあげて、ピラミッドのてっぺんに載せる。重い金の塊が軽やかな音を立ててそこにおさまった。

「今夜、きみはこれまでにだれも果たせなかったことを成しとげた。ピラミッドを組み立てて、暗号をすべて読み解き、ついにこれを……明らかにした」

ピーターは一枚の紙を出してテーブルに置いた。フランクリンの八方陣を使って象徴を並べ替えたものだ。ラングドンは〈テンプルの間〉で少しだけそれを見ていた。

ピーターは言った。「この象徴群の意味が読みとれるかどうかを教えてもらいたい。なんと言ってもきみは専門家だからな」

ラングドンは象徴群の格子を観察した。

ヘレドム、丸中黒《サーカムパンクト》、ピラミッド、階段……

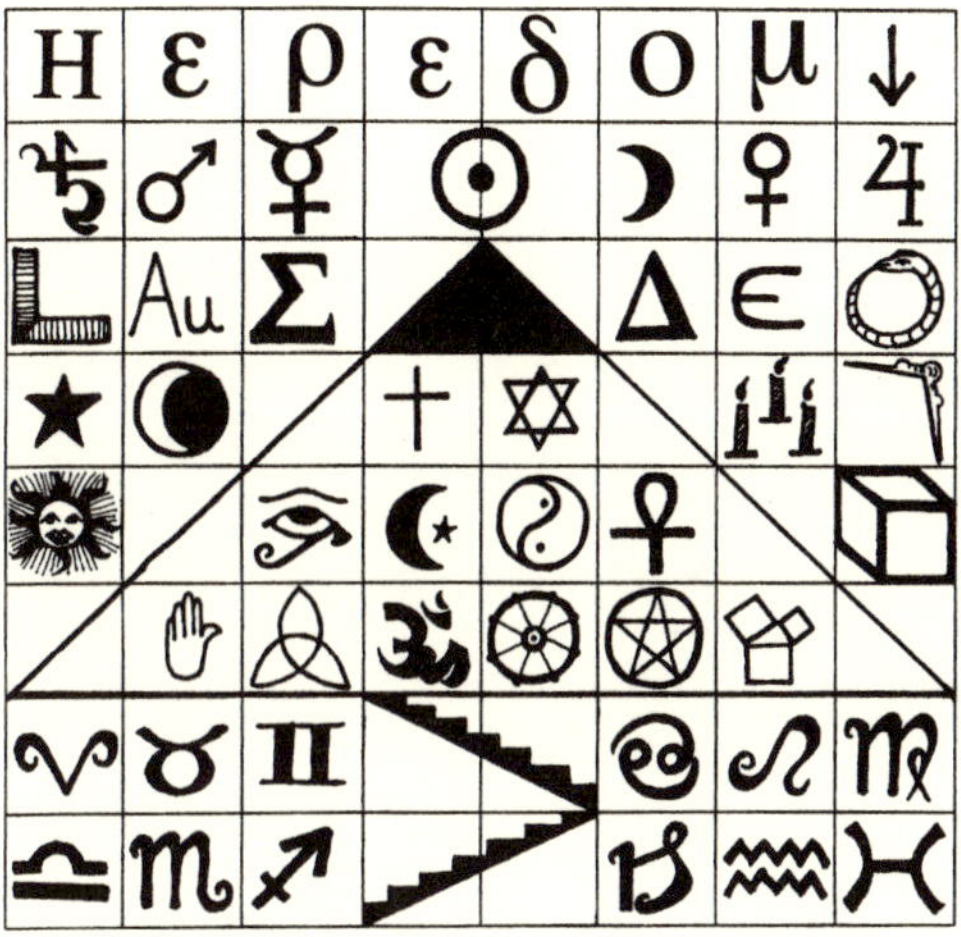

ラングドンは深く息をついた。「ピーター、たぶんお気づきでしょうが、これは寓意《ぐうい》の絵文字ですよ。文字ではなく、明らかに比喩と象徴の言語です」

ピーターは抑えきれずに笑った。「象徴学者に単純な質問をするものじゃないな……では、何が見えるか言ってくれ」

ピーターはほんとうにそんなことが聞きたいのだろうか。ラングドンは紙を引き寄せた。「まず、さっき少し見ましたが、単純に言うと、この象徴群が表すのは一枚の絵でしょうね……天と地を描いたものです」

ピーターは驚いたかのように眉《まゆ》をあげた。「ほう?」

「そうです。絵の最上段にヘレドム――〝聖堂〟という語がありますね。これはつまり〝神の家〟ですから、天国と言い換えてもいい」

「ふむ」

「ヘレドムのあとの下向きの矢印は、ほかの象徴が明らかに天国の下の領域……すなわち地上にあることを意味します」ラングドンの目が大きな正方形の下のほうへと動く。「下の二列はピラミッドの下にありますから、地球そのもの――大地《テラ・フィルマ》――つまりあらゆる界層の最下段を表しています。そのことにふさわしく、この二段には古代占星術の十二宮の象徴が並んでいますね。これは、天を見あげ、恒星や惑星の動きのなかに神の手を感じとっていた原始の人々による最初の宗教を意味します」

ピーターは椅子を近づけ、象徴群に見入った。「よし、ほかには?」

「占星術を基盤として」ラングドンはつづけた。「大地に偉大なピラミッドがそびえ立ち、天に向かって伸びている……失われた知恵を表す古来の象徴です。これには歴史上のすぐれた思想や宗教が詰まっています……エジプト、ピタゴラス学派、仏教、ヒンドゥー教、イスラム教、ユダヤ=キリスト教など……すべてが混じり合って上へ向かい、変容の力を持つピラミッドの関門を漏斗さながらに通過して、のぼっていきます……そしてついに融合し、ひとつに統合された人類の思想となる」そこでことばを切った。「唯一の宇宙意識……世界共通の神の顕現……冠石の上に浮かぶ古の象徴がそれを表します」

「丸中黒《サーカムパンクト》」ピーターが言った。「神を表す万国共通の象徴だな」

「そうです。歴史を通じて、丸中黒《サーカムパンクト》は万民にとっての万物でした——太陽神ラー、錬金術における金、万物を見透かす目、ビッグバンの特異点、それに——」

「宇宙の偉大なる建造者」

ラングドンはうなずいた。おそらく、〈テンプルの間〉でピーターがあの男に対し、丸中黒《サーカムパンクト》が〝失われしことば〟だと納得させたときも、いまと似たことを言ったのだろう。

「では最後に」ピーターは訊《き》いた。「階段はなんだね」

ラングドンはピラミッドの下の階段の絵に目を走らせた。「ピーター、あなたはだれよりもよく知っているはずですよ。これはフリーメイソンの螺旋《らせん》階段を象徴しています。地上の闇から光のなかへ向かうもので、たとえば、天国へとのぼるヤコブの梯子《はしご》や、かぎりある肉体を不滅の精神へとつなぐ階層状の脊椎《せきつい》と通じるところがあります」ことばを切る。「残りの象徴は、天体やフリーメイソンや科学にまつわるものが混在していますが、そのすべてが古の神秘を支えています」

ピーターは顎《あご》をなでた。「美しい解釈だ、ロバート。この全体から寓意が読みとれることについては、むろんわたしも賛成だ。しかし……」深まる謎にその目が輝く。「この象徴群には別の物語もある。はるかに大きな意味を持つものがね」

「というと？」

ピーターはまたテーブルのまわりを歩きだした。「この象徴群を見たのは、今夜〈テンプルの間〉で自分が死ぬと覚悟したまさにそのときだったのだが、するとどういうわけか、比喩を超え、寓意を超えて、これらが伝えようとしているものの核心が見えたのだよ」そこで間《ま》を置き、鋭い目をラングドンに向ける。「この絵は〝失われしことば〟が埋められているまさにその場所を明かしている」

「なんですって？」ラングドンは椅子の上で落ち着きなく体を動かした。今回の事件の衝撃で、ピーターがなおも錯乱しているのではないかという不安が急によぎったからだ。

「ロバート、伝説ではつねに、フリーメイソンのピラミッドは地図だと表現されてきた。それも非常に具体的な地図──〝失われしことば〟がある秘密の場所へ、資格のある者を導く地図だ」ピーターはラングドンの目の前で絵を指で叩いた。「わたしが請け合おう。ここに並ぶ象徴群は、伝説で語られているとおりのもの……まさしく地図だ。〝失われしことば〟のもとへおりていく階段がどこにあるかを明確に図示しているのだよ」

ラングドンはぎこちなく笑い、慎重に切り出した。「たとえわたしがフリーメイソンのピラミッドの伝説を本気で信じたとしても、この象徴群の格子が地図だなどという話はとうてい受け入れられません。いったいどこをどう見たら地図になるんですか」

ピーターは笑みを漂わせた。「見慣れたものをまったく新しい光の下で見るには、ほんの少し視点を変えるだけで事足りる場合もある」

ラングドンはもう一度観察したが、新しいものなど見えなかった。

「ではひとつ質問しよう」ピーターは言った。「フリーメイソンが礎石を据えるとき、それがなぜ建物の北東の角なのかは知っているか」

「ええ、北東の角は朝の最初の光を受けるからです。建物が大地から上へ伸びていく力を象徴しています」

「そのとおり」ピーターは言った。「となると、最初の光を受け止めるには、おそらくそこを見るべきだな」象徴群を指で示す。「北東の角を」

ラングドンは紙へ目をもどし、北東すなわち右上の角へと視線を動かした。その角の記号は〝↓〟だ。

「下向きの矢」ラングドンはピーターの意図をつかもうとした。「つまり……ヘレドムの下を意味しています」

「いや、ロバート。下じゃない」ピーターは答えた。「考えろ。この象徴群は比喩の迷路ではない。地図だ。そして地図では、下向きの矢印が示すのは——」

「南だ」ラングドンははっとして声をあげた。

「そのとおり」ピーターは口もとをほころばせていた。「真南だよ。地図では下が南だ。そして地図では、ヘレドムとは天国の比喩ではなく、実在の一地点を指す名前だよ」

「テンプル会堂？　つまりこの地図が指しているのは……この建物の真南ということですか」

「ありがたい、神を讃えよ！」ピーターは笑いながら言った。「ようやく夜が明けるな」

ラングドンは象徴群を凝視した。「でも、ピーター……仮にそうだとしても、この建物の真南というのは、二万四千マイル以上に及ぶ経線の上のどこでもよいことになりませんか」

「いや、ロバート。きみは忘れているようだが、伝説によると〝失われしことば〟はワシントンＤＣに埋められている。それで距離は大幅に短縮されるな。そのうえ、伝説には、階段の入口に大きな岩が載っているとある。その岩には古の言語でメッセージが刻まれているともな。資格のある者がそれを見つけるための目印だと言っていい」

ラングドンはそれらをなかなか真に受けられずにいた。それに、いまいる場所の真南に何があるかを思い浮かべられるほどワシントンDCにくわしくはないものの、秘められた階段の上に碑文の刻まれた巨大な岩のある場所などどこにもないと断言できた。

「岩に刻まれたメッセージとは」ピーターは言った。「われわれのすぐ目の前にある」ピーターは、ラングドンの前の象徴群の上から三段目を指で叩いた。「これだ。きみは謎を解いたのだよ！」

ラングドンは呆気《あっけ》にとられ、七つの象徴をじっと見た。

解いた？　ラングドンには、この七つのでたらめな象徴が何を意味しているかなど見当もつかないうえ、これがわが国の首都のどこかに、ましてや階段を覆う巨岩に刻まれているなどとはとうてい思えなかった。

「ピーター」ラングドンは言った。「何が解けたのか、さっぱりわかりませんよ。この街にこんなものが刻まれた岩があるとも思えませんし」

ピーターはラングドンの肩を叩いた。「目の前を通り過ぎているのに、気づかないのだよ。これはだれもが見たことがある。秘密そのものと同じく、ごくあたりまえの光景のなかにあるのだがね。今夜、この七つの象徴を見たとき、わたしは伝説が真実であるとすぐに確信した。〝失われしことば〟は、たしかにこのワシントンDCに埋められている……そしてそれは、刻印が施された巨大な岩の下の、長い階段の底にたしかに眠っている」

ラングドンは当惑し、口をつぐんでいた。

「ロバート、きみは今夜、真実を知る資格を得たとわたしは思っている」

ラングドンはピーターを見つめ、たったいま耳にしたことばの意味を呑みこもうとした。「〝失われしことば〟がどこに埋められているのか、聞かせてくれるのですか」

「そうじゃない」ピーターは微笑んで立ちあがった。「見せるのだよ」

五分後、ラングドンはレクサスの後部座席にピーター・ソロモンと並んで腰かけ、シートベルトを締めようとしていた。シムキンズが運転席に乗りこんだとき、駐車場の向こうからサトウが近づいてきた。

「ミスター・ソロモン」サトウはたどり着くなり煙草に火をつけて言った。「いま、ご依頼の電話をかけてきましたよ」

「どうでした？」ピーターは開いた窓から尋ねた。

「入場許可を出すよう要請しました。短時間ですが」

「ありがとう」

サトウは怪訝そうにピーターを見た。「ただし、きわめて異例の要請でしたがね」

ピーターは肩をすくめてはぐらかした。

サトウはあきらめ、ラングドンの側へまわってこぶしで窓を叩いた。

ラングドンは窓をさげた。

「教授」親愛のかけらもない口調だった。「今夜の協力、しぶしぶだったとはいえ、われわれの成功には不可欠だった……そのことに感謝するよ」深々と煙を吸いこみ、横へ吐き出す。「でも、最後に少しだけ助言を。こんどＣＩＡの上級幹部が国家の安全保障の危機にあると言ったら……」目が黒々と光った。「戯言《たわごと》はハーヴァードに置いてきなさい」

ラングドンは口を開こうとしたが、サトウはすでにきびすを返し、駐車場の先で待つヘリコプターへ向かっていた。

シムキンズが無表情で振り返った。「おふたりとも用意はいいですか」

「実を言うと」ピーターが言った。「ちょっと待ってもらいたい」小さくたたまれた黒っぽい布を取り出し、ラングドンへ手渡す。「ロバート、いまからどこへ向かうにしても、これを着用してくれないか」

ラングドンはとまどいつつ、布をよく見た。黒いベルベット地だ。開いてみると、手のなかにあるのはフリーメイソンの目隠し布だった──古来、第一位階の参入者がこれで目を覆うとされている。

いったい何事だ？

ピーターは言った。「行き先がどこか、きみに見られたくないんだ」

ラングドンはピーターに向きなおった。「道中、目隠しをしていろと？」

ピーターは口もとをゆるませた。「わたしの秘密だ。わたしのルールでやってくれ」

127

ラングレーのCIA本部の外は、風が肌寒かった。ノーラ・ケイは体を震わせながら、システム・セキュリティ担当のリック・パリッシュについて、月光の差す局の中庭を横切っていった。

どこへ連れていくつもり？

さいわい、フリーメイソンの映像流出の危機は回避できたが、ノーラはいまだに落ち着かなかった。CIA長官のパーティションにあった抜粋文書の件は謎のままで、そのことが頭を離れない。朝になったらサトウへ報告をする予定でもあり、事実を余さず知っておきたかった。そこでリック・パリッシュに電話をかけて協力を求めたのだった。

いま、リックに従って局外の未知の場所へ向かいながらも、ノーラはあの奇怪なことばの数々を記憶から消すことができなかった。

……と、それは**地下**の秘密の場……

……の経緯度が**ワシントンDC**のどこかを……

……へとつづく**古の門**を発掘した……

……どうやら**ピラミッド**には危険な……

……に、この**刻まれたシンボロン**を解読して……

「きみも同じ意見だろう」歩きながらパリッシュは言った。「例のハッカーは、フリーメイソンのピラミッドについて調べてるにちがいない、って」

どう見てもね、とノーラは思った。

「だけど、そのハッカーは、たぶん予想もしていなかったであろう、フリーメイソンの秘密の一面に出くわした」

「というと？」

「ノーラ、局員同士がアイディアを共有できるようにと、長官が内部ディスカッションのためのフォーラムを主催してるのは知ってるだろ？」

「もちろんよ」フォーラムによって局員たちはさまざまな話題についてオンラインで安全にチャットする場を与えられ、長官は部下たちと通じるバーチャルな門を開放できた。

「長官のフォーラムのホストは彼の個人用パーティションにあるんだけど、あらゆる保全許可レベルの局員がアクセスできるよう、機密のファイアウォールのなかには入れていないんだ」

「つまり、どういうこと？」局のカフェテリア近くの角を曲がりながら、ノーラは尋ねた。

「ひとことで言うと……」パリッシュは闇を指さした。「あれだ」

ノーラは顔をあげた。前方の広場の先に、月光を受けて輝くどっしりとした金属の彫刻があった。

五百点を超えるオリジナルの美術品を擁するこの政府機関で、図抜けて有名なのがこの彫刻である。その名は〈クリプトス〉――〝隠された〟を意味するギリシャ語だ。アメリカの芸術家ジェイムズ・サンボーンの手になるもので、ここCIAではちょっとした伝説となっている。

作品は大きなS字形をした厚い銅板でできていて、曲線を描く金属の壁のように、へりを下にして立ててある。広々とした壁の表面には二千字近い文字が刻印され、それが不可解な暗号を形作っている。さらに、それだけでは謎が足りないとでもいうのか、暗号の刻まれたS字形の壁のまわりには、いくつもの彫刻作品が注意深く配されている――奇妙な角度の花崗《かこう》岩の板、羅針図《コンパス・ローズ》、磁鉄鉱、さらにはモールス信号で〝明晰《めいせき》な記憶〟や〝陰の力〟と記された刻印まである。ほとんどのファンはこうした品々が〈クリプトス〉を解読する手がかりになると信じている。

〈クリプトス〉は芸術だ……しかしまた謎でもある。

そこに暗号化された秘密の解読を試みることに、ＣＩＡ内外の暗号研究者たちが長らく執念を燃やしてきた。数年前にようやく暗号の一部が解読され、そのことが全米でニュースになった。今日《こんにち》まで〈クリプトス〉の暗号の多くは解読されていないが、判明している部分でさえ奇々怪々で、謎は深まるばかりである。語られていたのは、地下の秘密の場所、古《いにしえ》の墓へと至る門、緯度と経度……

ノーラはいまでも、解読された部分のさまざまな断片を思い出すことができる――〝その情報は集められ、地下の知られざる場所へと転送された……それはまったく目に見えず……なぜそのようなことが可能か……彼らは地球の磁場を利用した……〟。

ノーラはこれまでこの彫刻をあまり気に留めず、完全に解読されたのかどうかにも関心がなかった。けれども、いまは答がほしかった。

「〈クリプトス〉がどうしたって？」

パリッシュはいわくありげな笑顔を見せ、折りたたんだ一枚の紙をポケットから仰々しく取り出した。「ほら、きみが気にかけてた謎の抜粋文書だよ。全文にアクセスしたんだ」

ノーラは一驚した。「長官の機密のパーティションを探ったの？」

「いや、そこまでする必要はなかった。見てごらん」パリッシュは紙を渡した。

ノーラは紙を手にとってひろげた。ページ上にＣＩＡの標準的なヘッダーが出ているのが見え、意外さに首をかしげた。

このドキュメントは機密ではない。むしろ正反対だった。

局員ディスカッション掲示板――クリプトス

圧縮倉庫――スレッド#2456282・5

ノーラが見ているのは、効率よく保管するために一ページに圧縮された、ひとつづきの掲示板の投稿だった。

「きみのキーワードが集まった文書は」リックは言った。「暗号マニアたちが〈クリプトス〉について書きこんだものだ」

ノーラは全体に目を走らせ、見覚えのあるキーワードを含む文を見つけた。

ジム、彫刻の内容によると、それは地下の秘密の場へ転送されたんだ。そこが情報の隠し場所だよ。

「これは長官の〈クリプトス・フォーラム〉にあった」リックは説明した。「フォーラムは何年もつづいている。何千もの投稿があってね。これなら、キーワードが全部含まれていたとしても不思議はないよ」

ノーラはその先もざっと見て、キーワードを含む別の発言を見つけた。

マークは暗号の経緯度がワシントンDCのどこかを指すと言ったけど、彼の使った座標は一度ずれていたんだ。やっぱり〈クリプトス〉のある場所にもどるんだよ。

パリッシュは彫刻に歩み寄り、暗号の海に手のひらを這《は》わせた。「この暗号の多くはまだ解読されていないんだが、昔のフリーメイソンの秘密に関係した内容じゃないかと考える連中がおおぜいいてね」

ノーラはフリーメイソンと〈クリプトス〉の関連性がささやかれていることを思い出したが、ばかばかしい噂には耳を貸さない性分だった。とはいえ、広場に配されたさまざまな彫刻をこうしてあらためて見まわしていると、これもフリーメイソンのピラミッドと同じく、分割された暗号――シンボロン――ではないかと思った。

奇妙だ。

一瞬、〈クリプトス〉が現代のフリーメイソンのピラミッドであるかのように感じられた。異なる材料でできたものがそれぞれの役割を果たし、ひとつの暗号を形作っている。「〈クリプトス〉とフリーメイソンのピラミッドが同じ秘密を隠してるのかもしれないと考えるのは、無理があるかしら」

「さあね」パリッシュは〈クリプトス〉に不満げな視線を向けた。「メッセージのすべてが明かされることはない気がするよ。だれかが長官を説得して、金庫の鍵《かぎ》をあけてもらい、こっそり答を見ないかぎりはね」

ノーラはうなずいた。いまになって、いろいろな記憶がよみがえった。〈クリプトス〉がここに据えられたとき、すべての暗号の答を入れた封筒がいっしょに届いたものだ。封入された答は当時のCIA長官ウィリアム・ウェブスターに託され、長官の執務室の金庫に保管された。封筒は歴代長官のあいだで引き継がれ、いまもそこにあると言われている。

ウィリアム・ウェブスターの名前が出たせいで、ノーラは〈クリプトス〉の解読された部分をひとつ思い出した。

あのどこかにそれは埋められている。
正確な位置を知っている者は?
WWだけだ。

何がそこに埋まっているのかを正確に知る者はいないが、ほとんどの者はWWがウィリアム・ウェブスターを指すと信じている。実はウィリアム・ホイストン――王立協会の神学者――だという説を聞いたこともあるが、ノーラは深く考えたことがなかった。

リックがまた話しはじめた。「正直言って芸術家にはあまり関心がないんだけど、このサンボーンって人は本物の天才だと思うよ。いまネットでサンボーンの〝キリル文字プロジェクター〟プロジェクトを見てきたんだ。マインドコントロールに関するKGBの文書から抜き出した巨大なロシア語の文字が、プロジェクターで映し出されてた。すごかったよ」

ノーラはもう聞いていなかった。紙の内容をたしかめて、また別の発言から三つ目のキーワードを見つけ出していた。

そのとおりだよ。この部分はすべて、有名な考古学者の日記からそのまま持ってきたもので、ツタンカーメンの墓へとつづく**古の門**を発掘した瞬間が語られてる。

〈クリプトス〉に文章が引用されている考古学者の名はノーラも知っている。著名なエジプト学者ハワード・カーターだ。つぎの発言にはその名前も出てくる。

カーターの調査日誌の残りをネットでざっと読んだけど、どうやら**ピラミッド**には危険な仕掛けがあって、ファラオの平穏を乱す者は呪われるらしいよ！　ぼくたちも注意しなきゃ☺

ノーラは顔をしかめた。「リック、何よ、この間抜けな人。ピラミッドの話さえ勘ちがいしてるわ。ツタンカーメンが葬られたのはピラミッドじゃない。王家の谷よ。暗号研究者って、ディスカバリーチャンネルを観ないわけ？」

パリッシュは肩をすくめた。「おたくだからね」

ノーラはやっと最後のキーワードを見つけた。

ぼくは陰謀論者じゃないけど、ジムとデイヴには、二〇一二年に世界が消滅するより前に、この**刻まれたシンボロン**を解読して最後の秘密を明らかにしてもらわなきゃな……じゃあ、また。

「とにかく」パリッシュは言った。「古のフリーメイソンの伝説にまつわる機密文書を隠し持っているという理由できみが長官を糾弾する前に、〈クリプトス・フォーラム〉のことを知らせておきたいと思ってね。そもそも、長官みたいな権力者に、その手のことにかかずらってる暇があるはずがないんだ」

ノーラはフリーメイソンの映像と、あれほどの大物たちが古の儀式に加わる姿を思い浮かべた。リックだって、あれを知ったら……

いつか〈クリプトス〉が最後の答として何を明かしたとしても、そのメッセージは神秘的な影を帯びているにちがいない。ノーラは鈍い輝きを放つその芸術作品を――この国最大の諜報《ちょうほう》機関の心臓部にもの言わず立つ三次元の暗号を――見あげて思いをめぐらした。これが最後の秘密を手放す日がほんとうに来るのだろうか。

リックとともに館内へもどりながら、ノーラは思わず笑みを浮かべた。

あのどこかにそれは埋められている。

128

ばかげている。

レクサスが人気《ひとけ》のない通りを南へ疾走するあいだ、目隠しをされたロバート・ラングドンは暗黒のなかにいた。隣の座席のピーター・ソロモンは沈黙に陥っている。

どこへ連れていくんだ？

心中では好奇心と恐怖が入り混じっていて、さまざまな断片を懸命につなぎ合わせようとするにつけ、想像はふくれあがっていく。ピーターの主張は揺るがなかった。〝失われしことば〟？　刻印のある巨岩に覆われた階段の下に埋められている？　まったく信じられなかった。

その岩の刻印とされるものは、いまもしっかり脳裏に焼きついている……それでも、その七つの象徴を並べても、なんの意味も読みとれなかった。

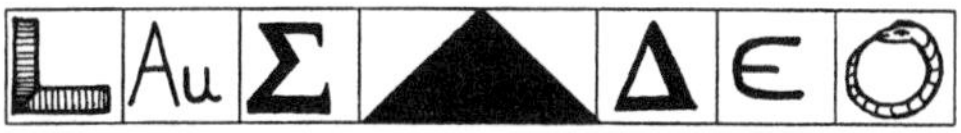

石工の定規――正直さと〝真正〟であることの象徴。
Ａｕの文字――化学において金を表す元素記号。
シグマ――ギリシャ文字のＳ、数学的には各項の総和を表す記号。
ピラミッド――エジプトにおいて、天に到達しようとする人間の象徴。
デルタ――ギリシャ文字のＤ、数学的には変化を表す記号。
水銀――最も古い錬金術の象徴として描かれたもの。
ウロボロス――完全性と一体化の象徴。

ピーターは一貫してこの七つの記号が〝メッセージ〟だと主張していた。しかし、それが事実だとしても、ラングドンにはまったく理解できないものだった。

車が急に速度を落としていきなり右折し、建物の進入路か私道に入ったかのように路面の感触が変わった。ラングドンは耳をそばだてて、現在地の手がかりを拾おうとした。車で十分も走っていない。頭のなかで走った方角をたどろうとしたものの、たちまち方向感覚を失っていた。ラングドンの印象では、いまはテンプル会堂にもどってきたことになっている。

車が停まり、窓をあける音がした。

「ＣＩＡのシムキンズ捜査官です」運転席から声がした。「お知らせしてあると思います」

「はい、捜査官」軍人らしい鋭い声が返ってきた。「先ほどサトウ局長から電話をいただきました。すぐに警備用のバリケードを移動します」

不安を募らせつつ、ラングドンは聞き耳を立て、どこかの軍事基地へはいるところではないかと想像した。奇妙なほどなめらかな舗装道路に沿ってふたたび車が動きだすと、ラングドンは見えない目をピーターへ向けた。

「ここはどこなんですか、ピーター」

「ぜったいに目隠しをはずすなよ」ピーターは容赦のない口調だった。

車は短い距離を走り、また速度を落として停止した。シムキンズがエンジンを切る。話し声が増えた。軍人だ。だれかが身分証明書の呈示を求めた。シムキンズは外へ出て、声を落として相手方と話している。

後部座席のドアが突然開き、ラングドンは力強い手に支えられて車からおろされた。空気が冷たい。風もある。

ピーターは隣にいた。「ロバート、シムキンズ捜査官に中へ先導してもらうよ」

金属の鍵を錠に差す音がした……それから、重い鉄の扉が勢いよく開く音。古い跳ねあげ戸のような音だった。いったいどこへ連れていくつもりだ？

シムキンズの手が金属の扉のほうへ導いた。いっしょに敷居をまたぐ。「まっすぐですよ、教授」

急に静寂が訪れた。死。荒廃。中の空気は滅菌処理を施したようなにおいがする。

シムキンズとピーターに両側から支えられ、音が反響する通路の先へわけもわからず導かれていく。

ローファーの下の床には石のような感触がある。

三人の背後で金属の扉が大きな音を立てて閉まり、ラングドンは跳びあがった。錠がかけられた。目隠しの下には汗がたまっている。引きはがしたくてたまらない。

三人は足を止めた。

シムキンズがラングドンの腕を放し、ひとしきり電子音が鳴ったあと、前方で思いも寄らぬ重低音がとどろいた。セキュリティ・ドアが自動的に開いたのだろうか。

「ミスター・ソロモン、この先はミスター・ラングドンとふたりでおいでください。わたしはここでお待ちします」シムキンズは言った。「懐中電灯をどうぞ」

「ありがとう」ピーターは言った。「長くはかからないよ」

懐中電灯だって？　ラングドンの心臓はいま、激しく脈打っていた。

ピーターが腕をからめてきて、少しずつ前進しはじめる。

「いっしょに歩こう、ロバート」

ゆっくりと歩いてもうひとつ敷居を越えると、背後でセキュリティ・ドアが低い音を立てて閉まった。

ピーターがにわかに立ち止まる。「どうかしたのか」

ラングドンは急に平衡感覚を失い、吐き気を催した。「とにかくこの目隠しをはずしたいんです」

「まだだ。もうすぐ着く」

「もうすぐ、どこへ？」みぞおちのあたりの重苦しさが増す。

「言っただろう。〝失われしことば〟のもとへおりていく階段を見せると」

「ピーター、もう冗談はやめてください！」

「からかうつもりはない。きみの心を開くためなんだよ、ロバート。この世界にはきみでさえ目に留めたことがない秘密があることを思い出してもらうためだ。そしてもう一歩先へ進む前に、きみに頼みたいことがある。ほんの一瞬でいい……伝説を信じてくれないか。人類の失われた至宝のひとつへ向かって何百フィートもおりていく螺旋《らせん》階段を、きみはまさに目のあたりにしようとしている。そのことをどうか信じてもらいたい」

ラングドンはめまいがした。この大切な友を信じたいと思えば思うほど、それができなくなる。

「まだずいぶん先ですか」ベルベットの目隠し布から汗がしたたる。

「いや。実はあとほんの少しだ。あと一枚扉を抜ければいい。わたしがあけよう」

しばし腕を放されたそのとき、急に頭が軽くなり、ぐらりと倒れそうになった。ふらつきながら、つかむものを求めて手を伸ばすと、ピーターがすばやく隣へもどってきた。目の前でどっしりとした自動ドアが開く音がする。ピーターはもう一度ラングドンの腕をとり、前へ進んだ。

「こっちだ」

小刻みに前進してもうひとつの敷居をまたぐと、背後で自動ドアが閉まった。

静寂。寒さ。

ここがどこであれ、セキュリティ・ドアの外の世界とはなんのつながりもない場所なのがラングドンにはすぐさま感じとれた。空気は湿っぽく冷えきっていて、墓場を思わせる。音は鈍く、くぐもって響く。抗しがたい閉所恐怖症の発作がはじまりかけていた。

「もう少しだ」ピーターは目の見えないままのラングドンの手を引いて角をひとつ曲がり、意図したとおりの地点に立たせた。そしてとうとう言った。「目隠しをはずすんだ」

ラングドンはベルベットの目隠し布をつかみ、顔から引きはがした。自分がどこにいるのかをたしかめようとあたりを見まわしたが、相変わらず闇そのものだ。目をこすってみた。何も見えない。

「ピーター、真っ暗です！」

「そうだよ。前へ手を伸ばすんだ。手すりがある。それをつかんで」

ラングドンは暗闇を探り、鉄の手すりに突きあたった。

「さあ、見て」ピーターが何かを手探りする音がして、突然懐中電灯の強烈な光が闇を貫いた。床にあたっていた光は、ラングドンが周囲の様子をつかむより前に手すりの向こう側へ移っていた。ピーターは光線をまっすぐ下へ向けた。

気がつくと、ラングドンは底なしの竪穴《たてあな》をのぞきこんでいた……地下の奥底深くへとおりていく、果てなき螺旋階段。なんだ、これは！　膝《ひざ》が砕けそうになり、支えを求めて手すりを握りしめる。階段は昔ながらの四角い螺旋状で、地中へとおりる踊り場が少なくとも三十は見え、その先は灯光も吸いこまれて消えていく。底さえ見えない！

「ピーター……」ラングドンは口ごもった。「なんですか、ここは！」

「すぐに底まで連れていくよ。でもその前に見るべきものがある」

驚きのあまり抗《あらが》うべくもなく、ラングドンはピーターに導かれて階段から離れ、奇妙な小部屋へとやってきた。ピーターが懐中電灯をすり減った石の床へずっと向けていたので、まわりの空間の感覚がよくつかめなかった……せまい、というほかは。

石造りの小さな部屋だ。

たちまち奥の壁にぶつかったが、そこには長方形のガラスがはめられていた。向こう側の部屋へ通じる窓かもしれない。とはいえ、自分の位置から見るとそちらも暗闇だった。

「さあ」ピーターは言った。「見てごらん」

「何があるんですか」その瞬間、ラングドンの脳裏に連邦議会議事堂の地下にあった〈自省の間〉が浮かび、一瞬とはいえあそこに巨大な地下洞窟《どうくつ》への門があるかもしれないと信じたことを思い出した。

「とにかく見るんだ、ロバート」ピーターはラングドンを少しだけ前へ押した。「それと、気をたしかに持つことだ。見たら衝撃を受けるだろうから」

何があるのか見当もつかないまま、ラングドンはガラスへ近寄った。ラングドンが〝門〟へ向かうのを見て、ピーターは懐中電灯を消し、小部屋は真っ暗闇になった。

目が慣れると、ラングドンは前方を手探りして壁を見つけ、ガラスにふれてその透明な門に顔を近づけた。

それでも向こう側には暗闇しかない。

さらに体を寄せ……顔をガラスに押しつけた。

すると見えた。

体を突き抜けた衝撃と混乱の波が心にも届き、内なる羅針盤が真っ逆さまにひっくり返った。目の前の想像を絶する光景を脳が懸命に受け入れようとして、後ろへ倒れそうになる。このガラスの向こうにあのようなものがあるとは、夢にも思わなかった。

目に映ったのは輝かしい光景だった。

暗闇のなかに、きらめく宝石のごとく、白くまばゆい光が輝いている。

ようやくすべてが理解できた――進入路のバリケード……中央玄関の守衛たち……外の重々しい金属の扉……低い音を立てて開閉する自動ドア……胃の重苦しさ……頭が軽くなる感覚……そしてこの石の小部屋。

「ロバート」ピーターが後ろでささやいた。「視点さえ変えれば、光が見えることもあるのだよ」

ラングドンはことばを失って、窓から外をながめていた。視線は夜の闇へと向かい、虚空を一マイル以上も貫き、下へ……下へとおりて……闇を抜け……まばゆく照らされた連邦議会議事堂の純白のドームの頂点に舞いおりた。

議事堂をこの視点から見たのははじめてだった――自分がいるのは、アメリカにそびえ立つ偉大なエジプトのオベリスクの頂点、五百五十五フィートの上空だ。今夜、ラングドンは生まれてはじめてエレベーターでこの小さな展望室へのぼってきた……ワシントン記念塔の頂へ。

129

ラングドンはガラスの前で陶然と立ちつくし、眼下の光景がもたらす力に浸りきった。知らぬ間に数百フィートもの高みにのぼり、人生でも指折りの絶景に見とれていた。

ナショナル・モールの東端に、連邦議会議事堂の輝くドームが小山のごとくそびえている。議事堂の両翼から二本の平行な光が手前へ伸び……スミソニアン博物館に属する建物の正面が照らし出され……芸術、歴史、科学、文化への導きの明かりとなっている。

ラングドンはいま、ピーターが真実だと言い張った話の多くがまぎれもない真実だったことを、驚《きょう》

愕《がく》のうちに悟った。螺旋階段はたしかに実在し、巨岩の下から何百フィートもくだっていく。この真上にはオベリスクの巨大な冠石があり、これまで忘れていたが、怪しげな因縁がありそうな豆知識も思い出した。ワシントン記念塔の冠石の重さは三千三百ポンドだという。

またしても三十三だ。

とはいえ、さらに驚くべき事実は、この冠石の先端、すなわちオベリスクの頂に、磨かれたアルミニウムの小片——往時には金並みに貴重だった金属——が載せられていることだ。ワシントン記念塔の輝く頂点は高さが一フィート程度で、フリーメイソンのピラミッドとほぼ同じ大きさになる。信じられない話だが、この小さな金属のピラミッドには名高い刻印——*Laus Deo*——が施されている。すぐさまラングドンは理解した。これこそ、石のピラミッドの底面が伝える真のメッセージだ。

七つの象徴は翻字だ！

最も簡単な暗号にほかならない。

それぞれが文字を表している。

石工の直角定規は——L。

金の元素記号は——AU。

ギリシャ語のシグマは——S。

ギリシャ語のデルタは——D。

錬金術で水銀の象徴は——E。

ウロボロスは——O。

「ラウス《Laus》・デオ《Deo》」ラングドンはつぶやいた。このよく知られたラテン語の成句は〝神を讃《たた》えよ〟を意味し、ワシントン記念塔の頂上に、縦幅わずか一インチの筆記体で彫りつけられている。まる見えなのに……だれの目にも見えない。

Laus Deo.

「神を讃えよ」背後でピーターが言い、小部屋に柔らかな光をともした。「それがフリーメイソンのピラミッドに秘められた最後の暗号だ」

ラングドンは振り返った。意味ありげに笑う友の顔を見て、先刻フリーメイソンの図書室でピーターがこの〝神を讃えよ〟ということばを実際に口にしたのを思い出した。それでも自分は気づかなかった。

伝説のピラミッドが導いた先として、ここがいかにふさわしいかをラングドンは寒気とともに実感した。アメリカの偉大なるオベリスクは、まさに古の神秘の知恵の象徴として、国の心臓部で天に向かってそそり立っている。

驚異の念に打たれつつ、四角い小部屋の壁に沿って反時計まわりに歩き、別の展望窓の前に立った。北側だ。

北に面したその窓からは、すぐ下にホワイトハウスのなじみ深いシルエットが見おろせた。地平線まで視線をあげると、真北のテンプル会堂に向かってまっすぐ伸びる十六番ストリートが目にはいった。

ここはヘレドムの真南だ。

壁沿いを歩いてつぎの窓へ向かった。西を向き、リフレクティング・プールの細長い長方形からリンカーン記念館へと目を走らせた。ギリシャ古典様式で造られたこの記念館は、アテネのパルテノン、つまりアテナ神殿に着想を得ている。アテナは英雄的な企ての守護女神だ。アヌイット・コエプティス。ラングドンは合衆国国璽《こくじ》に刻まれた句に思いをはせた。〝神はわれらの企てに与《くみ》せり〟。

つづいて最後に残った南の窓へ行き、タイダル・ベイスンの暗い水面《みなも》の向こうで明るく輝くジェファーソン記念館を見やった。優美な弧を描くこの丸屋根の建物は、ローマ神話の偉大な神々の故地であるパンテオンを模している。

四方をすべて見終えたラングドンは、以前目にしたナショナル・モールの空撮写真を思い出した。写真では、ワシントン記念塔を基点に、四本の腕が東西南北の基本方位へ向かっていた。いま自分は合衆国最大の十字路に立っている。

ひとまわりしてピーターのもとへもどった。恩師は顔をほころばせている。「ロバート、ここがそうだ。〝失われしことば〟だよ。ここにそれは埋められている。フリーメイソンのピラミッドが導いたのは、まさにこの場所だ」

ラングドンは意表を突かれた。〝失われしことば〟のことは忘れかけていた。

「ロバート、わたしはきみをほかのだれよりも信頼している。それに、今夜のようなことがあったのだから、きみにはすべてを知る資格があると思う。伝説で約束されているとおり、〝失われしことば〟は螺旋階段のいちばん下に埋められている」ピーターはワシントン記念塔の長い階段のおり口を手ぶりで示した。

ラングドンはようやくわれを取りもどしつつあったが、頭は混乱していた。

ピーターはすかさずポケットに手を入れ、小さな物体を出した。「これを覚えているか」

ラングドンはかつてピーターから託された四角い箱を受けとった。「ええ……でも、これを守るというつとめは果たせませんでした」

ソロモンは小さく笑った。「これもそろそろ日の目を見るべきときが来たのかもしれない」

ラングドンは石の箱を見おろし、なぜピーターがいまこれを手渡したのかと考えた。

「何に似ている？」ピーターが尋ねた。

ラングドンは１５１４ADの刻印を見つめ、キャサリンが包みをあけたときに漏らした最初の印象を思い返した。「礎石に似ています」

「そのとおり。さて、礎石にはあまり知られていない事実がある。まず、礎石を定めるという考え方は旧約聖書に端を発する」

ラングドンはうなずいた。「詩篇ですね」

「そうだ。そして本来の礎石は、かならず地下に埋められる——建物が大地より出《い》でて天の光に向かって伸びる最初の一歩を象徴するものだ」

ラングドンは外の連邦議会議事堂に目をやり、その建物の礎石が非常に深いところに埋められていて、今日の発掘作業でも見つかっていないことを思い出した。

「最後に」ソロモンは言った。「きみが手にしている石の箱と同様、礎石の多くは小さな金庫でもあり、中の空洞に宝を——その気になれば護符をも——保管することができる。それはこれから築こうという建物の前途への希望を象徴している」

ラングドンもその伝統はよく知っていた。今日でも、フリーメイソンは礎石を据えるとき、中にゆかりのあるものを封じる――タイムカプセル、写真、宣言書、さらには大切な人の遺灰などを。

ソロモンは階段を一瞥《いちべつ》して言った。「この話をした理由はわかるだろう？」

「〝失われしことば〟がワシントン記念塔の礎石に封じられたとお思いなんですか」

「思ってなどいないよ、ロバート。わたしは知っている。一八四八年七月四日、フリーメイソンの正規の儀礼に則《のっと》って、〝失われしことば〟はこの記念塔の礎石に封じこまれた」

ラングドンはソロモンをまっすぐ見た。「フリーメイソンの父祖たちはことばを封じたというんですか」

ピーターはうなずいた。「そうだ。彼らはその真の力を理解していた」

ラングドンは今夜ずっと、荒唐無稽《むけい》でとらえどころのない概念をつとめて理解しようとしていた。古の神秘、失われしことば、古代の秘密。確固たるものが必要だという思いは一貫しており、すべての鍵が五百五十五フィート下の礎石に宿っていると聞かされても、にわかには信じられなかった。幾多の人々が生涯をかけてこの謎を研究しているのに、隠されているとされる力にいまもってたどり着けずにいる。デューラーの〈メランコリアⅠ〉がまぶたに浮かんだ――錬金術の神秘を解き明かそうとつとめながらも、そのむなしい試みを象徴する道具に囲まれて意気消沈する錬金術師の姿が。秘密をほんとうに明らかにできるとしても、ひとところにあるはずがない！

どんな答であれ、それは世界じゅうの何万という書物のなかに散らばっているはずだとラングドンはずっと信じていた。それはピタゴラス、ヘルメス、ヘラクレイトス、パラケルススなどが遺《のこ》した著書のなかに隠語か何かで記されている。あるいは、錬金術や神秘学や魔術や哲学の、忘れられたほこりまみれの書物から見いだされる。あるいは、アレクサンドリアの古代の図書館、シュメールの粘土板文書、エジプトの神聖文字に隠されている。

「ピーター、あえて言いますが」ラングドンは首を左右に振り、静かに言った。「古の神秘は生涯をかけて理解するものです。鍵がただひとつのことばで言いつくせるとは思えない」

ピーターはラングドンの肩に手を置いた。「ロバート、〝失われしことば〟は単語ではないのだよ」賢者の笑みを浮かべる。「〝ことば〟と呼ぶのは、古代の人々がそう呼んでいたからにすぎない……はじめに」

130

はじめに〝ことば〟ありき（ヨハネによる福音書一章一節）。

ギャロウェイ首席司祭は国立大聖堂の身廊と袖廊《そでろう》の交差部でひざまずき、アメリカのために祈った。愛する国が〝ことば〟の真の力をほどなく理解するよう祈願した。〝ことば〟とはあらゆる古の師たちの知恵を書き留めた記録集であり、偉大なる賢者たちの教える霊的な真実だ。

歴史は人類にきわめて聡明《そうめい》な導き手を幾度となく与えた。導き手は英知に満ちた魂を持ち、霊的、精神的な神秘をだれよりも深く理解していた。歴史を通じ、こうした賢者——仏陀《ぶつだ》、イエス、ムハンマド、ゾロアスター、その他無数の人物——の金言は、最も古く最も尊い器によって伝えられた。

書物によって。

どの文化にも、独自の聖なる書物——独自の〝ことば〟——があり、そのどれもが異なっていて、それでいて同一でもある。〝ことば〟とは、キリスト教徒にとっては聖書であり、イスラム教徒にとってはコーランであり、ユダヤ教徒にとってはトーラーであり、ヒンドゥー教徒にとってはヴェーダであり、そういった組み合わせはいくらでもある。

〝ことば〟は道を照らし出す。

アメリカの建国の父となったフリーメイソンたちにとって、〝ことば〟は聖書だった。そして、その真のメッセージを理解した者は歴史を通じてほとんどいない。

今夜、ギャロウェイ首席司祭は大聖堂でひとりひざまずき、両手を〝ことば〟の上に置いた——使い古したフリーメイソンの聖書の上に。大切にしてきたこの本は、フリーメイソンの聖書の例に漏れず、旧約聖書と新約聖書とフリーメイソンの思想集から構成されている。

首席司祭の目はもうそれを読めなかったが、序文は頭に刻みこまれていた。世界じゅうの無数の言語で、何百万もの兄弟たちがその栄えあるメッセージを読んできた。

そこにはこう書かれている。

時間は川である……そして書物は船である。多くの書物がこの流れをくだっていくものの、むなしく難破して砂に埋もれ、忘れ去られる。ごくわずかな書物だけが時間の試練に耐え抜き、生き延びてつぎの時代に恵みを伝えていく。

こういった書物が生き延び、ほかが消え去ったのには理由がある。敬虔《けいけん》な学者であるギャロウェイ首席司祭は、古代の神聖な書が——地上で最も研究されている書が——実は最も理解されていない書であることにつねに驚きを覚えていた。

これらのページのあいだに、驚異の秘密が隠されている。

やがて光が差し、人々は古の教えの単純ながら力強い真実をついに理解しはじめるはずだ……そしておのれが本来持つ気高さを一気に感得するだろう。

131

ワシントン記念塔の中心を貫く石の螺旋階段は八百九十六段からなり、むき出しのエレベーターシャフトの周囲をめぐっている。ラングドンはピーターとともに階段をおりながら、いましがた聞かされた驚愕の事実に心を奪われていた――〝ロバート、わが国の父祖たちはこの記念碑の中空の礎石に一冊のことばを――聖書を――封じこめたのだよ。それはこの階段のいちばん下で闇に包まれて眠っている〟。

階段の途中の踊り場でピーターが急に立ち止まり、懐中電灯を振り向けて、壁に埋めこまれた大きな石のレリーフを照らした。

これはなんだ？　ラングドンはその彫刻を見て、跳びあがりそうになった。

レリーフには、鎌を手にして砂時計のかたわらに立つローブ姿の恐ろしげな人物が描かれている。一方の腕を伸ばし、まるで〝答はここにある！〟とでも言うかのように、聖書らしき大きな書物をまっすぐに指している。

ラングドンは彫刻を見つめ、それからピーターに顔を向けた。

ピーターの目は謎めいた光を宿していた。「考えてもらいたいのだよ、ロバート」うつろな階段に声が反響する。「聖書が動乱の時代を何千年も生き延びたのはなぜだと思う？　なぜいまもここにある？　おもしろくて読まずにはいられない物語だからか？　むろんちがう。だが、歴《れき》とした理由がある。キリスト教の修道士が生涯をかけて聖書を読み解こうとするのには理由がある。ユダヤ教の神秘主義者やカバラ研究者が旧約聖書を熟読するのには理由がある。それは、この古い書物のページに強大な秘密が隠されているからだ……そこには膨大な数の知られざる知恵があり、見いだされるのを待っている」

聖書の語句には裏の意味があり、比喩《ひゆ》や象徴や寓話《ぐうわ》のベールで覆われたひそかなメッセージを伝えているという説は、ラングドンもよく知っていた。

「預言者は教えている」ピーターはつづけた。「秘められた奥義を伝えるときには隠語が用いられる、と。マルコによる福音書にも〝汝《なんじ》らには……奥義を与うれど……すべてたとえにて教う〟とある。箴《しん》言《げん》では賢者のことばを〝謎〟と述べ、コリント人への手紙は〝隠れたる知恵〟について語っている。ヨハネによる福音書もこう警告している。〝われ、これらのことを暗き語にて語れり〟」

暗き語か。この奇妙な言いまわしが箴言に幾度となく現れ、詩篇の七十八章にも出てくることを知っているラングドンは思いにふけった。〝われ、口を開きてたとえを設け、古の暗き語を語りいでん〟――〝暗き語〟という概念はそれが悪であることを指すのではなく、真の意味が影で覆われ、光から隠されていることを示している。

「疑うのなら言うが」ピーターはさらにつづけた。「コリント人への手紙は、たとえには二段階の意味があることをはっきりと示している。〝われ、汝らに乳のみ飲ませて堅き食物を与えざりき〟――

乳は未熟な者のために薄めた教えであり、堅き食物は成熟した者のみが得られる真のメッセージを表す」

ピーターは懐中電灯を掲げ、聖書を熱心に示すローブ姿の人物の彫刻をふたたび照らした。「きみが疑《うたぐ》り深いのは知っているよ、ロバート。だが、考えてみてくれ。もし聖書に隠された意味などまったくないとしたら、なぜ歴史上で最も聡明な人々のこれほど多くが――王立協会の天才科学者までもが――その研究に没頭する？　サー・アイザック・ニュートンは聖書の真の意味を読み解こうとして百万語を超える文章を記し、一七〇四年の文書では、隠された科学的知識を聖書から得たとまで主張している」

ラングドンはそれが事実であるのを知っていた。

「そしてサー・フランシス・ベーコンは」ピーターはつづけた。「その道の権威として、欽定《きんてい》訳の聖書を文字どおり作り出すためにジェイムズ王に雇われたのだが、聖書には秘められた意味があると確信して、それをみずからの暗号で記した。いまもその暗号は研究の対象になっている。もちろん、きみも知ってのとおり、ベーコンは薔薇《ばら》十字団員であり、『古人の知恵』を著した」笑みを浮かべる。「また、因襲の打破を説いた詩人ウィリアム・ブレイクでさえ、聖書の行間を読むべきだと示唆している」

ラングドンもその詩句には通じていた。

汝もわれも昼夜を問わず聖書を読む
されど、われが白と読むところを汝は黒と読む

「これはヨーロッパの大家だけの話ではない」ピーターは階段をおりる足を速めた。「アメリカという若い国の心臓部だったここでも、賢明な父祖たちが――ジョン・アダムズ、ベンジャミン・フランクリン、トマス・ペインらが――聖書の逐語解釈は大きな危険をともなうと警告している。それどころか、トマス・ジェファーソンは、聖書の真のメッセージは秘匿されていると確信するあまり、ページを文字どおり切り刻んで編集しなおした。本人の言によれば、〝でっちあげの証拠を排して正しい教義を復元する〟のが目的だった」

その奇妙な事実はラングドンもよく知っていた。ジェファーソン聖書は今日でも発行されているが、物議を醸す修正が数多く施され、たとえば処女懐胎や復活の記述が削除されている。信じられない話だが、十九世紀前半には、連邦議会に新たに加わる議員全員にジェファーソン聖書が配布されていたという。

「ピーター、たしかにおもしろい話だし、聡明な人々が聖書に隠された意味があると思いたくなるのもわかりますが、わたしには納得できませんね。経験を積んだ教師なら、物を教えたければ隠語を使わないと主張するはずです」

「というと？」

「教師は教えることが仕事なんですよ、ピーター。われわれは平明に話します。なぜ預言者が――歴史上最も偉大な教師たちが――あいまいな表現を使うんです？　世界を変えたければ、わざわざ隠語で伝えるでしょうか？　世界じゅうが理解できる平易な表現をなぜ用いないんですか？」

ピーターはその質問に驚いたらしく、階段をおりながら首を後ろに向けた。「ロバート、聖書が平明に語らないのは、古代の神秘学派が秘密にされつづけたのと同じ理由からだ。古代の秘密の教えを学ぶ前に新入者が参入儀式を受けなければならなかったのも、見えざる大学の科学者が外部へ知識を提供するのを拒んだのも、同じ理由からだ。この知恵には強大な力があるのだよ、ロバート。古の神秘は屋根の上から叫ぶようなものではない。それは燃えるたいまつであり、しかるべき師の手にあれば道を照らせるが、誤った者の手に落ちれば大地を焼き払いかねない」

ラングドンは足を止めた。いったいなんの話だ？「ピーター、わたしは聖書の話をしているんです。なぜ古の神秘の話を持ち出すんですか」

ピーターは振り返った。「ロバート、まだ気づかないのか？　古の神秘と聖書は同じものだ」

ラングドンは当惑して目を瞠《みは》った。

ピーターは数秒のあいだ口を閉ざし、その意味をラングドンが理解するまで待った。「聖書は、歴史を通じて古の神秘を受け継いできた書物のひとつだ。その文面はわれわれに秘密を懸命に教えようとしている。わからないか？　聖書の〝暗き語〟とは、秘密の知恵のすべてを密《ひそ》やかに伝えようとする古代の人々のささやき声なのだよ」

ラングドンはことばが出なかった。古の神秘は人間の精神の潜在能力を引き出すための一種のマニュアルであり、人それぞれが神格化するためのレシピのたぐいだと理解している。実際にそんな力があるとはとうてい信じられないし、聖書にその神秘の鍵が隠されているとするのは、受け入れがたいこじつけにしか思えない。

「ピーター、聖書と古の神秘は正反対ですよ。古の神秘が説くのは人の内にある神であり、人はすなわち神だと言っています。一方、聖書が説くのは人の上にある神であり、人は無力な罪人《つみびと》にすぎない」

「そう、そのとおりだ！　きみの指摘はまさに正鵠《せいこく》を射ているよ。人が神とみずからを分けたとき、〝ことば〟の真の意味は失われた。いまでは古の師たちの声は、自称宗教家の支離滅裂なわめき声に掻《か》き消されている。その手の宗教家は、自分だけが〝ことば〟を理解していて、〝ことば〟は自分たちの言語でのみ記されていると声高に叫ぶ」

ピーターは階段をおりつづけた。

「ロバート、教えが大きくゆがめられて、宗教が天国へ行くための料金所になり果て、神の意思を大義名分にして兵士が戦場へ向かう現状を知ったら、古代の人々が愕然とするであろうことは言うまでもあるまい。われわれは〝ことば〟を失ったが、その真の意味はまだ手の届くところにあり、目の前に示されている。それは聖書、『バガヴァッド・ギーター』、コーランなどの不朽の書のなかにある。これらの書はすべてフリーメイソンの祭壇に置かれて尊ばれているが、それは世界が忘れてしまったように見えるものをフリーメイソンが重んじ、こうした書がそれぞれの形でどれもまったく同じメッセージを静かに語っているのを理解しているからだ」ピーターの声に感情があふれた。「汝、おのれの神なるを知らざるか、というメッセージを」

今夜はその名高い言いまわしに何度も出くわすのでラングドンは驚いた。ギャロウェイと話していたときも、連邦議会議事堂で〈ワシントンの神格化〉の解説を試みたときも、その文句を思い浮かべていた。

ピーターはささやき声にまで声を落とした。「仏陀は〝だれもが仏になりうる〟と言った。イエスは〝神の国は汝らの内にあり〟と教え、〝われを信ずる者はわがなす業《ぎょう》をなさん、かつこれよりも大いなる業をなすべし〟とまで約束した。最初の対立教皇であるローマのヒッポリュトスが引用しているが、グノーシス派の師モノイムスもこう言っている。〝神を探すのはやめよ……おのれ自身を出発点にせよ〟と」

テンプル会堂で、守衛役《タイラー》の椅子の背に刻まれていた短い標語が心に浮かんだ――〝汝自身を知れ〟。

「ある賢人がかつてわたしに語った」ピーターがかすかな声で言った。「人と神との唯一のちがいは、人がおのれの神性を忘れてしまったことだと」

「ピーター、言いたいことはよくわかります。わたしだって自分たちが神だと信じたいが、地上を歩く神など見たことがない。超人にも出会えない。聖書やほかの聖典に出てくるいわゆる奇跡を証拠にあげたところで、それは人間が作り出し、時とともに誇張された昔話にすぎないんです」

「そうかもしれない。あるいは、科学が古代の人々の知恵に追いつくのを待つしかないのかもしれない」ピーターはことばを切った。「妙な話だが、わたしはキャサリンの研究がまさにその役を果たすのではないかと思っている」

ラングドンはキャサリンがテンプル会堂から急いで立ち去ったことを思い出した。「ところで、キャサリンはどこへ行ったんですか」

「まもなくここへ来る」ピーターは笑みを漏らした。「望外の幸運に与《あずか》ったことを確認しにいったのだよ」

外へ出て記念塔の基部に立ったピーター・ソロモンは夜の冷気を吸い、力が湧くのを感じた。ラングドンがしきりに地面へ目を向け、頭を掻きながらオベリスクの基部を見まわすさまを愉快な気分で見守った。

「教授」ピーターは軽い口調で言った。「聖書をおさめた礎石は地下にある。直接見るのは無理だが、そこにあるのはわたしが請け合おう」

「信じますよ」ラングドンは物思いにふけっている様子だった。「ただ……気づいたことがあって」

ラングドンはあとずさりし、ワシントン記念塔が建つ広場を見渡した。円形の広場は白い石で覆われているが、二列に並んだ黒い石の装飾があり、塔の周囲にふたつの同心円を作り出している。

「輪のなかに輪がある」ラングドンは言った。「ワシントン記念塔が二重の輪の中心に建っているなんて知らなかったな」

ピーターは思わず笑い声をあげた。この男は何も見逃さない。「ああ、巨大な〝丸中黒《サーカムパンクト》〟が――神の普遍的な象徴が――合衆国の十字路にあるわけだ」思わせぶりに肩をすくめる。「きっとただの偶然だよ」

ラングドンは別のものに気をとられた様子で視線をあげ、冬の暗い空を背に純白に輝く塔の下から上へと目を這わせている。

ピーターはラングドンがこの塔の真の目的を理解しはじめているのを感じとった。この塔は古の知恵の存在を無言のうちに示すもので、啓蒙《けいもう》された人間の聖なる象徴として、偉大なる国家の中心に屹《きつ》立《りつ》している。頂上のアルミニウムの小片を実際に見ることはできなくても、それが天をめざす啓蒙された精神としてたしかにそこにあることをピーターは知っていた。

　神を讃《ラウス・デオ》えよ。

「ピーター」何かの神秘的な参入儀式を終えたような顔で、ラングドンが歩み寄った。「忘れるところでした」ポケットに手を入れて、ピーターのものであるフリーメイソンの金の指輪を取り出す。「今夜ずっと、あなたに返したいと思っていたんですよ」

「ありがとう、ロバート」ピーターは左手を差し出して指輪を受けとり、賛嘆の目で見た。「この指輪とフリーメイソンのピラミッドをめぐる数々の秘密や謎は、わたしの人生に計り知れぬ影響を与えてきた。まだ若いころにピラミッドを渡され、深遠な秘密が隠されていると教わった。ピラミッドがそこにあるだけで、この世には大いなる神秘があると信じる気になった。それは好奇心を刺激し、驚異の念を深め、古の神秘に心を向けるきっかけとなったのだよ」穏やかな笑みを浮かべ、指輪をポケットに滑りこませる。「フリーメイソンのピラミッドの真の目的は答を明かすことではなく、答への興味を掻き立てることにあるといまでは思っている」

ふたりは記念塔の下で長々と黙したまま立っていた。

ようやくラングドンが口を開き、真剣な口調で言った。「ひとつ頼みがあります、ピーター……友人として」

「いいとも。なんでも言ってくれ」

ラングドンはそれを伝えた……断固とした態度で。

ソロモンはその正しさを知ってうなずいた。「そうするよ」

「いますぐです」ラングドンはたたみかけ、待たせてあるレクサスを手で示した。

「わかった、わかった……だがひとつ条件がある」

ラングドンは目をくるりとまわし、含み笑いをした。「なぜか、決定権はいつもあなたが握ってるな」

「たしかに。そう、きみとキャサリンにぜひ見てもらいたいものが、最後にひとつだけある」

「こんな時間に？」ラングドンは腕時計を見た。

ソロモンは旧友にあたたかい笑みを向けた。「ワシントンの最もすばらしい宝を見せたいのだよ。いままでにそれを目にした者はごくわずかしかいない」

132

キャサリン・ソロモンは軽やかな気分で、ワシントン記念塔が建つ丘を足早にのぼっていった。今夜は大きなショックと悲劇を味わわされたが、先ほどピーターが教えてくれた吉報が頭を占め、一時的ではあるものの、心の乱れがおさまっていた。その吉報の正しさを、キャサリンは自分の目でたしかめてきたところだった。

研究は無事だ。何もかも。

研究所のホログラフィックディスク・ドライブは破壊されたが、先刻テンプル会堂で、純粋知性科学の全研究成果のバックアップをＳＭＳＣの会長室にひそかに保存してあるとピーターから聞かされた。研究にすっかり魅了されたので、邪魔をせずに進捗《しんちょく》状況を把握できるようにしておきたくてそうした、とピーターは説明した。

「キャサリン？」深みのある声が呼びかけた。

キャサリンは視線をあげた。

照らし出された記念塔の下に、黒い人影がひとつ立っている。

「ロバート！」キャサリンはそこへ駆け寄り、ラングドンに抱きついた。

「いい知らせを聞いたよ」ラングドンはささやいた。「これで安心だね」

感激でキャサリンの声はうわずった。「ほんとうによかった」ピーターが救ってくれた研究は、科学が成しとげた偉業だ。そこには、人間の思考が測定可能な現存の力だと証明する実験結果が大量に集められている。それらの実験は、人間の思考が氷の結晶からランダム事象発生装置、原子未満の粒子の活動に至るまで、あらゆるものに影響を及ぼしうると実証した。結果は決定的で反論の余地がなく、疑う者を信じる者へ変え、世界じゅうの人々の意識に大規模な感化を及ぼす力がある。「何もかも変わるわ、ロバート。ありとあらゆるものが」

「ピーターもそう思ってるはずだ」

キャサリンは兄の姿を目で探した。

「病院だ」ラングドンは言った。「たっての願いだと言って、わたしから頼んだんだよ」

キャサリンは安堵《あんど》のため息をついた。「ありがとう」

「ここできみを待つよう言われた」

キャサリンはうなずき、輝く白いオベリスクを見あげた。「ここにあなたを連れてくると言ってたわ。〝神を讃えよ《ラウス・デオ》〟がどうのこうのって。くわしくは教えてくれなかったのよ」

ラングドンは疲れた苦笑を漏らした。「自分でもすっかり理解できたとは思えない」塔の頂上を一瞥する。「今夜ピーターから聞いた話の多くはまだ腑《ふ》に落ちないんだ」

「あてでみましょうか。古の神秘と科学と聖書？」

「大あたり」

「わたしの世界にようこそ」キャサリンはウィンクをした。「ピーターはずっと前にわたしをそこへ導いてくれた。研究の多くはそれが原動力になったの」

「心では、ピーターの話には納得できる部分もある」ラングドンは首を左右に振った。「でも、頭では……」

キャサリンは微笑し、ラングドンの体に腕をまわした。「ねえ、ロバート、わたしが助けになれるかもしれない」

133

連邦議会議事堂の奥深くで、ウォーレン・ベラミー建築監が人気《ひとけ》のない廊下を歩いていた。今夜の最後の仕事だ、とベラミーは思った。

オフィスに着くと、机の抽斗《ひきだし》からずいぶん古い鍵を出した。黒い鉄の鍵で、細長く、ぼやけた刻印がある。それをポケットに滑りこませてから、客人を迎えるべく準備を調えた。

ロバート・ラングドンとキャサリン・ソロモンが議事堂に向かっている。ピーターの頼みで、ベラミーはそのふたりに稀有《けう》の機会を——この建物の最も壮大な秘密を見る機会を——提供しようとしていた。ピーターに言わせれば、それは造った者だけが明らかにできる秘密だった。

連邦議会議事堂の〈ロタンダ〉で、ロバート・ラングドンはドームの天井直下にめぐらされた環状の通路をおそるおそる歩いていた。手すりの向こうをためらいがちにのぞいてみたが、高さに目がくらんだ。眼下の床の中央でピーターの手首が見つかってからまだ十時間も経っていないというのが、いまでも信じられなかった。

その同じ床に議事堂建築監が立っているが、百八十フィートも上からでは小さな点にしか見えず、やがて一定の速さで〈ロタンダ〉を横切って姿を消した。ベラミーはラングドンとキャサリンをこのバルコニーまで案内すると、やけに細かい指示を与えて自分は立ち去った。

ピーターの指示だという。

ラングドンはベラミーから渡された古い鍵を見た。そして、ここからさらに上へ伸びる細い階段に視線を向けた。神よ、救いたまえ。建築監によると、このせまい階段の先に小さな金属のドアがあり、いま手にしている鉄の鍵であけられるという。

そのドアの向こうに、ピーターが自分とキャサリンにぜひ見せたいと言っていたものがあるらしい。くわしくは教わらなかったが、ドアをあける厳密な時刻まで念入りに指示された。それまでドアをあけてはいけないらしい。どうしてだ？

ラングドンはもう一度腕時計を見てうなった。

鍵をポケットに入れ、目の前の奈落《ならく》越しにバルコニーの反対側を見た。どうやらキャサリンは高所に恐怖を感じない性質《たち》らしく、大胆にも先を歩いている。円周を半ばまわり終え、頭上を覆うブルミディの〈ワシントンの神格化〉を隅々まで鑑賞している。この稀《まれ》なる絶景をながめられる位置からだと、広さ約五千平方フィートに及ぶドームを彩る十五フィートの人物像は、驚くほど細かいところまで観察できる。

ラングドンはキャサリンに背を向けて壁に顔を寄せ、ごく小さな声でささやいた。「キャサリン、これはきみの良心の声だ。どうしてロバートを置いていくんだ？」

キャサリンはこのドームの驚くべき音響特性を知っているらしい……壁がささやき返してきたからだ。「臆病《おくびょう》な男だからよ。ロバートのほうがこっちまで来るべきなのに。あのドアをあけさせてもらえるまでに、まだ時間はたっぷりあるのよ」

キャサリンに痛いところを突かれ、ラングドンはやむなく壁に張りつくようにしてバルコニーを歩いた。

「この天井はほんとうにすごいわね」キャサリンは賛嘆して首を伸ばし、頭上にひろがる〈ワシントンの神格化〉の壮大な絵に見入った。「神話の神々が科学の発明家とその発明品に交じって描かれてるのよ。こんな絵が、よりによって議事堂の中央にあるなんて」

ラングドンは視線をあげ、それぞれの発明とともに描かれたフランクリン、フルトン、モースの巨大な人物像を見た。それらの人物から伸びた輝かしい虹《にじ》を目で追い、雲に乗って天にのぼるジョージ・ワシントンを見つめた。人が神になるという大いなる約束を体現する絵だ。

キャサリンが言った。「まるで古の神秘の真髄が〈ロタンダ〉の上に集められたみたいね」

たしかにそのとおりだ。科学の発明を神話の神々や人間の神格化に融合させたフレスコ画は、世界でも珍しい。いくつもの絵を組み合わせたこの美しい天井画は古の神秘の伝えるメッセージそのものであり、それがここに描かれているのには理由がある。建国の父たちはアメリカがまっさらなキャンバスで、神秘の種を蒔《ま》ける肥沃《ひよく》な土地だと考えた。今日でも、天にのぼるアメリカの父を描いたこの崇高な図像は、議員や指導者や大統領の上を静かに漂いつづけている。それは力強い示唆であり、未来への案内図であり、人間が進化して霊的な成熟をとげる日がやがて訪れることを約束するものでもある。

「ロバート」ミネルヴァと並んで立つ偉大な発明家たちの英姿に視線を注いだまま、キャサリンがささやいた。「これはまさに予言よ。現代では、最先端の発明品が最も古い思想の研究に用いられてる。純粋知性科学は新しい学問だけれど、地上で最古の科学でもある――人間の思考を研究するという意味で」畏敬《いけい》の念に満ちた目をラングドンに向けた。「そしてわたしたちは、古代の人々が現代人よりも思考をより深く理解していたことに気づきつつある」

「それもそのはずだ」ラングドンは応じた。「精神は古代人が自由に使える唯一のテクノロジーだった。昔の哲学者は徹底的にそれを研究した」

「そうよ！ 古代の書物は人間の精神が持つ力の研究に夢中だった。『ヴェーダ』は精神エネルギーの流れを語ってる。『ピスティス・ソフィア』は宇宙の意識を述べてる。『ゾーハル』は人間の魂の本質を探ってる。手をふれずに治療するという点で、シャーマンの文書は物理学の〝遠隔作用〟を予言してる。何もかも書かれてるのよ！ そのうえ聖書について語りだしたらきりがないわ」

「きみもなのか？」ラングドンは苦笑した。「ピーターも、聖書には科学の知識が隠語で書かれてると力説してたよ」

「そのとおりよ。ピーターのことばが信じられないなら、ニュートンが聖書について記した秘密の文書を読んでみるのね。ロバート、あなたも聖書の謎めいたたとえ話を理解できるようになれば、聖書はまさに人間精神の科学的研究だと気づくはずよ」

ラングドンは肩をすくめた。「帰って読み返すことにするよ」

「ちょっと質問させて」キャサリンはラングドンの疑り深い態度に、見るからに不満げだった。「聖書が〝われらの宮を築け〟とか、〝その宮を工具を使わず音も立てずして築くべし〟とか、その手のことを述べるとき、どんな宮を指してると思う？」

「人の体のことだと書かれてるよ」

「そう、コリント人への手紙三章十六節ね。汝らは神の宮なり」キャサリンは微笑みかけた。「ヨハネによる福音書にもほとんど同じことが書いてある。聖書は人の潜在能力を熟知していて、それを活用するよう促してる……心の宮を築くよう促してるのよ」

「あいにく、宗教界はもっぱら本物の宮の再建を待ってるように思えるな。救世主の預言がそうなってるからだ」

「たしかにそうだけど、大事な点が見落とされてるわ。キリストの再臨は人の降臨でもある——人が心の宮をついに築く瞬間なのよ」

「どうだろうな」ラングドンは顎《あご》をなでながら言った。「わたしは聖書学者じゃないが、築くべき実際の宮の細かい記述が聖書にあるのはよく知ってるよ。建物は二重の構造になっていて、聖所と呼ばれる外側の宮と、至聖所と呼ばれる内側の聖域がある。ふたつは薄い幕で隔てられている」

キャサリンは頰をゆるませた。「聖書懐疑派にしてはずいぶんよく覚えてるのね。ところで、人間の脳を見たことはある？　二重の構造になってるのよ。硬膜と呼ばれる外側の膜と、軟膜と呼ばれる内側の膜があって、ふたつは蜘蛛《くも》の巣状の組織の膜——クモ膜によって隔てられてるの」

ラングドンは驚いて顔をあげた。

キャサリンはそっと手を伸ばして、ラングドンのこめかみ《テンプル》にふれた。「ここが宮《テンプル》と呼ばれるのはわけがあるのよ、ロバート」

キャサリンのことばを嚙《か》みしめようとして、ラングドンは不意にグノーシス派のマリアによる福音書の一節を思い出した――〝心あるところに宝あり〟。

「聞いたことがあるかもしれないけど」キャサリンは穏やかな声で言った。「瞑想《めいそう》中のヨーガ行者の脳をX線で調べるという実験があったの。高い集中状態にある人間の脳は、松果体から蠟《ろう》状の物質を作り出すのよ。この脳の分泌物はほかのどんな器官のものともちがう。驚異的な治癒作用を持っていて、細胞を再生することができるから、それが行者が長生きする理由のひとつなのかもしれない。これはまぎれもない科学よ、ロバート。この物質には信じられない性質がいくつかあり、高い集中状態にある精神だけが作り出すことができる」

「何年か前にそんな記事を読んだのを覚えてるよ」

「同じ話題になるけど、聖書に出てくる〝天から授けられたマナ〟のことは知ってるでしょう？」

ラングドンには話のつながりが見えなかった。「飢えた人々に与えるために天から降ってきた魔法の物質のことかい」

「そうよ。この物質には病を治して不死の命を与える力があり、不思議なことに食べても減らなかったと言われている」キャサリンはラングドンが理解するのを待つかのように間《ま》をとった。「ロバート？」とせっつく。「天から降ってきた栄養物よ」こめかみを軽く叩《たた》いた。「体を魔法のように癒《いや》すのよ？　食べても減らないのよ？　わからない？　隠語――つまり暗号が使われてるのよ、ロバート！　〝宮〟は〝肉体〟の隠語。天は〝精神〟の隠語。創世記に出てくるヤコブの梯子《はしご》は背骨。マナは脳の貴重な分泌物。聖書でこういう隠語に出会ったときは注意することね。裏にもっと深い意味が隠されている目印の場合が多いから」

それからキャサリンは矢継ぎ早にことばを繰り出し、同じ魔法の物質が古の神秘の至るところに現れると説明した——神々の酒《ネクタル》、不死の秘薬《エリクサー》、若返りの泉、賢者の石、神肴《アンブロシア》、甘露、命の液《オージャス》、霊薬《ソーマ》。つぎに、脳の松果体は万物を見透かす神の目と符合すると語りはじめた。「マタイによる福音書六章二十二節には」興奮した口調で言う。「〝汝の目清らか《シングル》ならば——ひとつ《シングル》ならば——全身明るからん〟とある。この思想はヒンドゥー教が重んじる眉間《みけん》の点、つまりアージュニャーのチャクラにも表れていて——」

キャサリンは急にばつが悪そうに口ごもった。「ごめんなさい……しゃべりすぎね。こういう事実の何もかもに気持ちが高ぶってしまうのよ。人間の精神には畏怖すべき力があるという古来の説をわたしは何年も研究してるんだけど、そういう力が現実の身体の作用を通じて得られることを、いま科学は示しつつある。わたしたちの脳は、正しく使えば、まさしく超人的な力を引き出すことができる。聖書では、古代の数々の書物と同じように、これまでに創造された最も精巧な仕組みのことがくわしく語られているのよ……人間の精神のことがね」深く息をつく。「驚くべきことに、まだ科学は精神が持つ真の可能性の片鱗《へんりん》すら知らない」

「きみの純粋知性科学の研究が大飛躍をもたらすんじゃないか」

「逆行とも言えるわ。古代の人々は、わたしたちがいま再発見しつつある科学的な真実の多くをとっくに知っていたんだから。いまはまだ黙殺されていることも、何年かのうちに現代人も受け入れざるをえなくなる——精神は物質を変容しうるエネルギーを生み出せるということを」キャサリンはことばを切った。「素粒子がわたしたちの思考に反応するのなら、思考には世界を変える力があるはずよ」

ラングドンは微笑した。

「研究をつづけるうち、わたしはこう信じるに至ったの」キャサリンは言った。「神はまさしく存在する——万物に行き渡る精神エネルギーとしてね。そして、わたしたち人間はそれを模して造られたのだから——」

「ちょっと待って」ラングドンは口をはさんだ。「模して造られたって……精神エネルギーを？」

「そうよ。人間の肉体は時とともに進化するけど、精神は神を模して造られたの。わたしたちは聖書を字句どおりに解釈しすぎる。人は神の似姿だと教わるけれど、似ているのは肉体じゃなくて精神なのよ」

ラングドンはすっかり心を奪われ、沈黙に陥った。

「これはすばらしい授かり物よ、ロバート。神はわたしたちがそのことを理解するのを待ってるのよ。世界じゅうの人々が天を仰いで神を待ってるわ……神が人を待っているとは思いもせずに」キャサリンはしばし間《ま》をとり、そのことばをラングドンの頭に染みこませた。「わたしたちは造物主なのに、〝被造物〟の役割を無邪気に演じてる。自分たちが造物主たる神にもてあそばれる無力な羊だと思いこんでる。怯《おび》えた子供のようにひざまずき、助けや赦《ゆる》しや幸運を希《こいねが》う。だけど、わたしたちがほんとうに造物主の似姿であることを自覚すれば、自分自身も造物主だと納得できるはずよ。その事実を理解すると、人間の潜在能力の扉は大きく開かれる」

ラングドンは座右の銘としている哲学者マンリー・P・ホールのことばを思い出した——〝人間が賢明になることを造物主が望まなかったのなら、知の力を与えなかったはずだ〟。そして、〈ワシントンの神格化〉の絵を——人が神へと昇華する象徴的な絵を——ふたたび見あげた。被造物が……造物主になっていく。

「何よりすばらしいのは」キャサリンは言った。「わたしたち人間がみずからの真の力を活用しはじめれば、すぐにでも世界を大きく動かせるということよ。現実にただ反応するだけではなく、現実を設計できるようになる」

　ラングドンは視線をもどした。「それは……危険に思えるね」

　キャサリンの顔に驚きがひろがり……そして感じ入った表情に変わった。「そう、そうなのよ！　もし思考が世界に影響を及ぼすのなら、その内容にはよくよく注意しなくてはいけない。破壊的な思考も影響を与えうるし、創造より破壊のほうがはるかにたやすいのはだれもが知っている」

　ラングドンは、資格のない者から古の知恵を守り、啓蒙された者のみに伝えなくてはならないとするさまざまな伝承を思い返した。見えざる大学に思いをめぐらせ、大科学者アイザック・ニュートンがロバート・ボイルに対し、秘密の研究について〝高度の沈黙〟を守るよう頼んでいたことを想起した。〝これを広めれば、世界に甚大なる被害を及ぼさずにはいられない〟とニュートンは一六七六年に書いている。

「ここでおもしろい逆転現象があるの」キャサリンは言った。「これまで何世紀にもわたって、世界じゅうの宗教が教徒に対して、信仰と信念をいだくよう促してきた。ところがいまでは、宗教を長年迷信と蔑《さげす》んできた科学が、つぎに開拓すべき重要な領域はまぎれもなく信仰と信念の科学──強い確信と意思の力の研究だと認めざるをえなくなってるの。大いなる皮肉ね。奇跡を信じようとする気持ちに異を唱えてきた科学こそが、みずからの生み出した亀裂《きれつ》に橋を架けようとしているのよ」

　ラングドンはキャサリンのことばを熟考した。ゆっくりと視線をあげて、ふたたび〈ワシントンの神格化〉を見る。「ひとつ疑問がある」キャサリンに目をもどして言った。「仮に──あくまでも仮定の話だが──自分の精神に物質を変える力があり、なんでも望みのままに実現できると信じたにしても……残念ながら、自分にそういう力があると思わせてくれる現象には、これまでの人生で一度もお目にかかったことがない」

キャサリンは肩をすくめた。「ちゃんと見ていないだけよ」

「おいおい、本物の答を聞かせてくれないか。それは司祭の答だ。知りたいのは科学者の答なんだよ」

「本物の答がほしいの？　なら、こう言いましょう。いまわたしがあなたにバイオリンを渡して、あなたには奇跡の演奏を成しとげる能力があると言ったとしても、それは嘘にはならない。潜在能力ならまちがいなくあるけれど、それを開花させるには大変な練習を積む必要があるということね。精神の使い方を学ぶのもまったく同じなのよ、ロバート。思考の高度な集中は学習を要する技よ。意思を実現するには、レーザー光線並みの集中力と、感覚を研ぎ澄ませた視覚化と、確固たる信念が欠かせない。それは研究所で実証したわ。そしてバイオリンの演奏と同じように、抜きん出た天賦の才を示す人もいる。歴史を見て。卓越した精神を持ち、奇跡並みの偉業を成しとげた人々の話を思い出して」

「キャサリン、そういう奇跡を本気で信じてるなんて言うつもりじゃないだろうな。まじめな話、その……水をワインに変えたり、手をふれるだけで病人を治したりといった話を信じてるのか？」

キャサリンは深々と息を吸い、ゆっくりと吐いた。「考えるだけで癌細胞を正常な細胞に変える人を見たことがある。人間の精神が物質界に影響を与えるところを無数の形で見たことがあるのよ。ロバート、あなたもそういう場面を自分の目で見て、それが現実の一部になったら、聖書にあるような奇跡も程度の問題にすぎなくなるわ」

ラングドンは考えこんだ。「勇気づけられる世界観ではあるよ。でも自分にとっては、途方もなく現実離れした信仰にしか思えない。それに、きみも知ってのとおり、これまでたやすく何かを信仰したことは一度もないんだ」

「なら、信仰だと思わなければいいのよ。単に見方を変えて、世界が自分の想像どおりとはかぎらないことを受け入れてみればいい。歴史を通して、科学上の大発見は例外なく、定説を根こそぎ覆しかねない単純な発想からはじまった。〝地球はまるい〟というあたりまえの説も、それでは海がこぼれ落ちてしまうとほとんどの人が考えたために、当時は問題外だと一蹴《いっしゅう》されたのよ。そして地動説は異端と見なされた。狭量な人間はいつだって理解できないものを排撃するものよ。創造する者がいれば、破壊する者もいる。いつの時代もそういう構図がある。でも、ついに創造者が信者を見つけ、信者が決定的な数にまで増えると、にわかに地球はまるくなり、太陽を中心としてまわりだす。見方が変わって、新しい現実が誕生するのよ」

ラングドンはうなずいたが、心は別のところをさまよっていた。

「変な顔をしてるわよ」

「ああ、すまない。昔よく夜にカヌーを湖の真ん中まで漕《こ》ぎ出して、星空の下で寝そべりながらそういうことを考えていたよ。ふとそれを思い出したんだ」

キャサリンはよくわかると言いたげにうなずいた。「だれにでも似た記憶があると思う。寝そべって天を見あげてると……心が解き放たれるのよ」そして天井を見あげてから言った。「上着を貸して」

「どうする気だ」ラングドンは上着を脱いで渡した。

キャサリンはそれを二度折り、長い枕のように通路に置いた。「横になって」

ラングドンが仰向《あおむ》けに寝ると、キャサリンはたたんだ上着の半分にその頭が載るようにした。それから自分も隣に体を横たえ、子供がふたり並んでいるかのように、せまい通路の上で肩をふれ合わせ、ブルミディの巨大なフレスコ画を見あげた。

「さあ」キャサリンはささやいた。「そのころと同じ気持ちになって……子供がカヌーの上で寝そべっている……星空を見あげ……心は開かれ、驚異の念に満ちている」

ラングドンは従おうと試みたが、楽な姿勢で横になったとたん、疲れの波が一気に押し寄せた。視界がかすんだものの、眼前のぼやけた像を見るなり目が覚めた。こんなことがありうるのか？　いままで気づかなかったのが不思議だが、〈ワシントンの神格化〉の人物像は明らかにふたつの同心円をなすように配されている。輪のなかに輪。これも〝丸中黒《サーカムパンクト》〟なのか？　今夜、ほかにどれだけのものを見落としたのだろう、と思った。

「大事なことを伝えておきたいの、ロバート。きょうの話のすべてにかかわる事実がもうひとつあるのよ……その事実こそ、わたしの研究の最も驚くべき部分だと思う」

まだあるのか？

キャサリンは肘《ひじ》を突いて体を起こした。「そして断言するわ……わたしたち人間がこの単純な真実を心から理解するだけで……世界は一夜にして変わる」

ラングドンは全神経を集中させて聞いた。

「その前に」キャサリンは言った。「フリーメイソンの〝散らばったものを集める〟という信条を思い出して。混沌《こんとん》から秩序をもたらし、〝一体化《アット・ワン・メント》〟を見いだすという信条を」

「わかった。つづけて」ラングドンは興味を掻き立てられた。

キャサリンが微笑みかけて言う。「人間の思考の力は、同じ思考を分かち合う者の数に応じて幾何級数的に増大することが科学的に証明されてるの」

ラングドンはだまって聞き、この話はどこへ進むのだろうと思った。

「わたしが言いたいのは……ふたりの力はひとりよりも強く……しかもひとりの二倍ではなく、何倍、何十倍にもなるということ。いくつもの精神がいっせいに働くと、思考が及ぼす力は桁《けた》ちがいに大きくなるの。祈りの会やヒーリング・サークルや合唱や集団礼拝にはそういう力が備わっている。宇宙意識の考え方はニューエイジのとらえどころのない概念とはちがう。それは純然たる科学的事実であり、活用すれば世界を変容できる。その発見が純粋知性科学の根幹をなしているのよ。しかも、それはいま現実に起こっている。あなたも至るところで感じるはずよ。テクノロジーは以前なら想像もつかなかった形でわたしたちを結びつけつつある。ツイッター、グーグル、ウィキペディアなどなど——すべてが交じり合い、互いに結びついた思考の網を作り出してる」キャサリンは笑った。「請け合ってもいいけど、わたしが研究成果を発表したとたん、ツイッター好きがいっせいに〝純粋知性を学ぶ〟なんてつぶやき《ツイート》を投稿しはじめて、この学問への関心が一気に深まるでしょうね」

ラングドンのまぶたは抗いがたいほど重くなっていた。「どうやってツイッターを投稿するか、まだ知らないんだよ」

「ツイートよ」キャサリンは訂正して笑った。

「なんだって?」

「気にしないで。どうぞ目をつぶって。時間になったら起こしてあげる」

ラングドンはベラミーから渡された古い鍵のことも、ここにのぼった目的も忘れかけていたのに気づいた。新たな疲労の波に包みこまれ、目を閉じる。朦朧《もうろう》とした頭で宇宙意識について考え、プラトンの〝宇宙の精神〟や〝集める神〟についての文章、ユングの〝集合的無意識〟などに思いをはせた。考え方は驚くほど単純だ。

神は多の集まりのなかに見いだされる……一ではなく。

「エロヒム」ラングドンはいきなり言い、予想もしなかったつながりを見つけてふたたび目を見開いた。

「何？」キャサリンはまだラングドンを見おろしている。

「エロヒム」ラングドンは繰り返した。「旧約聖書で使われている、神を指すヘブライ語だよ！ずっと不思議だったんだ」

キャサリンはその意味を理解して微笑んだ。「ええ、その語は複数形ね」

そうだ！ラングドンは聖書の冒頭で神が複数の存在として述べられている理由をずっと納得できずにいた。エロヒム。創世記の全能の神はひとりではなく、多くいたものとして表現されている。

「神が複数形なのは」キャサリンはささやいた。「人間の精神も複数あるからよ」

ラングドンの思考は螺旋を描きはじめ、夢、記憶、希望、恐怖、啓示などのすべてが、〈ロタンダ〉のドームの天井で渦を巻いた。また目を閉じようとしたとき、〈ワシントンの神格化〉に記された三語のラテン語が目にはいった。

エ・プルリブス・ウヌム。

「多より一を生ず」ラングドンは胸のなかで言い、眠りへと滑り落ちた。

エピローグ

ロバート・ラングドンはゆっくりと目を覚ました。

いくつもの顔が見おろしている。ここはどこだ？

つぎの瞬間、いまどこにいるかを思い出した。〈ワシントンの神格化〉の下で静かに体を起こす。硬い通路の上で寝ていたせいで、背中がこわばっている。

キャサリンはどこだ？

ラングドンはミッキー・マウスの腕時計を見た。そろそろ時間だ。立ちあがり、手すりの向こうの奈落を注意深く見渡した。

「キャサリン？」呼びかける。

静まり返った無人の〈ロタンダ〉に声がこだました。

床からツイードの上着を拾いあげてほこりを払い、袖を通した。ポケットをたしかめる。ベラミーから渡された鉄の鍵がなくなっていた。

通路を引き返し、ベラミーが教えたドアへ向かった。急勾配《こうばい》の金属の階段が、上方のせま苦しい暗がりへと伸びている。階段を歩きはじめ、ひたすらのぼりつづけた。さらに細く急勾配になっていく。それでも足を止めなかった。

もう少しだ。

階段が梯子も同然になり、幅も恐ろしいほどせばまった。やっと階段が終わり、小さな足場に出た。すぐ前に重たげな金属のドアがある。錠に鉄の鍵が差しこまれ、ドアがわずかに開いている。押すときしみながらあいた。冷気が漂ってくる。敷居をまたいで闇に足を踏み入れたラングドンは、屋外に出たのを悟った。

「迎えにいこうとしてたのよ」キャサリンが言い、微笑みかけた。「もうすぐ時間ね」

周囲の様子を見てとったラングドンは、驚きに息を呑《の》んだ。連邦議会議事堂のドームの頂を一周する小さな展望通路に立っている。真上には、眠れる首都を見おろす青銅の〈自由の像〉がある。像が視線を向ける東の方角では、深紅の曙光《しょこう》が地平線を染めはじめている。

キャサリンに導かれてバルコニーをまわり、ナショナル・モールを真正面にとらえる西側へ行った。かなたに、払暁の光に包まれて立つワシントン記念塔のシルエットがある。この絶好の位置からだと、そびえるオベリスクはこれまでよりいっそう荘厳に見える。

「竣工《しゅんこう》当時は」キャサリンが小声で言った。「あれが地球上で最も高い建物だったの」

高さ五百フィートを超える足場で、石工たちが石材をひとつずつ手作業で積みあげているセピア色の写真を、ラングドンはまぶたに描いた。

人はみな建設者だ、と思った。造物主だ。

太古の昔から、人間は自分たちに特別なものが——現状以上のものが——備わっていると感じていた。自分たちにはない力に憧《あこが》れた。空を飛び、病を癒し、ありとあらゆる形で世界を変えることを夢見つづけた。

そして、そのとおりに実現した。

今日では、人間の偉業を讃える殿堂がナショナル・モールを彩っている。スミソニアン博物館は人間の発明、芸術、科学、偉大な思索家の思想によって充実の一途をたどっている。この博物館群は造物主としての人間の歴史を教えている――国立アメリカ・インディアン博物館の石器にはじまり、国立航空宇宙博物館のジェット機やロケットに至るまで。

祖先たちが現代の人々を見たら、神だと思うにちがいない。

朝靄《あさもや》を通して、博物館や記念館が作る巨大な幾何学模様を見ているうち、ワシントン記念塔にふたたび視線が引き寄せられた。地中の礎石に封じられた一冊の聖書を頭に描き、神のことばが実は人のことばだったことについて、あらためて考えた。

あの大きな丸中黒《サーカムパンクト》と、それが合衆国の十字路で円形の広場と記念塔によって形作られているという事実を思い返した。ピーターから託された小さな石の箱のことが不意に心に浮かぶ。いまさらながら、あの箱が崩れると側面が倒れて、いまとまったく同じ幾何図形ができたことに気づいた――丸中黒《サーカムパンクト》が中央にある十字だ。思わず笑い声を漏らした。あんな小箱がこの壮大な十字路を暗示していたわけだ。

「ロバート、見て！」キャサリンが記念塔の頂を指さした。

ラングドンは視線をあげたが、よくわからなかった。

だが目を凝らすと、それがかすかに見えた。

モールの向こうで、そびえ立つオベリスクの頂に黄金色のきらめく光点ができている。輝く頂点はたちまち明るく照り映え、冠石のアルミニウムの先端から光を放った。光がかがり火となって、薄闇に覆われた街に浮かぶさまを、ラングドンは感嘆の目でながめた。アルミニウムの東側の面に刻まれた小さな文字を思い描き、首都に差す曙光が来る日も来る日も最初にその語を照らし出すという事実を驚きとともに知った。

神を讃えよ《ラウス・デオ》。

「ロバート」キャサリンがささやいた。「日の出の時刻にここへ来た人はほとんどいないのよ。ピーターはこれを見せたかったのね」

記念塔の頂が輝きを増すにつれて、鼓動が速まるのをラングドンは感じた。

「建国の父たちが記念塔をあんなに高くした理由はこれだと兄は思ってるみたい。それがほんとうかどうかはわからないけど、ひとつ知ってることがあるわ――あれより高い建物を首都に建てるのは、はるか昔の法律で事実上禁じられてるのよ。未来永劫《えいごう》に」

背後の地平線から太陽が徐々に顔をのぞかせるにつれ、冠石を照らす光が下へゆっくりとひろがっていく。その光景を見守りながら、ラングドンは不変の軌道をたどって虚空を進む天体の動きを感じとれる気がしてきた。宇宙の偉大なる造物主《アーキテクト》ということばが頭に浮かぶ。そう言えば、ここで見せたい宝は〝造った者〟だけが明らかにできるとピーターが言っていたものだが、ラングドンはそれが建築監《アーキテクト》のウォーレン・ベラミーのことだと思いこんでいた。勘ちがいだったのか。

日差しが力強くなり、黄金色の光が三千三百ポンドの冠石全体を包みこんだ。人間の精神が啓蒙の光を浴びている。それから光は記念塔を少しずつくだり、毎朝繰り返している下降をはじめた。天が地に近づき……神が人に結びつく。夜は逆の流れになるのだろう。太陽が西に沈み、光はふたたび地から天へのぼって、新たな一日に備える。

隣のキャサリンが震えながら体を寄せてきた。ラングドンは腕をその体にまわした。無言でキャサリンに寄り添い、この一夜に知ったあらゆることを考えた。キャサリンは何もかもが変わりはじめると信じている。ピーターは啓蒙の時代がいまにも訪れると確信している。ある偉大な預言者は大胆にもこう言いきった――〝隠れたるものの顕《あらわ》れぬはなく、秘めたるものの明らかにならぬはなし〟と。

太陽がワシントンDCの上にのぼっていき、ラングドンは夜の星がすっかり消えつつある空を見た。科学のことを、信仰のことを、そして人間のことを考えた。どの文化にも、どの国にも、どの時代にも、つねに共通のものがひとつある。造物主がいることだ。呼び名、外観、祈りはちがっても、神は人間にとって、変わらぬ普遍の存在でありつづける。神は万人が分かち合う象徴であり、理解できぬあらゆる謎の象徴でもある。古の人々は人間の果てなき潜在能力の象徴として神を讃えたが、古い象徴は時とともに失われてしまった。しかし、いまはちがう。

そのとき、降り注ぐ日差しのぬくもりに包まれて議事堂の頂上に立つロバート・ラングドンは、体の奥底から力強く湧きあがるものを感じた。これほど強くその感情をいだいたのは人生ではじめてのことだ。

それは希望だった。

（了）

謝辞

ともに働くという大きな贅沢《ぜいたく》を与えてくれた三人の親友、すなわち編集者のジェイスン・カウフマン、エージェントのハイデ・ラング、相談相手のマイケル・ルデルに心から感謝する。さらに、ダブルデイ社、世界各国の出版社、そしてもちろん読者のかたがたにも尽きせぬ謝意を表したい。

知識や経験を授けてくれた数えきれないほどの人々の寛大な支援がなければ、この小説は書けなかった。みなさんに厚くお礼を申しあげる。

訳者あとがき

ほんとうに、ほんとうに、長らくお待たせしました。ついに出ました!

ダン・ブラウンによるラングドン・シリーズ第三作『ロスト・シンボル』の日本語版をようやく皆さんにお届けできて、まずはほっとしている。

『ダ・ヴィンチ・コード』が本国アメリカで刊行されたのは、二〇〇三年三月。たちまち全世界で爆発的な売れ行きを示し、日本では二〇〇四年五月に翻訳刊行されて大きな社会現象にまでなったことについては、いまさら説明の必要がないだろう。その後、ノン・シリーズの『デセプション・ポイント』と『パズル・パレス』が翻訳刊行されたり、『ダ・ヴィンチ・コード』と『天使と悪魔』がロン・ハワード監督、トム・ハンクス主演で(原作とは逆の順ではあったが)相次いで映画化されたりで、ダン・ブラウンの人気はいっこうに衰えなかったが、気がつくと早七年。ダン・ブラウンとしても、当初はさほど間隔を置かずに刊行するつもりだったのだろうが、『ダ・ヴィンチ・コード』の反響があまりにも大きかったために、事実に基づく極上のエンタテインメント作品の書き手である以上、慎重を期して推敲《すいこう》に推敲を重ねざるをえず、なかなか発表に踏みきれなかったにちがいない。

二〇〇四年の時点では、この第三作に *The Solomon Key* という仮題がつけられていて、ワシントン

ＤＣを舞台としたフリーメイソンの話、ということだけが公表されていた。そこで、多くの出版社から、本体がまだ発表されていないにもかかわらず、その内容を予想する〝解読本〟や〝ガイドブック〟がつぎつぎと刊行され、訳者も何冊かを興味深く読んだものだ。

では、二〇〇九年に改題が伝えられたのち、満を持して上梓《じょうし》された最新作『ロスト・シンボル』の内容はどうだったか。

『ダ・ヴィンチ・コード』の事件から数年経ったある日、ハーヴァード大学の宗教象徴学教授ロバート・ラングドンは、フリーメイソンの最高位階にある恩師ピーター・ソロモンから講演の依頼を受け、ワシントンＤＣへと赴く。ところが、そこに待ち受けていたのは、ソロモンの切断された手首と、〝古の神秘〟に至る門を解き放てという謎の男からの脅迫だった。そこへ、ＣＩＡの保安局局長サトウが突然駆けつけ、国家の安全保障のために、謎の男の要求に従うようラングドンに迫る。一方、ソロモンの妹である純粋知性科学者キャサリンのもとにも、その命と研究成果を狙う魔の手が迫りつつあった――

フリーメイソンが守りつづけてきたという〝古の神秘〟をめぐる追跡劇を軸とし、暗号解読、名所めぐり、歴史的建造物や芸術作品に関するさまざまな蘊蓄《うんちく》といった、ラングドン・シリーズにおなじみの要素が、この作品にもふんだんに盛りこまれている。冒頭からクライマックスまでわずか半日程度の物語のなかで、歴史上の事実とフィクションを巧みに織り交ぜて知的好奇心を刺激しながら、映像的な手法でページを繰らせる驚異の技巧は相変わらず健在だ。あくまでエンタテインメントの枠を保ちつつも、人間と宗教と科学の根源的なテーマを強烈に突きつけるその作劇術は、離れ業としか呼びようがない。

ワシントンＤＣとフリーメイソンの組み合わせということで、作中でまちがいなく扱われると多くのマニアが予想した〝ＤＣの街路図〟や〝一ドル紙幣の絵柄〟や〝〈クリプトス〉の暗号〟は、どれもたしかに登場するものの、だれも考えつかなかったであろう意外な形で扱われるため、〝フリーメイソン通〟の読者も裏をかかれて一驚したにちがいない。してやったり、とほくそ笑むダン・ブラウンの顔が目に浮かぶようだ。

驚いたと言えば、シリーズの前二作の舞台（ローマとパリ）と比べて、今回のワシントンＤＣにはいかにも地味な印象があり、美術作品や建築物にまつわるエピソードを楽しむのはむずかしいのではないかと危惧《きぐ》したものだが、それはまったくの杞憂《きゆう》だった。ダン・ブラウンはかつてラジオのインタビューでこんなふうに答えている。

「小説の舞台をワシントンＤＣにしようと考えはじめたころは、パリやローマのような荘厳さや迫力は期待できないと思っていました。ところがワシントンの建築物や歴史を調べていくうち、秘められた歴史という点ではローマをもしのぐかもしれない、と考えるようになりました。実にすばらしい場所ですよ」（ライザ・ロガック著『「ダ・ヴィンチ・コード」誕生の謎』１８０ページ）

フリーメイソンについては、ダン・ブラウンは単なる怪しげな秘密結社として興味本位に描くようなことはけっしてせず、宗教や人種にとらわれず広く文化や知識を守り伝えてきた友愛組織としての姿を紹介しようとつとめている。そして、そこにかかわる登場人物の言動や組織のありかたをきっかけにして、人の心とは何か、神とは何かといった深遠な問題を考察していく。その意味で、『ロスト・シンボル』は、ページターナーでありながら、人々が古来思索をつづけてきた大いなる問いに真っ向から挑んだ意欲作だとも言えるだろう。

なお、ダン・ブラウンの愛読者ならすでにお気づきかもしれないが、下巻の１３９ページに登場する〝ずいぶん前に読んだ冴《さ》えないミステリー小説〟というのが、実はダン・ブラウンの過去の作品であり、ここで作者がいわば〝自虐ネタ〟を披露する余裕を見せていること（作品名はあえて書きません）と、『天使と悪魔』でも一度だけ言及されるラングドンの出身校フィリップス・エクセター・アカデミーは、かつてダン・ブラウン自身も学んだ全米でも屈指の名門校であることを、蛇足ながら付け加えさせていただく。

訳語について、一点だけ。厳密には、「フリーメイソン」はその会員を表し、組織を表す場合は「フリーメイソンリー」と言うのが正しいのだが、本作では、これまで多くの場で呼び慣わされてきたとおり、両者をともに「フリーメイソン」と訳出したことをご了承いただきたい。

物語のなかで重要な役割を果たす建物や絵などのいくつかは、口絵が挿入されているので、ぜひ参照してもらいたいが、ほかにもあれこれ調べてみたい場合には、角川書店のウェブサイトにある「ダン・ブラウン公式サイト」(http://www.danbrown.jp/) にも、インタビューや画像など、作品にまつわるさまざまな情報が掲載されているので、ご覧ください。

また、「翻訳ミステリー大賞シンジケート」(http://d.hatena.ne.jp/honyakumystery/) では、〈ロスト・シンボルへの道〉と題した記事を訳者が連載の形で書き、こぼれ話や周辺情報などをあれこれ紹介している。こちらにもぜひアクセスしていただきたい。

《ダン・ブラウン作品リスト》

Digital Fortress（１９９８）『パズル・パレス』

Angels & Demons（２０００）『天使と悪魔』（ラングドン・シリーズ第一作）
Deception Point（２００１）『デセプション・ポイント』
The Da Vinci Code（２００３）『ダ・ヴィンチ・コード』（ラングドン・シリーズ第二作）
The Lost Symbol（２００９）本書（ラングドン・シリーズ第三作）

ダン・ブラウンは現在、次作の執筆にすでに取りかかったと伝えられているが、詳細は定かではない。愛読者のひとりとしては、すぐにも読みたい、早く書きあげてもらいたい気持ちと、焦らずにじっくり構想を練ってさらなる傑作を生み出してもらいたい気持ちが相半ばしている。ともあれ、つぎも大きな期待に応《こた》えてくれることを確信している。

ロスト・シンボル　下

2010年3月3日　初版発行

著者／ダン・ブラウン

訳者／越前《えちぜん》敏弥《としや》

装丁／片岡忠彦

発行者／井上伸一郎

発行所／株式会社角川書店
東京都千代田区富士見2-13-3　〒102-8078
電話／編集　03-3238-8555

発売元／株式会社角川グループパブリッシング
東京都千代田区富士見2-13-3　〒102-8177
電話／営業　03-3238-8521

http://www.kadokawa.co.jp/

印刷所／旭印刷株式会社

製本所／本間製本株式会社

落丁・乱丁本は角川グループ受注センター読者係宛にお送りください。
送料は小社負担でお取り替えいたします。

Printed in Japan
ISBN 978-4-04-791628-9　C0097

大統領暗殺未遂事件の真相を追う
若き補佐官の活躍を描く超大作！

運命の書 上 下

ブラッド・メルツァー＝著
越前敏弥＝訳

米国大統領暗殺を狙った弾丸に撃たれた一人の側近。しかし8年後、死んだはずのその男が目撃され、調査を開始した補佐官は命を狙われはじめるが……。フリーメイソンの陰謀とアメリカ第3代大統領ジェファーソンの残した暗号を描く、サスペンススリラー。

角川書店

上：ISBN 978-4-04-791555-8　下：ISBN 978-4-04-791556-5

大人気メルツァーの
ジェットコースター的サスペンス、第2弾！

偽りの書 上・下

ブラッド・メルツァー＝著
青木 創＝訳

最初の殺人の記録でもあり、今もって凶器が何だったのか分からない創世記のカインとアベルの物語と、スーパーマンの原作者シーゲルの父親が実際に殺された事件とを結びつける鍵とは？　巨大な陰謀を描き出す、全米で50万部を超える大ヒット作。

上：ISBN 978-4-04-791615-9　下：ISBN 978-4-04-791616-6